Mark Franley
Der Tod wird dich vermissen

EDITION M

Das Buch

Totgesagte leben länger: Die beliebte Reihe um Kommissar Mike Köstner von Bestsellerautor Mark Franley geht atemberaubend spannend und düster weiter.

Kommissarin Sabrina Faust fliegt nach der Trennung von ihrem Lebensgefährten für ein paar Tage nach Spanien, um Abstand zu bekommen. Doch ihr Urlaub wird zu einem Albtraum. Sie überlebt einen Übergriff nur knapp, aber damit sind die Schrecken für sie nicht zu Ende. Denn die spanische Polizei ist keine Hilfe – im Gegenteil: Niemand glaubt ihr und Sabrina muss sich sogar wegen Drogenhandels und Prostitution verantworten.

Unterdessen schlägt der Täter ein zweites Mal zu und bringt eine junge Mutter und ihre kleine Tochter in seine Gewalt. Während Sabrina verzweifelt versucht, ihre Unschuld zu beweisen, beginnt für die beiden Gefangenen ein schreckliches Martyrium und ein Wettlauf mit der Zeit.

Der Autor

1972 in Nürnberg geboren, ist Mark Franley bis heute seiner Heimat treu geblieben. Inspiriert durch die lange und oftmals auch dunkle Geschichte seiner Stadt, wird diese zur perfekten Kulisse für das, was einen guten Psychothriller ausmacht. Mit den spannenden Fällen um seine Kommissare Mike Köstner und Lewis Schneider hat der Bestsellerautor bereits Hunderttausende Leser in seinen Bann geschlagen.

MARK
FRANLEY

DER TOD WIRD DICH VERMISSEN

Ein Mike-Köstner-Thriller

EDITION M

Die Originalausgabe erschien 2018 unter dem Titel
»Der Tod wird dich vermissen« im Selbstverlag.

Veröffentlicht bei
Edition M, Amazon Media EU S.à r.l.
38, avenue John F. Kennedy, L-1855 Luxembourg
Mai 2019

Umschlaggestaltung: bürosüd° München, www.buerosued.de
Umschlagmotiv: © XH2 / Shutterstock; © A-Star / Shutterstock
Korrektorat: Media-Agentur Gaby Hoffmann, www.profi-lektorat.com
Gedruckt durch:
Amazon Distribution GmbH, Amazonstraße 1, 04347 Leipzig /
Canon Deutschland Business Services GmbH, Ferdinand-Jühlke-Str. 7,
99095 Erfurt /
CPI books GmbH, Birkstraße 10, 25917 Leck

ISBN: 978-2-91980-900-4

www.edition-m-verlag.de

– 1 –

Kai war nicht unbedingt ihr Typ und sie hatte nicht vor, ihm wirklich näherzukommen. Es war schlicht und einfach schön, endlich jemanden kennenzulernen, dem es so ging wie ihr selbst. Frisch getrennt bestand die Welt gleichermaßen aus alten, schmerzhaften Erinnerungen und der Hoffnung auf neue Erfahrungen.

Sie redeten, tranken und beschlossen irgendwann, das Hotel gegen eine der kleinen Bars einzutauschen. Es war eine traumhaft warme Sommernacht und der Anblick des im Mondlicht glitzernden Meeres erzeugte ein Gefühl der Freiheit. Beschwingt schlenderten sie die Uferpromenade entlang. Bald setzten sie sich in eine Strandbar und redeten über Gott und die Welt. Unschlüssig, was sie danach tun sollten, wurden sie wenig später von rhythmischer Musik in eine kleine Disco gelockt. Nach ein paar weiteren Drinks schaffte es Sabrina, endlich einmal wieder aus sich herauszugehen.

Kai übertrieb nichts, dennoch schmolz die anfängliche Distanz zwischen ihnen unmerklich dahin. Aus flüchtigen Berührungen wurde ein Flirt und aus dem Flirt erwachte eine neue Lebenslust. Wie in Trance folgten sie den Klängen der

Musik, die den emotionalen Stau der letzten Wochen in Luft auflöste.

Vom Alkohol beschwingt, half Sabrina ihrer Urlaubsbekanntschaft dabei, die schüchterne Zurückhaltung aufzugeben. Ein kleiner Tanzschritt nach hinten genügte, um seinen Körper an ihrem Rücken zu spüren. Kai nahm die Aufforderung an, legte seine Hände an ihre Hüften und stellte sich auf ihren Takt ein. Die bewusste Berührung mit den Händen erzeugte eine neue Stufe der Intimität. Was bis jetzt nur flüchtig erschien, wurde zu einem Gefühl der Verbundenheit und der Lust auf mehr. Sabrina spürte die Hitze seines Körpers, der sich nun dicht an sie drängte. Im Rausch der Bässe und des Lichts wurde die Umgebung unwichtig. Für einen langen Augenblick gab es nur noch diese beiden Körper mit dem unbedingten Wunsch, sich noch näher zu kommen.

Der lang gezogene Schrei einer Seemöwe kündigte den Morgen an, denn nur um diese Zeit stiegen die Vögel bis zu den kargen Gipfeln unweit der Küste hinauf. Sabrina versuchte, an den süßen Erinnerungen festzuhalten, doch der Traum ging und damit erwachte das Grauen. Ihr trockener Mund zeugte von zu viel Alkohol und der steife Rücken von einer unbequemen Schlafstätte.

Sie versuchte, sich an den Ausgang des Abends zu erinnern, doch irgendetwas schien ihre Gedanken zu blockieren. Ihr Hirn arbeitete quälend langsam. Mühsam folgte eine Erinnerung der nächsten und selbst das Erwachen schien sich Zeit zu nehmen.

Im ersten Moment schob sie ihre Bewegungsunfähigkeit auf diesen Zustand der Lethargie, bis sie endlich die Augen aufschlug und plötzlich überhaupt nichts mehr verstand. Dass sie sich in einem Auto befand, war dabei noch die harmloseste Feststellung. Warum direkt über ihrem Gesicht eine kleine Kamera sowie ein durchsichtiger Plastikschlauch hingen, konnte sie sich dagegen erst erklären, als sie versuchte, ihre Hände zu bewegen. Die Handschellen gewährten ihr nur wenige Zentimeter Bewegungsspielraum und klimperten bei jeder Bewegung. Eine Hand links oben neben ihrem Kopf, die andere rechts lag sie da, wie Jesus ans Kreuz geschlagen worden war. Sie versuchte, ihre Beine anzuziehen, doch im Grunde ahnte sie es bereits: Die Fesseln ließen eine leichte Drehung ihres Körpers zu, mehr aber auch nicht.

Sie spürte die aufkeimende Panik, die schließlich ihr Nervensystem erreichte. Angst, Beklemmung und das Gefühl völliger Hilflosigkeit vermischten sich zu einem gefährlichen Cocktail. Ihr Puls begann zu rasen und gleichzeitig verweigerten ihre Lungen, das Blut mit genügend Sauerstoff anzureichern. Schwindel und Weinkrämpfe brachten sie an den Rand einer erneuten Ohnmacht. Ihre Arme und Beine rissen und zerrten an den Fesseln, doch die Gepäcksicherungsösen des Autos hielten diesen Kräften mühelos stand.

Der Anfall endete mit einem kraftlosen Schrei und dem kurzen Aussetzen ihres Verstandes. Sekunden vergingen, reihten sich zu Minuten, in denen sie versuchte, eine Erklärung zu finden.

Was war geschehen, was war heute Nacht nur passiert? *Sie wusste es einfach nicht.*

»Alles gut … Ich lebe, also ist alles gut«, flüsterte sie irgendwann leise in die Stille ihres Gefängnisses. Nach der dritten Wiederholung dieses Satzes öffnete sie erneut die Augen und versuchte, ihre Situation analytisch anzugehen. Sie war nicht irgendwer, sie war Polizistin und hatte gelernt, mit Stress umzugehen. Das redete sie sich so lange ein, bis es tatsächlich wirkte.

Sabrina atmete so ruhig wie möglich und erfasste zunächst das, was sie aus dieser Position erkennen konnte. Sie blickte auf das Dach eines Autos, der Größe nach vermutlich eine Art Minibus oder Transporter, denn für einen Kombi war das Dach zu hoch. Die Deckenverkleidung war schmutzig und wies einige Kratzspuren auf. Direkt über ihrem Kopf hing ein durchsichtiger Schlauch von der Decke, den sie eventuell mit dem Mund erreichen konnte. Dreißig Zentimeter weiter zum Heck hin, in Höhe ihrer nackten Brust, klebte ein Kameraauge, dessen Linse auf ihren Kopf gerichtet war. Die Innenraumbeleuchtung war ausgeschaltet und das Fenster auf der linken Seite einen kleinen Spalt weit geöffnet. Das Licht, das von außen hereinschien, wurde immer heller und war natürlichen Ursprungs, folglich stand der Wagen im Freien. Nun drehte sie den Kopf in Richtung des offenen Fensters und glaubte, einen kühlen Luftstrom wahrzunehmen, der ein wenig nach Lavendel roch.

Die Welt hinter der Scheibe war kaum aufschlussreich. Da waren die obersten Zweige eines dieser dürren Bäume, wie es sie hier in Südspanien überall gab. Dahinter das milchige Blau des Himmels, das den Beginn eines neuen Tages ankündigte.

Das Geräusch kam so unvermittelt, dass Sabrina einen leisen Schrei ausstieß. Steif vor Angst lag sie einfach nur da, hielt den Atem an und lauschte. *Klack, klack*, es schien direkt über ihr zu sein. Nach einem kurzen Augenblick der Stille, dieser absoluten Stille, ertönte es wieder, dieses leise *Klack-klack-klack*.

»Wer ist da?«, fragte sie leise und mit kehliger Stimme.

Keine Antwort.

»Hallo?«, fragte sie in Richtung des offenen Fensters und fügte hinzu: »Bitte, ich brauche Ihre Hilfe.«

Nichts geschah.

Das plötzliche Kreischen ging ihr durch Mark und Bein. In einem neuen Anfall von Panik schnitten sich die Handschellen noch tiefer in ihre Haut. »Nein, nein, nein … Hören Sie auf damit!«, brüllte sie verzweifelt. Dann sah sie den Grund für die Geräusche und brach in Tränen aus.

Die Seemöwe stieß sich ab, breitete ihre großen weißen Schwingen aus und erhob sich anmutig und frei in die Luft. Dort drehte sie noch eine Runde über dem Baum und verschwand schließlich aus ihrem Blickfeld. Sabrina blieb alleine zurück; das Gefühl absoluter Einsamkeit durchströmte sie wie eiskaltes Wasser.

– 2 –

Es waren nur kurze Phasen der Entspannung, in denen Sabrina ihre Situation ausblenden konnte. Jeder Gedanke galt den Erlebnissen des letzten Abends. Egal, wie hoffnungslos ihre Lage war, sich aufzugeben und die Situation einfach hinzunehmen, entsprach nicht ihrem Naturell. Gerade die ersten Stunden nach einer Tat waren enorm wichtig, um eine Spur zu finden. Je mehr Zeit verging, umso blasser wurden die Erinnerungen, und sie hatte nicht vor, die Chance auf eine rettende Idee verstreichen zu lassen. So versuchte sie, sich jedes noch so kleine Detail der letzten Nacht ins Gedächtnis zu rufen.

Ihr Blick über die Schulter, zurück zu diesem Kai, den sie erst kurz zuvor kennengelernt hatte, war das Letzte, an das sie sich erinnerte. Doch wohin ging sie in diesem Augenblick? Wollte sie nur kurz auf die Toilette oder die kleine Disco verlassen? Sosehr sie sich auch anstrengte, dieses letzte Bild endete im Nebel, und es war mit ziemlicher Sicherheit nicht nur Alkohol, der diesen Nebel herbeigeführt hatte. War es Kai, der ihr unbemerkt etwas verabreicht hatte, oder jemand ganz anderer? Egal, in welche Richtung sie ihre Überlegungen lenkte … es blieben nichts als Fragen.

In der ersten Stunde nach Tagesanbruch hatte die Sonne ihre Strahlen noch durch die schmutzigen Scheiben des Wagens geschickt. Das angenehm warme Gefühl auf ihrer Haut war schnell zu einem unangenehmen Brennen geworden, dem sich Sabrina nicht entziehen konnte. Es begann auf den nackten Beinen, streifte über ihren flachen Bauch, weiter über die empfindlichen Brüste, bis ihr die Sonne schmerzhaft genau in die Augen schien. In welche Richtung sie den Kopf auch drehte, ihre Fesseln duldeten kein Entkommen. Doch es war weniger die Angst vor dem Verbrennen ihrer Haut, die sie umtrieb. Eine Schweißperle, die sich oberhalb ihres Schambereichs löste und in einer fein gezeichneten Bahn zwischen ihren Beinen verschwand, erinnerte sie daran, wie ausgeliefert sie war. Diese Erkenntnis manifestierte sich in ihrem Kopf und wuchs zu einer Bedrohung, die sie tief in die Verzweiflung trieb.

Ganz egal, wer sie vorfand, sie wäre demjenigen völlig ausgeliefert. Vielleicht saß ihr Entführer auch ganz in der Nähe und ergötzte sich durch die Kamera an dem Anblick ihres schwitzenden Leibes. Oder er stellte diese Bilder ins Internet und Hunderte Perverse zahlten auch noch für diese Show. Sabrina hatte in ihrem Job schon so manches erlebt, doch nun wünschte sie sich einfach nur, keine Ahnung von der Abartigkeit einiger verirrter Geister zu haben.

Wenige Minuten später verschwanden die heißen Strahlen aus ihrem Gesicht. Die Sonne stieg höher und brannte nun auf das Autodach. Beinahe zeitgleich stieg die Temperatur im Inneren des Wagens. Trotz des noch frühen Morgens war es schon jetzt unerträglich heiß, wie es in den Mittagsstunden werden würde, wagte sich Sabrina gar nicht erst vorzustellen.

Mit jedem Schweißtropfen laugte die Hitze ihren Körper mehr aus. Der Strom aus feinen Perlen rann inzwischen aus sämtlichen Poren, sammelte sich in kleinen Hautfalten, um sich schließlich mit einem furchtbaren Kitzeln auf den Weg über ihre Haut zu machen. Mehr als einmal zerrte Sabrina an den Handschellen. Sie hätte alles dafür gegeben, dass sie irgendjemand von diesem unerträglichen Gefühl erlöste. Jeder Versuch, an etwas anderes, etwas Produktives zu denken, wurde so bereits im Keim erstickt. Nie hätte sie gedacht, dass einen etwas so Banales wie langsam über die Haut wandernde Schweißperlen derartig malträtieren könnte.

Mal lief die salzige Flüssigkeit brennend in ihre Augen, mal juckte es zwischen ihren Beinen und viel zu oft krochen die Tropfen unter ihre Achseln, was sie in den Wahnsinn trieb. Doch am schlimmsten war es an den Handschellen, dort, wo die Haut bereits wunde Stellen hatte und es sich anfühlte, als wären ihre Fesseln aus glühendem Stahl.

Hinzu kam der Eindruck, nur noch heiße, sauerstofflose Luft zu atmen, was ihr Körper mehr und mehr mit Schwindel quittierte. Natürlich wusste sie, dass durchaus Sauerstoff in der Luft war, doch Herz und Lunge genügten dieses Wissen nicht. Beide Organe taten alles, um ihren Körper ausreichend zu versorgen, und schossen dabei über ihr Ziel hinaus, ob sie das nun wollte oder nicht. Der Puls raste und die Atemzüge wurden immer flacher.

Bald darauf hatte sie jedes Zeitgefühl verloren und irgendwann reagierte ihr Kopf auf diesen Wahnsinn mit dem einzig richtigen Verhalten – er schickte sie in einen tranceartigen Zustand. Ihr Körper wurde immer mehr zur Nebensache und alte Bilder tauchten vor ihrem inneren Auge auf. Es waren schöne Bilder. Einige aus ihrer Vergangenheit, andere bestanden aus Wünschen und Sehnsüchten. Inzwischen wirkte der Stress dieser unbarmherzigen Hitzebehandlung wie eine der schönsten Drogen, die es geben konnte. Sie sah Kinderhände, die nach einer Eistüte griffen, es waren ihre eigenen Hände vor gut 17 Jahren. Dann öffnete sich ihr eine Szene mit ihrem ersten richtigen Freund, dessen Körper sich langsam auf ihren senkte. Auch dieses Bild verschwamm irgendwann und ließ ein neues entstehen. Nun stand sie auf der Spitze des Eiffelturms und blickte über Paris. Die Reise war ein Geschenk ihrer Eltern für die bestandene Polizeiausbildung, es wurde der Trip ihres Lebens. Für ein paar wenige kostbare Tage hatte sie das Gefühl absoluter Freiheit genossen.

Der sanfte Luftzug begann so unmerklich, dass sie das leichte Frösteln auf ihren schlechten Zustand schob. Hinzu kam ein leises Summen, das sich mit ihren Tagträumen verband und zur Erinnerung an ihr erstes Mal auf ihrem damals neuen Rennrad wurde. Erst als sich aus dem dünnen Schlauch über ihrem Kopf ein Tropfen Wasser löste und auf ihre spröden Lippen fiel, erwachte sie mit einem tiefen Atemzug.

Erschrocken warf sie den Kopf hin und her, versuchte zu erkennen, woher die Veränderungen kamen. »Hallo«, flüsterte sie leise, doch wieder hoffte sie vergebens auf eine Antwort. Schließlich zwang sie sich zur Ruhe und begriff. Entweder war jemand gekommen, oder eine Automatik hatte den Lüfter eingeschaltet und den Wasserschlauch aktiviert. Denn daran, dass die Luft nun etwas kühler wurde, bestand kein Zweifel, und auch das leise Summen war ein wenig lauter geworden. Sabrina sammelte ihre Kräfte und drückte den Oberkörper nach oben, so weit es ihre Fesseln zuließen. Sie erreichte den Schlauch, der über ihr von der Fahrzeugdecke hing, nur knapp. Schwer atmend blieb sie einen Augenblick lang liegen, wiederholte den Vorgang und schaffte es schließlich, für einige Sekunden in der aufrechten Position zu verharren. Es war nur ein kleiner Schluck Wasser, der fahl und abgestanden schmeckte. Und trotzdem war es köstlicher als alles, was sie bisher getrunken hatte.

Sie erreichte den Schlauch noch zweimal, dann schwand ihre Kraft und sie sank zurück auf die harte Ladefläche. *Die frische Luft und ein paar Schlucke Wasser haben mein Leben verlängert … nicht mehr und nicht weniger*, waren ihre letzten Gedanken, bevor ihr Geist erneut in die Dunkelheit hinabstieg, um sich auf das vorzubereiten, was vielleicht noch kommen würde.

– 3 –

Jacob ging zur nächsten Wand, drehte um und schritt wieder zurück zum Tisch. Dies machte er nun bereits seit einer halben Stunde. Die spitzen Holzperlen der straff um seine linke Hand gewickelten langen Gebetskette drückten sich tief in seine Haut, nur das kleine metallene Kreuz hing frei, ab und zu löste sich davon ein Tropfen Blut. Doch diese körperliche Peinigung war nichts gegen das, was in seinem Inneren tobte.

Eine Polizistin, ausgerechnet eine Polizistin, schwirrte es ihm wieder und wieder durch den Kopf.

Dass er sie nicht nehmen konnte, war ihm bewusst, aber die nun nötigen Schritte wollten ihm einfach nicht einfallen. Sie dort zu lassen, funktionierte nicht. In dem Wagen wimmelte es nur so von Fingerabdrücken und Material für eine DNA-Analyse, ganz abgesehen davon, dass das Auto auf ihn zugelassen war. Sie gehen zu lassen, war ebenfalls nicht möglich. Auch wenn die Frau Deutsche war, würde das die spanische Polizei nicht davon abhalten, mit ihr zusammen nach ihm zu suchen. Sie einfach verschwinden zu lassen, war auch keine gute Idee. Die anderen hatte er lange hierbehalten und konnte so ab und zu ein Lebenszeichen verschicken. Dies war bei einer Toten nur schlecht möglich und man würde auch sicher nach ihr suchen.

Wiederverwertbar. Immer, wenn er an dem Müllsack neben der Tür vorbeikam, sprang ihm das Wort entgegen. Nach der nächsten Runde durch den großen Hauptraum seiner alten Finca las er das Wort erneut, blieb stehen und sagte laut: »Wiederverwertbar.« Noch war der Gedanke nicht greifbar, doch er schien der Lösung seines Problems nähergekommen zu sein.

Um sich etwas Zeit zu verschaffen und die Ware frisch zu halten, ging er zu seinem Laptop, dessen Monitor ihr schweißnasses Gesicht zeigte. Die Kamera deckte nur den Bereich bis zu ihren Brustwarzen ab, doch das genügte, um zu erkennen, wie es ihr ging. Ihr Atem war zu flach und das unter ihrer Haut schlagende Herz pulsierte zu schnell – er musste handeln. Ein Tastendruck genügte und die in der Natur versteckten, batteriebetriebenen WLAN-Verstärker übertrugen das Signal den Berg hinauf. Keine Sekunde später zeigte die leichte Bewegung ihrer Haare, dass sich die Lüftung ordnungsgemäß eingeschaltet hatte. Danach aktivierte er noch die kleine Wasserpumpe und lehnte sich zurück.

Wiederverwertbar, wiederverwertbar, wiederverwertbar …, das Wort ging ihm nicht mehr aus dem Sinn.

Seine barmherzige Tat zeigte Wirkung. Die Frau mit dem hübschen Gesicht und den kurzen braunen Haaren erwachte langsam zu neuem Leben. Mit wildem Blick sah sie sich um, begriff jedoch nicht, was passiert war. Kapierte nicht, wer ihr Leben gerade verlängert hatte. Jacob legte seinen Finger auf die Stelle des Monitors, der ihre Lippen zeigte, dann schloss er die Augen und wünschte, es wäre tatsächlich ihre Haut, die er an seiner Fingerkuppe spüren konnte. Es war nicht das erste Mal, dass seine Leidenschaft geweckt worden war, doch dieses Mal war alles anders. Er durfte sie sich nicht nehmen und dieses Gefühl hatte er noch nie erdulden müssen.

Nachdem er ihr dabei zugesehen hatte, wie sie gierig an dem Schlauch nuckelte, zwang er sich, seinen Blick zu lösen. Er klappte den Laptop zu und nahm stattdessen ihren Ausweis zwischen die Finger. »Was mache ich mit dir, Sabrina Faust? Was mache ich nur mit dir?«, fragte er laut in den Raum hinein.

Es war ein Reflex, der ihn die kleine Schublade aufziehen ließ. Das Plastiktütchen war fast leer, trotzdem schüttete er den kompletten Rest des weißen Pulvers auf die Tischplatte. Anschließend teilte er den Stoff mit dem Ausweis der Polizistin in zwei Lines und zog ihn durch die Nase direkt in sein Hirn.

»3 ... 2 ... 1«, zählte er leise rückwärts, dann explodierte die Wirkung in seinem Kopf. Alles um ihn herum wirkte plötzlich, als hätte jemand das Bild scharf gestellt. Winzigste Details sprangen ihm überdeutlich in die Augen. Da war die kleine Spinne, die sich in einer Ecke des Zimmers bewegte. Eine Fliege, die sich ihrem Netz näherte. Das Blau der alten Anrichte in der Küche schien mit einem Mal von innen zu leuchten und die Staubpartikel im dünnen Sonnenstrahl des fast geschlossenen Rollos erheiterten ihn. Innerhalb von Sekunden wurde die triste graue Welt zu einer märchenhaften Umgebung.

Jacob ließ dies alles noch eine Weile auf sich einwirken, dann konzentrierte er sich wieder. Dieses Mal mit glasklarem Verstand und ohne sich ablenken zu lassen.

Kein Koks mehr da und eine nackte Schönheit oben im Wagen, brachten es seine Gedanken auf den Punkt. Nacheinander tastete sein Blick die auf dem Tisch liegenden Dinge ab, ganz so, als wäre alles ein Puzzle, das er nur zusammensetzen musste: Personalausweis, Laptop, leeres Kokstütchen, Zwanzigeuroschein, Analogtelefon, Smartphone, K.-o.-Tropfen, ein Stapel Frauenkleidung, Faschingsmaske, Stoffbeutel.

»Glasklar«, murmelte er, griff zu dem alten Telefon mit Wählscheibe und wählte die einzige Nummer, die er auswendig kannte. Das Gespräch bestand nur aus wenigen Worten und kurz darauf hatte er eine Verabredung für den Nachmittag.

Tarragona war lediglich vierzig Autominuten entfernt und am heutigen Sonntag hielt sich der sonst vorherrschende Trubel auf den Straßen in Grenzen. Jacob ignorierte das Jucken seines falschen Bartes und der Perücke, suchte sich den dunkelsten Platz in der heruntergekommenen Bar und setzte sich. Nachdem er einen Kaffee bestellt hatte, konzentrierte er sich auf den Eingang. In den nächsten zehn Minuten verließen zwei alte Männer die Kneipe und eine viel zu stark geschminkte Frau betrat den Raum. Dann passierte eine Zeit lang nichts, bis die Tür erneut geöffnet wurde und seine Verabredung eintrat.

Wie kann ein solcher Mann nur den schönen Namen Mateo tragen, fragte sich Jacob einmal mehr, als der abgewrackte Dealer an den Tisch trat. An dem Spanier war alles vorbeigegangen, was diesen Volksstamm ausmachte. Er hatte keinen Stolz im Blick, einen verwahrlosten dicken Körper, der stets nach einer Mischung aus Schweiß und Knoblauch stank, und eine Ausdrucksweise, die einfach bloß unangenehm war.

Nachdem der Wirt ein Glas seines billigsten Rotweins gebracht hatte, legte Mateo die Hände auf den Tisch, verschränkte seine wulstigen Finger ineinander und fragte dümmlich grinsend: »Also, mein Freund, womit kann ich dienen? Frauen habe ich gerade nicht im Angebot, sonst kannst du fast alles haben.«

»Zehn Gramm«, antwortete Jacob knapp, worauf sich der Spanier zurücklehnte und ein bedauerndes Gesicht aufsetzte. Dann rieb er Daumen und Zeigefinger aneinander und machte eine ausladende Geste. »An sich kein Problem, aber wenn mein Notizbüchlein nicht lügt, und das tut es eigentlich nie, hast du bei mir noch zweihundert Euro offen.« Nun lehnte er sich etwas nach vorn, was vermutlich irgendwie bedrohlich wirken sollte, und erklärte Jacob, was dieser bereits wusste: »Zehn Gramm machen siebenhundert. Plus die zweihundert und fünfzig Zinsen …«

»… macht rund eintausend, ich weiß«, vervollständigte Jacob den Satz und schob nach einer kurzen Pause hinterher: »Und ich habe etwas für dich, was mindestens das Doppelte wert ist. Alleine schon, weil man es sich nirgendwo kaufen kann.«

Mateo wischte sich mit dem Handrücken die Rotweinreste vom Mund, trug ein noch breiteres Grinsen zur Schau und nickte. »Na, jetzt bin ich aber mal gespannt. Lass hören.«

– 4 –

Wenn die Lüftung aufhört, sterbe ich! Wenn kein Wasser mehr aus dem Schlauch kommt, sterbe ich! Wenn derjenige, der mich hierherbrachte, einen Unfall hat, sterbe ich! Wenn er mich töten will, sterbe ich … Sabrina wollte das nicht denken, wollte nach einer Lösung suchen, doch ihr sonst so zuverlässiges Gehirn verweigerte ihr die Arbeit. Kurze Wachphasen wechselten mit Tagträumen, die ihr zumindest das taube Gefühl ihrer Gliedmaßen ersparten. Sie tat alles, um ihr Blut am Zirkulieren zu halten. Pumpte mit den zu einer Faust geballten Händen und kreiste mit den Füßen, doch das unangenehme Prickeln verschwand stets nur für einige wenige Augenblicke. Die Fesseln an Armen und Beinen ließen eine leichte Seitenlage zu, was den harten Fahrzeugboden aber nicht erträglicher machte.

Ab und zu versuchte sie, die Tageszeit zu schätzen, wobei sie erkennen musste, dass ihr bald die erneute Qual durch die Sonne bevorstand. Noch brannte diese unbarmherzig auf das heiße Blechdach, bald aber würde sie wieder durch die schmutzigen Fenster scheinen – diesmal auf der anderen Seite des Wagens. Die Sonnenstrahlen würden sich von ihrem Gesicht aus langsam nach unten über ihren nackten Körper ziehen. Das einzig Positive war der inzwischen fehlende Schweiß. Doch so froh sie war, dieses in den Wahnsinn treibende Kitzeln nicht mehr ertragen zu müssen, wusste sie, dass es nur an der Dehydrierung lag und diese ihren Körper schnell in einen kritischen Zustand bringen konnte.

Wieder und wieder sammelte sie ihre schwindenden Kräfte, drückte den Oberkörper nach oben, nur um ein wenig Wasser aus dem Schlauch zu saugen. Doch irgendwann schaffte sie es einfach nicht mehr, genügend Energie aufzubringen. Laut stöhnend sah sie, wie ihr noch wenige Zentimeter bis zum Ende des Schlauches fehlten, dann verkrampfte ihre Bauchmuskulatur und sie sank zurück. Sabrina war keine Frau, die zu Tränen neigte, und hasste sich dafür, nun doch in diesen Zustand abzudriften. Trauer und Verzweiflung übermannten sie, ohne dass sie es noch steuern konnte.

Nicht mit mir war ein einfacher Gedanke. Sabrina zwang sich, ihn ständig zu wiederholen. Sie hatte sich immer für eine Kämpferin gehalten. Jetzt war es an der Zeit, sich dies auch zu beweisen.

Nach einer langen Phase der bewussten Entspannung ihres Körpers konzentrierte sie sich noch einmal auf den Schlauch und versuchte, alles andere auszublenden. Dann gab sie ihren Muskeln den Befehl durchzuhalten und drückte sich nach oben. Dieses Mal kam viel Wasser. So viel Wasser, dass es ihr sogar aus den Mundwinkeln rann und fast so etwas wie ein Glücksgefühl auslöste. Erschöpft, aber mit der Gewissheit, nun wieder eine Weile aushalten zu können, sank sie zurück und schloss die Augen.

Die Sonne verhielt sich so, wie Sabrina es vorausgeahnt hatte. Es musste später Nachmittag sein, Stück für Stück malträtierten die heißen Strahlen ihre Haut. Gerade als Sabrina dachte, es geschafft zu haben, veränderte sich etwas. Klares Denken fiel ihr schon seit einigen Stunden schwer. Insofern brauchte es eine ganze Weile, bis sie wahrnahm, was nicht mehr stimmte. Es war das Rauschen der Lüftung, das jetzt fehlte, die Temperatur stieg wieder an.

Er lässt mich doch noch verrecken, ging es ihr durch den Kopf, dann setzte ein kurzes Zischen ein. Einen Moment lang schmeckte die heiße Luft komisch, bis die Welt um sie herum verblasste und es keine Angst mehr gab.

Kopfschmerz war das erste Gefühl, *ich lebe noch* ihr erster Gedanke. Sabrina öffnete die Augen, doch die Welt blieb dunkel. War es bereits Nacht? Und wenn ja, warum war sie so verdammt finster?

Da spürte sie den Stoff auf ihrem Gesicht und begriff, dass man ihr etwas über den Kopf gezogen hatte. Hände und Füße waren noch immer in der gleichen Stellung gefesselt und jede Bewegung löste ein unangenehmes Prickeln in den Nervenbahnen aus. Nach der ersten Schrecksekunde versuchte sie einige Bewegungen mit dem Kopf, doch der Sack, oder was auch immer über ihren Kopf gestülpt war, ließ sich nicht abstreifen. Ihr eigener Atem erhöhte die Temperatur unter dem Stoff, wenigstens kam genügend frischer Sauerstoff durch das grobe Gewebe. Nun versuchte sie es mit kleineren Veränderungen ihrer Lage und tatsächlich: Das Material vor ihren Augen bestand offenbar aus grobem Leinen. Ab und zu tauchte zwischen den dicken Fäden ein winziges Stück der Außenwelt auf.

»Hallo?« Ihre eigene Stimme hörte sich dumpf und kraftlos an, doch vielleicht war ihr Entführer ganz in der Nähe. Als Polizistin wusste sie, wie wichtig es war, Kontakt aufzunehmen. Nur so hatte man die Chance, an dessen Menschlichkeit zu appellieren und ihn vielleicht sogar von seiner Tat abzubringen.

»Hallo«, versuchte sie es erneut, erst auf Deutsch, dann auf Spanisch und schließlich noch auf Französisch. Sie lag still und lauschte, doch außer ein paar Naturgeräuschen war nichts zu hören. Die Temperatur hatte inzwischen ein angenehmes

Niveau erreicht, zumindest eines, das ihren ausgelaugten Körper nicht weiter schwächte.

Sekunden vergingen, Minuten vergingen. Der Kopfschmerz ließ etwas nach und irgendwann erinnerte sie sich wieder an das leise Zischen, kurz bevor sie eingeschlafen war. Vermutlich hatte ihr Entführer irgendein Gas freigesetzt, von dem sie ohnmächtig geworden war, doch was nützte ihr diese Information?

Inzwischen war das bisschen, was sie durch den Sack erkennen konnte, im Dunkel der Nacht verschwunden. Erneut verlor sie sich in Wachträumen. Außerdem war da noch dieses leise Pfeifen.

Mit einem Mal war sie hellwach, drehte ihr rechtes Ohr nach oben und hielt die Luft an, um besser hören zu können. Da war es wieder, und es war kein einfacher Pfeifton. Wer auch immer dort draußen näher kam, pfiff eine Melodie!

Was sollte sie tun? Sich ruhig verhalten oder auf sich aufmerksam machen? Im Grunde gab es nur zwei Möglichkeiten. Entweder es handelte sich um ihren Entführer, dann war es egal, oder es handelte sich um jemanden, der ihr helfen konnte, und das durfte sie sich nicht entgehen lassen. Also sammelte sie etwas Spucke, ließ diese langsam über ihre Stimmbänder laufen und brüllte, so laut es ging, um Hilfe.

Was dann folgte, verhieß nichts Gutes. Zwar verstummte die Melodie für einige kurze Augenblicke, doch nur, um dann gleich wieder einzusetzen. Außerdem kam das Pfeifen näher, sehr viel näher.

Klack. Im Innenraum des Wagens hörte sich das Geräusch der sich öffnenden Zentralverriegelung beinahe brutal an. Sie zuckte zusammen. Die gepfiffene Melodie erstarb, es entstand eine beängstigende Stille. Sabrina hörte schwere Schritte auf steinigem Untergrund, dann ging die Innenraumbeleuchtung an und blendete sie durch das grobe Leinentuch hindurch.

Die Kofferraumklappe wurde geöffnet. Sabrinas erster Impuls war, die Beine anzuziehen, was die Handschellen um ihre Fußknöchel schmerzhaft verhinderten. Zwischen zwei panischen Atemzügen fasste sie sich ein Herz. »Wer sind Sie? Bitte helfen Sie mir.«

Die Antwort kam nicht sofort. Dann sagte ein Mann auf Spanisch, wenn sie es richtig übersetzte: »Dazu bin ich nicht hier, Kleines ... dazu nicht.«

Der Gedanke war in dieser Situation völlig aberwitzig, trotzdem fragte sie sich, wie der Mann bei diesen Temperaturen so kalte Hände haben konnte.

Der Versuch, das, was im Folgenden mit ihr gemacht wurde, auszublenden, war unmöglich. Schmerzen, Demütigung und die Penetration sämtlicher Körperöffnungen waren mehr, als sie zu ertragen imstande war. Hinzu kam der furchtbare Gestank von Schweiß und Zwiebeln, der einen permanenten Brechreiz auslöste. Als dann auch noch eine ihrer Fußfesseln gelöst wurde, nur um sie ein Stück zur Seite drehen zu können, schwor sie sich, den Mann, der ihr das gerade antat, zu finden und dann langsam zu töten.

– 5 –

Jacob hatte nicht gewusst, wie er diese Sabrina vorfinden würde, doch auf den ersten Blick sah sie eigentlich noch ganz passabel aus. Mateo war nach zwei Stunden mit einem breiten Grinsen zurückgekommen und wirkte geradezu euphorisch. Ohne auch nur den Versuch zu machen, den Preis doch noch zu drücken, hatte er ihm die zehn Gramm Koks in die Hand gegeben und sogar einen weiteren Kredit versprochen.

Nun stand Jacob vor der geöffneten Heckklappe seines Vans und beobachtete, wie sich der Brustkorb der jungen nackten Frau hob und senkte. Wieder einmal bedauerte er es, sie nicht verwenden zu können, doch die Entscheidung war gefallen. Außerdem war sie nach der Benutzung durch den Dealer sowieso nicht mehr das, wonach er sich sehnte.

»Lass mich gehen, bitte, lass mich gehen«, drang es verzweifelt und erschöpft flüsternd unter der Haube hervor. Jacob ignorierte das Gewinsel, holte ein kleines Täschchen aus der Hosentasche und nahm das Besteck heraus. *Was für eine Verschwendung*, ging es ihm durch den Kopf und meinte damit die drei Gramm Koks, die er in den Löffel schüttete, in etwas Spucke auflöste und schließlich mit einer Spritze aufzog. Fast ein wenig neidisch auf den Trip, den die Kleine gleich erleben würde, trieb er die Nadel durch die Haut in ihre Fußvene und injizierte die tödliche Mischung.

Die Wirkung setzte beinahe unmittelbar ein. Aus dem Flehen wurde erst ein Stöhnen, dann ein Kichern und es endete schließlich in Krämpfen. Es folgte ein ekelhaftes Röcheln, bis die Bewegungen des Brustkorbs langsamer wurden und die Zuckungen ihrer Gliedmaßen nach und nach aufhörten.

Nachdem das letzte Aufbäumen vorüber war, löste er ihre Fesseln und begann, sie anzukleiden. Jacob mochte keine toten Körper und beeilte sich, es schnell hinter sich zu bringen. Mateos Körperflüssigkeiten, die er während dieser Arbeit nicht übersehen konnte, lösten bei ihm Übelkeit aus. Glücklicherweise hatte er für solche Fälle immer ein paar feuchte Reinigungstücher im Handschuhfach, von denen er nun etliche verbrauchte. Anschließend fixierte er den Körper wieder, fuhr den Wagen einige Meter nach vorn und kontrollierte den Platz auf verloren gegangene Dinge. Nachdem er sich sicher war, keine Spuren hinterlassen zu haben, setzte er sich erneut ans Steuer und folgte dem Weg vom Berg hinunter.

Vor der Hotelanlage angekommen, wartete Jacob, bis der Kühlwagen die Lieferantenzufahrt frei gemacht hatte und er in den kleinen Hinterhof fahren konnte. Dort stellte er das Auto in der dunkelsten Ecke ab, holte einen der großen Gitterwagen mit schmutziger Bettwäsche von der Laderampe und schob diesen bis zu seinem Kofferraum. Nachdem er sich versichert hatte, dass niemand in der Nähe war, öffnete er die Klappe und löste die Fesseln. Anschließend kippte er den Wäschewagen auf die Ladekante des Kofferraums, entleerte ihn zur Hälfte und bugsierte den leblosen Körper mühsam hinein. Beinahe am Ende seiner Kräfte und trotz seines schweißnassen T-Shirts leistete er sich keine Pause. Er bedeckte sein Opfer mit einer

Schicht schmutziger Bettlaken, verschloss sein Auto und schob den Wäschewagen in die Hotelanlage.

Die Zeit war denkbar ungünstig, da jetzt, kurz vor 23 Uhr, viele der Gäste auf dem Weg zu ihren Zimmern waren. Die meisten ignorierten ihn, doch einige sahen ihm auch skeptisch hinterher. Jacob hatte Glück und begegnete keinem Hotelangestellten, denn dann wäre es schwierig geworden. Nachdem er mit dem Aufzug zwei Etagen nach oben gefahren war, stand er endlich vor der richtigen Zimmertür.

Diese Sabrina war offenbar ein misstrauischer Mensch, da sie ihren Schlüssel nicht wie üblich an der Rezeption abgegeben hatte, sondern bei sich trug. Ein Umstand, der es jetzt einfacher machte. Jacob zog ihn aus der Tasche und wollte ihn gerade ins Schloss stecken, als ein Mann hinter ihm stehen blieb und maulte: »Jetzt fangt ihr mit dem Saubermachen an. Wenn ich wegen euch nicht schlafen kann, gibt es morgen eine fette Beschwerde.«

»Ich leise«, versprach Jacob, wobei er so tat, als könne er kaum Deutsch.

»Ja, das sagt ihr immer«, schnauzte der Gast zurück und murmelte beim Weggehen noch: »Faules Pack, hattet doch den ganzen Tag Zeit.«

Als die Tür hinter ihm ins Schloss gefallen war, atmete er erst einmal tief durch. Dieses Mal war wirklich nichts wie sonst, aber es half nichts. Zumindest war er auf diese Weise zu etwas Koks gekommen und Ersatz für dieses Stück Fleisch lief zur Genüge auf den Straßen herum.

Jacob schob die Gedanken beiseite und versuchte, sich wieder auf seine Aufgabe zu konzentrieren. Er streifte die mitgebrachten Gummihandschuhe über und begann, sich umzusehen. Zwei Dinge interessierten ihn besonders. Zum einen war dies die kleine Digitalkamera, die auf dem Nachtschränkchen lag, und dann waren da noch einige Kleidungsstücke, die aus einer Plastiktüte im Schrank quollen.

Ohne jede Eile ließ er sich auf der Bettkante nieder, nahm die Kamera und schaltete sie ein. Wie erhofft, waren auf der Speicherkarte auch noch Fotos aus Sabrinas früherem Leben. Der Bruch in der Motivfolge war allerdings deutlich zu erkennen. Die ältesten Aufnahmen zeigten sie mit einem Mann. Es gab Bilder von Urlauben, von einem kleinen Haus, das offensichtlich in Deutschland stand, und Bilder, die auf irgendwelchen Festen aufgenommen worden waren. Alles in allem war es anscheinend eine glückliche Zeit gewesen und die auf einigen Aufnahmen deutlich erkennbaren Eheringe sprachen für sich.

Dann schien es eine ziemlich lange Pause gegeben zu haben, jedenfalls war ihr Haar auf dem nächsten Bild deutlich kürzer und das Glück war aus ihrem Blick verschwunden … *Ganz genauso wie bei mir*, ging es Jacob durch den Kopf, und wieder bedauerte er, dass er Sabrina jetzt nicht mehr verwenden konnte.

Es folgten Bilder von anderen Frauen in Sabrinas Alter, einige Landschaftsaufnahmen von dieser Gegend und zum Schluss ein Selfie, das in diesem Hotelzimmer aufgenommen worden war. Jacob legte die Kamera beiseite, ging zu dem fahrbaren Wäschekorb und kippte diesen mit einiger Mühe zur Seite. Sabrina fühlte sich noch eigenartig warm an, aber das konnte auch an der hohen Lufttemperatur liegen. Zur Sicherheit kontrollierte er noch einmal ihren Puls und die Atmung, doch keines von beiden war wahrnehmbar. Der völlig erschlaffte Körper wirkte, als würde er das Doppelte wiegen, und als er ihn endlich auf dem Bett hatte, lief der Schweiß wieder in Strömen.

Nach einer kurzen Atempause, in der er die feinen Konturen ihres blassen Gesichts studierte, begann er, sie auszuziehen. Dann stopfte er ihre komplette Kleidung in eine

Plastiktüte, die er sorgfältig zuknotete. Einen Augenblick lang erwischte er sich dabei, ihre Weiblichkeit anzustarren, bis der Gedanke an das, was der Dealer mit ihr veranstaltet hatte, wieder in den Vordergrund trat und jeden sexuellen Reiz zunichtemachte. Schließlich holte er noch einen gebrauchten Slip aus der Schmutzwäsche im Schrank und zog ihn ihr über. Fehlten nur noch die Spritze und ein paar Krümel Koks, dann war der Schauplatz perfekt.

Zufrieden und auch ein wenig stolz auf sich selbst verstaute er die Handschuhe und die Tüte mit ihrer Kleidung in dem Wäschewagen, blickte noch einmal zurück, löschte das Licht und ging frei von Angst, erwischt zu werden, zum Lieferanteneingang des Hotels, wo er alles in den Kofferraum seines Vans warf.

Im Wagen lehnte er sich kurz zurück und schloss die Augen. Morgen würde er eine neue Sabrina finden, eine, die nicht Polizistin war und besser zu ihm passte. Und vielleicht sogar eine junge Mutter, das wäre wirklich das größte Glück.

– 6 –

Im Gegensatz zu ihr wirkte Pauline, als wäre nichts gewesen. Die Kleine schien so frisch und ausgeschlafen wie eh und je. Anja saß dagegen ziemlich zerknittert vor ihrem Teller und blickte über das viel zu helle Meer. Erst hatte ihre Freundin die Reise absagen müssen, dann verspätete sich der Flug und am Ende wurden sie auch noch am Flughafen vergessen. Trotz der rasanten Fahrweise des spanischen Taxifahrers kamen sie erst um zwei Uhr nachts hier an, und bis sie endlich im Bett lagen, war es fast drei. Nach all diesen Strapazen der Anreise war sie viel zu aufgedreht, um schlafen zu können, und hatte um fünf Uhr das letzte Mal auf die Uhr gesehen.

»Wann gehen wir endlich zum Strand?«, fragte Pauline jetzt bereits zum dritten Mal.

Anja versuchte ein müdes Lächeln, trank den Rest des dünnen Hotelkaffees und stemmte sich in die Höhe. Dann streichelte sie ihrer Kleinen über die Wange. »Jetzt, mein Schatz.«

Diese stieß ein leises »Juhu« aus und war auch schon auf dem Weg zum Ausgang des Speisesaals.

Als ihre Mutter die Tür des Doppelzimmers endlich erreicht hatte, hüpfte Pauline bereits ungeduldig von einem Bein auf das andere.

Anja hielt die Chipkarte vor das kleine Kästchen und entsperrte damit die Tür.

»Blau oder rosa?«, fragte Pauline, nachdem sie kurz in ihrer Reisetasche gewühlt hatte und ihre beiden Badeanzüge in die Höhe hielt.

Anja steckte den Kopf aus dem Badezimmer und deutete auf den rosafarbenen. Sie verteilte reichlich Sonnencreme auf ihrem nackten Körper und zog sich ebenfalls einen Bikini an. Darüber streifte sie ein helles Sommerkleid, das auch gleich für etwas Urlaubsstimmung sorgte. Beide schnappten sich ein großes Badehandtuch und verließen das Zimmer.

Während Pauline auf dem Weg durch den großen Hotelgarten nur noch Augen für den nahen Strand hatte, suchte Anjas Blick irgendeine Möglichkeit, um an den nächsten Kaffee zu kommen. Sie wollte sich diesen ersten Urlaubstag nicht von ihrer Müdigkeit vermiesen lassen, aber dazu brauchte sie mehr Koffein.

Dort, wo der gepflegte Rasen endete und nur eine sehr niedrige Mauer ihn vom feinsandigen Strand abgrenzte, blieb ihre Tochter endlich stehen. Dann drehte sie sich strahlend zu ihr um. »Hier bleiben wir den ganzen Sommer!«, verkündete sie so unbedarft, wie es nur Siebenjährige können.

Anja blieb ebenfalls stehen, ließ ihren Blick über den breiten Strand schweifen und atmete einmal tief durch. *Wie lange ist es her, dass ich diesen Geruch in der Nase hatte?* Die Luft war warm, roch leicht salzig mit einem Hauch von Algen und Sonnencreme. Sie liebte es. Noch mehr als das, es beschwor glückliche Erinnerungen aus ihrer Kindheit herauf. Die Lust auf Kaffee ebbte ab, und stattdessen wusste sie augenblicklich, was sie jetzt tun wollte. Mit einem breiten Grinsen im Gesicht riss sie Pauline das Handtuch aus der Hand. »Wer als Erste im Wasser ist, hat gewonnen«, rief sie.

Sie gab ihrer Kleinen ein wenig Vorsprung, zog sich im Rennen das Kleid über den Kopf und ließ es zusammen mit den Handtüchern fallen.

In den nächsten zehn Minuten verschwand all der Stress der letzten Tage. Sie tobte wie ein kleines Kind im flachen Wasser, bewarf Pauline mit Algen und tauchte mit ihr um die Wette. Und immer, wenn sie gerade aus dem Wasser wollte, sorgte ihre Tochter mit einer Handvoll Sand dafür, dass sie wieder zurückkommen und sich abwaschen musste.

Irgendwann hatte auch Pauline genug und gestattete es ihr, zu ihren Handtüchern und dem kleinen Rucksack zu gehen. Dort legten sich beide in die angenehm warme Vormittagssonne und ließen sich trocknen.

Während sie so in der Sonne lag, holte Anja ihre Müdigkeit ein, und sie sank in einen leichten Schlaf. Traumlos nahm sie unbewusst noch alles um sich herum wahr. Da war die sanfte Meeresbrise, die über ihre Haut strich und die feinen Härchen auf ihrem flachen Bauch aufstellte. Die vielen Geräusche, eingerahmt von dem Rauschen der leichten Brandung. Dieser Geruch, der noch immer wie eine Droge auf ihr Gehirn wirkte. Und dann war da noch etwas anderes, allerdings etwas, das nicht dazu passte. In den ersten Minuten hatte sie noch die Sonne auf ihrer Haut gespürt, jetzt wurde es irgendwie kühl. Aber da waren keine Wolken gewesen, so viel wusste sie trotz des Halbschlafs. Die bleierne Müdigkeit lähmte ihre Gedanken, doch das leichte Frösteln wurde stärker. Schließlich schlug sie die Augen auf.

Der Mann war nicht nur dunkel, er war schwarz. Er stand genau zwischen ihr und der Sonne, trug eine Tasche mit allerlei billigen Strandutensilien und starrte sie einfach nur an. Nein, genauer gesagt, starrte er ihr genau auf die Stelle zwischen ihren Beinen, an der einige vergessene Härchen nicht vom Rand des

Bikinihöschens eingefangen wurden. Die Situation war mehr als ärgerlich, trotzdem dachte sie zuerst an Pauline. Erst als sie diese im flachen Wasser Muscheln suchen sah, überwog der andere Impuls.

Als Erstes zog sie sich das neben ihr liegende Handtuch über die Hüfte, stemmte sich dann in eine sitzende Position und fauchte lauter als nötig: »Hau ab, du perverse Sau, was fällt dir ein?«

Der Farbige legte den Kopf ein wenig schief, zeigte ihr eine Reihe weißer Zähne und fragte, als wäre nichts gewesen: »Haben super Tucher, ganz billig, du wollen sehen?«

»Du sollst verschwinden!« Anja wurde es langsam zu bunt. Sie sprang auf, machte einen Schritt auf den Strandverkäufer zu. »Entweder du lässt uns jetzt in Ruhe, oder ich hole die *policía*. Verstanden?«

»Kann ich helfen?«

Sie hatten den Mann beide nicht bemerkt. Anja benötigte einen Augenblick, um ihn wahrzunehmen. Dankbar nickte sie ihm zu. »Dieser Perversling hat mich erst beim Schlafen beobachtet und jetzt soll ich ihm auch noch etwas abkaufen.«

Der Fremde sah dem Farbigen in die Augen und sagte einige Worte auf Spanisch.

Der Verkäufer schien noch etwas zu maulen, drehte sich dann um und ging ohne Eile zu den nächsten Touristen.

»Danke!« Anja musste erst einmal durchatmen, um ihre Anspannung abzuschütteln.

Der Mann lächelte ein irgendwie traurig aussehendes Lächeln. »Kein Problem, die sind wirklich lästig. Jedes Jahr werden es mehr, aber die hiesige Polizei tut nichts dagegen.« Dann streckte er ihr seine Hand entgegen. »Ich bin übrigens Jacob.«

– 7 –

Die Bilder wirkten wie abstrakte Ölgemälde, die man dick in Watte gepackt hatte. Düster und bedrohlich zogen sie vorbei. Ihr Kopf verwehrte ihr jeden schönen Gedanken, zog sie stattdessen in den Abgrund dieser dunklen Szenerie. In ihren Träumen versuchte sie zu rennen, doch mit jedem Schritt kamen die gierigen Hände näher. Sie streiften über ihre Brust, wischten über ihr Haar und brachten sie an den Rand des Erträglichen. Schreie verließen ihren Mund und wurden doch von niemandem gehört. Tränen liefen heiß über eine viel zu kalte Haut und fühlten sich wie Säure an. Sie wollte sie wegwischen, konnte sich aber nicht bewegen, denn ihre Hände verweigerten ihr die Gefolgschaft.

Zeit war zu einer Nichtigkeit geworden. Stunden, Tage, Wochen oder sogar Jahre bedeuteten nichts mehr, waren schlicht nicht mehr greifbar. Diese neue grauschwarze Welt folgte eigenen Gesetzen und nichts davon konnte sie beeinflussen.

Irgendwann, vielleicht nach Stunden, möglicherweise aber auch erst nach Tagen, begriff sie, dass es zu Ende ging. Es gab keinen Zweifel daran, dass diese gierigen Hände nur einem gehören konnten. Der Tod war gekommen, um sie zu holen, doch bevor er so weit war, spielte er sein makaberes Spiel mit ihr.

Als das diffuse Licht auftauchte und ein Gewirr aus Stimmen einsetzte, fühlte sie Erleichterung. Jetzt war der Frieden nahe. Bald würde dieser Albtraum enden und all diejenigen, die bereits vor ihr gegangen waren, würden sie in Liebe empfangen. Aber das Licht kam und ging und mit ihm kamen und gingen auch die düsteren Bilder … Noch ließ das Leben sie nicht los.

Es war nur ein kurzer, kaum wahrnehmbarer Knall, und doch wirkte er, als hätte man in einen prall aufgeblasenen Luftballon gestochen. Das Bild in ihren Träumen verschwand so schnell, dass sich das nun einsetzende gleißend helle Licht schmerzhaft in ihre Netzhaut brannte. Natürlich war es nicht möglich, in einem Traum die Augen zu schließen. Trotzdem versuchte sie es. Der Schreck war riesig, denn was eigentlich nicht funktionieren durfte, funktionierte – es wurde tatsächlich dunkel.

»Spiel nicht mit mir!«, rief sie dem Tod zu und erschrak ein weiteres Mal, denn es klang, als hätten die Töne ihren Mund verlassen.

Der wiederholte Augenaufschlag kam so unvermittelt, dass sie die Vorstellung, vielleicht doch noch am Leben zu sein, nicht mehr leugnen konnte. Sabrina rief sich zur Ordnung und befahl sich selbst, einige Male zu blinzeln. Das leuchtende Ding über ihr war nicht das Ende des Tunnels, es war noch nicht einmal die strahlende Seele eines Toten, es war schlicht und einfach die Neonröhre in einer schmucklosen Lampe.

Es vergingen einige Minuten des Innehaltens und der Reflexion, was überhaupt geschehen war. Schließlich öffnete sie erneut die Augen und drehte den Kopf etwas zur Seite. Das riesige Gerät neben ihrem Bett entsprach mit Sicherheit nicht mehr der neuesten Technik, trotzdem präsentierte es artig jede ihrer Vitalfunktionen in Form einiger gelblicher Punkte, die über einen kleinen Monitor liefen. Ein Blick in die andere Richtung zeigte einen Beutel, der an einer Metallstange hing und Tropfen für Tropfen einer transparenten Flüssigkeit über einen Schlauch in ihre Vene schickte.

In den folgenden Minuten wechselten sich die Bilder ihres Albtraums mit der langsamen Rückkehr in die Realität ab, bis sie es endlich schaffte, dauerhaft wach zu bleiben.

Ihr Körper schmerzte, trotzdem fand ihre rechte Hand ein Kästchen und nach einigen Versuchen auch die richtige Taste. Die Rückenlehne ihres Betts fuhr leise quietschend nach oben und brachte sie damit in eine sitzende Position.

Das Zimmer war schlicht. Weiß gestrichene Wände, eine Tür, deren Lackierung bereits abgegriffen aussah, und als einzige Dekoration blickte der gekreuzigte Jesus anklagend zu ihr herüber.

Links von ihr gab es ein kleines Fenster, hinter dem die Abenddämmerung ihr Farbenspiel in den Himmel zeichnete. Rechts neben der Tür hatte man eine Glasscheibe in die Wand eingelassen. Durch die nicht ganz geschlossenen Lamellen sah sie einen uniformierten Mann sitzen, der offenbar ihr Zimmer bewachte. *Ich lebe und werde beschützt!* Diese Gewissheit gab ihr neue Kraft und den Willen, sich von den Erlebnissen in dem Auto nicht brechen zu lassen.

Wild entschlossen, schnell wieder fit zu werden, visierte sie das Wasserglas neben dem Bett an und streckte die Hand danach aus.

Was nun einsetzte, waren nicht wirklich Schmerzen, eher das Gefühl zu kurzer Muskeln und Sehnen. Sabrina überwand sich, streckte den Arm durch und schaffte es tatsächlich, das Glas zu erreichen und die Finger darumzulegen. Sie hob es an, stieß aber sofort an ihre Grenzen, denn das Ding schien eine Tonne zu wiegen.

»Scheiße«, flüsterte sie rau und sank erschöpft zurück auf ihr Kissen. Ohne die Matratze wieder herunterzufahren, schloss sie die Augen und fiel in einen traumlosen Schlaf.

»Wann kann ich mit der Frau reden?« Der spanisch gesprochene Satz klang, als hätte ihn jemand unter Wasser gesagt, und ihr Unterbewusstsein hatte Mühe, ihn korrekt zu übersetzen. Der Weg aus dem Schlaf war anstrengend, doch sie schaffte es, die Augen aufzuschlagen.

»Ich bin wach. Bitte nicht weggehen … Ich bin wach«, murmelte sie.

Dann dauerte es einen Moment, bis sich ihre Augen an das Licht gewöhnt hatten und der Mann neben ihrem Bett langsam kontrastreicher wurde.

Sein Blick bestätigte, was das blendend weiße Hemd und die teuer aussehende Designerhose bereits ankündigten. Arroganz, er strahlte diese Arroganz aus, die nur südländischen Männern anhaftete. Seine Augen ruhten einen Augenblick zu lange auf ihr, bis er ein unechtes Lächeln aufsetzte und trocken, aber in wirklich gutem Deutsch feststellte: »Schön, dass Sie wieder bei uns sind. Der Arzt hatte da so seine Zweifel.«

Sabrina befeuchtete ihren Hals mit etwas Spucke. »Wo bin ich hier? Was ist passiert?«

Nun gab der Mann der ebenfalls anwesenden Krankenschwester einen Wink, wartete, bis diese das Zimmer verlassen hatte, und erwiderte ohne jede Sympathie in der Stimme: »Sie sind hier im städtischen Klinikum von Tarragona, und was passiert ist, wollte ich eigentlich von Ihnen wissen.«

»Und wer sind Sie?«, fragte Sabrina.

»Marco Peña, Hauptkommissar bei der hiesigen Drogenfahndung.«

Die Antwort beruhigte Sabrina etwas. Egal, wie unsympathisch der Typ war, irgendwie war er doch ein Kollege.

Sie schluckte erneut. »Wie lange bin ich schon hier?«

»Man hat Sie vor zwei Tagen am Vormittag eingeliefert. Ein Zimmermädchen hat Sie in Ihrem Hotelzimmer gefunden.«

Sabrina kramte in ihrer Erinnerung und sah zu dem nun leeren Stuhl hinter den Lamellen an der Scheibe. »Haben Sie den Mann noch nicht gefasst? Werde ich deshalb beschützt?«

Nun neigte dieser Kommissar Peña den Kopf etwas zur Seite, drehte sich ebenfalls zur Scheibe, bevor er verstand. »Beschützt? Sie werden nicht beschützt, Sie werden bewacht.«

Sabrina verstand nicht. »Bewacht, beschützt … ist das nicht alles das Gleiche?«

Peña erkannte das Missverständnis und schüttelte den Kopf. »Der Kollege vor der Tür ist nicht dazu da, um Sie zu beschützen. Er passt auf, dass Sie nicht abhauen. Gegen Sie läuft eine Anklage wegen Prostitution, Drogenhandel und Drogenmissbrauch.«

Sabrina musste das gerade Gehörte erst einmal sacken lassen, bevor sie empört erwiderte: »Was meinen Sie damit? Wie kommen Sie dazu, mir Derartiges zu unterstellen. Erstens bin ich selbst Polizistin, und zweitens bin ich hier das Opfer.«

»Wissen wir, also, dass Sie Polizistin sind, meine ich. Doch diese Tatsache entlastet Sie nicht. Was glauben Sie, wie viele Kollegen ich schon überführt habe. Irgendwie scheinen einige aus unserer Berufsgruppe zu glauben, dass eine Uniform sie vor jeder Rechtsverfolgung bewahrt.«

Sabrina wollte diese Diskussion nicht weiterführen. Sie hatte mit vielem gerechnet, aber damit sicher nicht. Man hatte sie entführt, gequält, vergewaltigt und ihr sonst etwas angetan. Und nun stand so ein überheblicher Schnösel neben ihrem Bett und erklärte ihr, dass er sie für eine Kriminelle hielt. Entgegen ihrem ersten Gefühl der mentalen Stärke schlugen die Erinnerungen über ihr zusammen. Sie wollte nicht weinen, nicht vor diesem Mann neben ihrem Bett, trotzdem ließen sich die Tränen nicht zurückhalten. Ihr Blick fiel auf den kleinen Knopf, mit dem man um Hilfe rufen konnte. Sie nahm das

Gerät, drückte es und flüsterte mit gebrochener Stimme: »Tut mir leid, aber Sie müssen später wiederkommen. Ich fühle mich überhaupt nicht gut.«

Der Kommissar protestierte, doch der herbeigeeilte Arzt schien ihn ebenfalls nicht zu mögen und komplimentierte ihn aus dem Zimmer. Dann gab er ihr ein Beruhigungsmittel. Die Träume begannen von vorn.

– 8 –

Anja hatte etwas Zeit gebraucht, um sich auf diesen Urlaub einzulassen. Nun, zwei Tage später, schaffte sie es zum ersten Mal, alles zu genießen. Sie saß mit ihrer Kleinen auf der großen Terrasse, genoss die warme Morgensonne auf ihrer Haut und ließ sich den Obstsalat schmecken. Ihr kleiner Flirt vom Vorabend war glücklicherweise noch nicht wach, denn im Grunde hatte sie überhaupt keine Lust auf männliche Bekanntschaften. Es war viel schöner, endlich einmal Zeit für sich zu haben, Pauline beim Plappern zuzuhören und niemandem sonst verpflichtet zu sein.

Die Teller und Schalen waren noch nicht richtig leer, da war Pauline kaum noch zu bremsen. Sie rutschte immer unruhiger auf ihrem Stuhl herum und irgendwann konnte es Anja nicht mehr mit ansehen. Sie nippte noch einmal von ihrem O-Saft und nickte in Richtung des Kids-Clubs der Anlage. »Na, geh schon. Ich hole dich später ab.«

Breit grinsend kam ihr Engel um den Tisch herum, gab ihr einen Schmatzer auf die Wange und sagte mit ihrer Fistelstimme: »Danke, Mami, du bist die Beste.«

Oben im zweiten Stockwerk des Hotels angekommen, stieg sie aus dem Aufzug, bog in den Flur, der zu ihrem Zimmer führte, und prallte ungebremst in einen Mann. Noch bevor sie die Entschuldigung über die Lippen brachte, irritierte sie etwas an seinen Augen. Sie trat einen Schritt zurück und anstatt »Verzeihung« sagte sie: »Jacob, oder?«

Für einen Augenblick wirkte der Mann ertappt, dann zeigte er wieder dieses irgendwie traurig wirkende Lächeln. »Genau«, erwiderte er schüchtern.

»Mein Retter vom Strand.« Anja merkte selbst, wie dumm sich das anhörte, und wechselte daher schnell das Thema. »Wohnen Sie auch hier im Hotel?«

»Was, nein«, stammelte der Mann, bevor er einen kleinen Werkzeugkoffer in die Höhe hob. »Ich führe hier ab und zu kleinere Reparaturen aus.«

»Oh, dann leben Sie hier in Spanien?«

»Ja«, antwortete er knapp und hob entschuldigend die Hände. »Es hat mich wirklich gefreut, Sie wiederzusehen, aber ich muss jetzt leider los.«

Anja ließ sich ihre Verwunderung über das seltsame Verhalten des Mannes nicht anmerken, trat ein Stück zur Seite und wünschte ihm einen schönen Tag.

Zurück in ihrem Hotelzimmer war der Zwischenfall schnell vergessen. Sie trat hinaus auf den kleinen Balkon, rauchte, nun da Pauline nicht da war, eine der wenigen Zigaretten des Tages und beschloss, sich selbst ein wenig zu verwöhnen.

Nach einer ausgiebigen Dusche nahm sie die sündhaft teure Lotion, setzte sich auf das Bett und begann, sich damit einzureiben. Der letzte Sex war lange her und so war es nicht weiter verwunderlich, was ihre eigenen Hände bewirken konnten. Bald spürte sie, wie ihre Brustwarzen auf die Berührungen reagierten. Mit der Sonne auf dem Körper ließ sie sich auf dem großen Bett nach hinten sinken, drückte noch etwas mehr aus der Tube und verteilte es auf ihren Oberschenkeln. Bald darauf war alles um sie herum vergessen. Ihre Finger erreichten ihre empfindlichsten Stellen und begannen das Spiel mit sanft kreisenden Bewegungen.

Die kleine Kamera in einer Falte der zusammengelegten Decke auf dem Kleiderschrank hätte nicht besser positioniert sein können. Ihrem heimlichen Beobachter musste es wie eine eigens für ihn inszenierte Show vorkommen. Bald öffnete Anja ihre Beine, nahm auch noch die zweite Hand dazu und verwöhnte sich in aller Ausführlichkeit. Der erste Orgasmus war befreiend, doch damit wollte sie es nicht enden lassen. Nach einer kurzen Phase der Entspannung suchte sie sich ein Hilfsmittel in Form ihrer hölzernen Haarbürste, die sie vielleicht nur wegen ihres außergewöhnlich dicken Griffs gekauft hatte. Diesen wärmte sie mit der Hand kurz an, um ihn schließlich Zentimeter für Zentimeter in ihre heiße Höhle einzutauchen. Was nun folgte, hätte kein Mann zustande gebracht. Nur sie allein bestimmte Rhythmus und Winkel, bis ein leiser unterdrückter Schrei die Erlösung brachte und Anja die Bürste atemlos sinken ließ. Sie schloss die Augen und genoss das Gefühl, mit sich im Reinen zu sein.

»Pauline?« Eigentlich war ihre Tochter schon zu groß für das burgähnliche Plastikhaus, aber so langsam wusste Anja nicht mehr, wo sie noch suchen sollte. Natürlich hatte sie ein schlechtes Gewissen. Nach ihrem Spiel mit der Haarbürste hatte sie ein derart fester Schlaf übermannt, dass sie erst zwei Stunden später vom Klopfen des Zimmerservice geweckt wurde. Allerdings durfte dies für Pauline kein Grund sein, allein zum Strand zu gehen.

»Kann ich Ihnen helfen?«

Der junge Animateur versuchte schon vom ersten Tag an, mit ihr zu flirten, nun wirkte er aber ausnahmsweise einmal ernst. Anja warf noch einen letzten Blick in das Spielhaus, in dem geschätzt fünfzehn kleine Kinder umhertobten, dann drehte sie sich um und nickte. »Ja, ich hoffe, das können Sie. Kennen Sie meine Tochter Pauline?«

Nun strahlte der junge Mann, der ein buntes T-Shirt trug und offenbar einen Clown darstellen sollte. »Na klar. Ein richtiger Sonnenschein, die Kleine.«

Anja ging nicht weiter darauf ein. »Haben Sie sie gesehen? Ich habe sie nach dem Frühstück zum Kids-Club gelassen, aber sie scheint nicht mehr hier zu sein.«

Der junge Mann warf einen kritischen Blick auf seine Armbanduhr, was Anja wie eine Anklage vorkam. Doch dann schien er ernsthaft zu überlegen, bevor er erneut ein Nicken andeutete. »Doch, ja, sie war vorhin hier und hat an unserem Tanzkurs teilgenommen. Danach habe ich sie noch einmal drüben bei den Wasserrutschen gesehen, aber das dürfte jetzt auch schon eine Stunde her sein.«

»Und seitdem nicht mehr?«

Er überlegte noch einmal und schüttelte den Kopf.

»Ist sie vielleicht runter zum Strand?«

Nun zuckte er erst mit den Schultern und beteuerte dann: »Ich weiß es wirklich nicht. Eigentlich impfen wir den Kindern immer wieder ein, dass sie sich bei uns abmelden sollen und dass sie niemals allein zum Strand dürfen. Aber Sie wissen ja, wie Kinder sind. So etwas wird gern mal vergessen. Und alle gleichzeitig im Blick zu haben, ist unmöglich.«

Anjas Druck im Magen verfestigte sich zu einem Stein, aber sie verbot es sich, gleich an etwas Schlimmes zu denken. »Ich habe bei Paulines Anmeldung im Kids-Club meine Handynummer angegeben. Könnten Sie mich bitte anrufen, falls sie vor mir auftaucht? Ich gehe sie jetzt suchen und sage ebenfalls Bescheid, wenn ich sie gefunden habe.«

Der Animateur lächelte milde. »Klar, kein Problem. Machen Sie sich keine Sorgen, hier ist noch nie ein Kind verschwunden. Die finden beim Spielen die abenteuerlichsten Verstecke und kommen spätestens, wenn sie Durst haben, wieder zurück.«

Anja drehte sich wortlos um und eilte davon.

Einige Male glaubte Anja, ihre Kleine entdeckt zu haben, denn offenbar hatte das bunte Sommerkleid, das es in Deutschland bei Aldi gegeben hatte, viele Mütter begeistert. Doch immer war es ein anderes Kind, das es trug. Weder zwischen den spielenden Kindern direkt am Ufer noch bei einer der Familien, die sich am Strand unter den Sonnenschirmen ausgebreitet hatten, war Pauline zu finden. Ihre letzte Hoffnung war die kleine Strandbar, deren Kellner gestern ein paar Späße gemacht und Pauline damit derart zum Lachen gebracht hatte, dass sie sich an ihrer Limo verschluckt hatte.

Anja ließ sich erschöpft und verzweifelt auf einen Barhocker sinken, wartete, bis der Angestellte einige andere Gäste bedient hatte, und zog dann ihr Handy aus der Tasche. Als der Mann nach ihrem Getränkewunsch fragte, hielt sie ihm ein Foto vor die Nase. »Haben Sie dieses Kind heute schon gesehen?«

Der Spanier nahm ihr das Gerät ab, hielt es in einen anderen Winkel zum Licht und nickte. »*Si*. Ist vorhin gelaufen zum Hotel.«

Anja fiel ein Stein vom Herzen, allerdings hielt ihre Erleichterung nicht lange an. Der Kellner gab ihr das Handy zurück und meinte noch: »Dein Mann ist bestimmt gegangen zu Zirkus, oben an Straße.«

Anja zuckte zusammen. »Mein Mann?«

Nun legte der Kellner den Kopf etwas schief. »*Si*. Mädchen und Vater.«

Anja konnte nicht mehr sitzen bleiben, drehte sich aber noch einmal um und rief, auf einen gepflasterten Weg deutend: »Da rauf? Sind sie den Weg gegangen?«

Der Spanier nickte eifrig. »*Si, si*. Weg zur Straße, wo oben Zirkus ist.«

– 9 –

Der Zirkus musste gerade erst angekommen sein, denn auf dem großen, staubigen Platz herrschte ein unübersichtliches Durcheinander. Während einige Schausteller noch ihre Wohnwagen rangierten, breiteten andere bereits das riesige Zelt aus. Anja hatte den Fußweg zur Vorderseite der Hotelanlage im Laufschritt überwunden und blieb nun schwer atmend und völlig durchgeschwitzt stehen. Der Versuch, die Gegend mit den Augen abzusuchen, brachte keinen Erfolg. Von Pauline fehlte jede Spur.

Wo sollte sie nur anfangen? Auf der breiten Straße, die zu der Strandpromenade der Stadt gehörte, herrschte reger Betrieb und drüben auf dem Feld konnte sie praktisch hinter jedem der Zirkuswagen sein. Anja drehte sich noch einmal in alle Richtungen, wobei ihr Blick auf den Sicherheitsmann an der Hoteleinfahrt fiel. Trotz ihrer Flipflops überwand sie auch diese Strecke rennend, was den Mann alarmierte.

Er kam ihr ein paar Schritte entgegen. »Ist passiert etwas, kann ich helfen Ihnen?«

Anja brauchte einen Augenblick, um wieder zu Atem zu kommen, dann zog sie erneut ihr Handy aus der Tasche und hielt ihm Paulines Foto entgegen. »Ich suche meine Tochter, haben Sie etwas gesehen?«, fragte sie nach Luft ringend. »Sie muss hier vor Kurzem vorbeigekommen sein, vielleicht mit einem Mann.«

Der Sicherheitsmann sah lange auf das Bild, strich sich über seinen langen Schnurrbart und nickte. »Könnte sein, ich gesehen habe. Mann und Mädchen haben gelacht.«

»Wo? Wo sind sie hin?«, drängte sie ihn.

Nun strich der Mann über die andere Seite seines Bartes, sagte etwas wie »Ah«, bevor er endlich konkret wurde. »Beide erst dahinter gelaufen«, er deutete auf einen schmalen Pfad am Rande des Zirkusgeländes, »dann ist Mann allein kommen zurück und gegangen in Hotel.«

»Wie hat er ausgesehen?«

»Hm«, brummte der Mann, dann hielt er die flache Hand über seinen Kopf. »Groß, so wie ich, aber Bauch weniger.«

»Und die Kleidung? Was hatte er an?« Anja dauerte das alles zu lange.

»Hemd mit vielen Farben und lange Hose, weiß wie Schnee in Deutschland.«

Anja murmelte ein »Danke« und wollte schon loslaufen, bis ihr etwas einfiel. *Hatte dieser Jacob nicht solche Klamotten angehabt?* Bereits heute Morgen hatte sie sich kurz darüber gewundert, dass sich ein Handwerker wie ein typischer deutscher Tourist kleidete. *Aber Pauline kennt den Mann nicht, sie war Muscheln suchen, als Jacob den Souvenirverkäufer vertrieben hat. Und mit Fremden geht sie sicher nicht mit*, ging es ihr weiter durch den Kopf.

Straße oder Hotel? Anja entschied sich dazu, erst hinter dem Zirkusplatz zu suchen.

Sie ignorierte die Pfiffe einiger Gaukler, umrundete das staubige Feld und gelangte in einen Stadtteil, der für Touristen unattraktiv und daher fast menschenleer war. Die engen Straßen waren komplett zugeparkt und die Bewohner der Häuser hatten allesamt ihre Rollos heruntergelassen, um ihre Wohnungen vor der einsetzenden Mittagshitze zu schützen. Einziger Ansprechpartner war eine alte, gebeugt gehende Spanierin, die gerade vom Markt zurückkam. »*Señora?*« Anja konnte so gut wie kein Spanisch, doch die Alte blieb tatsächlich stehen. Anja versuchte es auf Englisch und zeigte ihr das Foto, doch die Frau sah sie nur verständnislos an und schüttelte schließlich den Kopf.

Als auch die Suche im näheren Umkreis keinen Hinweis auf ihre Kleine lieferte, beschloss sie, zum Hotel zu gehen. Vielleicht konnte sie diesen Jacob irgendwo finden und dann klärte sich die ganze Sache auf. Oder Pauline saß längst vor dem Hotelzimmer und wartete darauf, dass ihre Mutter zurückkehrte.

Nichts! An der Rezeption kannte man keinen Handwerker namens Jacob und auch der Flur vor ihrem Zimmer war wie ausgestorben. Anja fühlte sich verschwitzt und staubig, doch an eine Dusche war nicht zu denken. Ihre letzte Hoffnung war, dass ihre Kleine irgendwie ins Zimmer gekommen war. Erschöpft öffnete sie die Tür, trat ein und spürte sofort, dass etwas nicht stimmte. Was sie irritierte, waren nicht die gemachten Betten, sondern dass die beiden Reisetaschen darauf standen und ganz offensichtlich auch noch gepackt waren.

»Pauline?« Keine Reaktion. Sie hastete zum Badezimmer und gab der Tür einen leichten Schubs. »Pauli?« Zimmer und Bad waren leer. Leer, sauber und aufgeräumt. Zahnbürsten, Duschsachen und alles, was sonst noch herumgestanden hatte, waren ebenso verschwunden wie ihre Tochter.

Anja wusste nicht mehr, was sie denken sollte. Das Wechselbad der Gefühle blockierte jeden klaren Gedanken und so ging sie zu dem einzigen Anhaltspunkt dafür, dass sie sich auch im richtigen Zimmer befand.

Mit zitternden Fingern öffnete sie zuerst den Reißverschluss von Paulines Tasche. Die kleinen Kleidungsstücke lagen sorgsam gefaltet darin und schienen von dem ganz oben liegenden Plüschäffchen bewacht zu werden.

Dann schaute sie in ihre eigene Tasche, die genauso ordentlich gepackt war. Allerdings lagen hier zwei Dinge oben, die ihr wie eine Ohrfeige vorkamen. Das eine war die Bürste mit dem dicken Stiel, die sie noch vor wenigen Stunden zweckentfremdet hatte. Das zweite war ein Briefumschlag, auf dem in schön geschwungenen Lettern »Für Anja« stand.

Zögernd und als wäre er giftig nahm sie den Umschlag mit zwei Fingern heraus und drehte ihn einmal um die eigene Achse. Sie spürte, wie im Inneren etwas verrutschte. Obwohl der obere Falz nicht zugeklebt, sondern nur eingesteckt war, überlegte sie kurz, ob sie den Brief öffnen oder lieber gleich die Polizei anrufen sollte. Unschlüssig drehte sie den Umschlag erneut ein Stück zur Seite, was ihr die Entscheidung abnahm. Es waren nur zwei, drei der winzigen Kettenglieder herausgerutscht, aber mehr brauchte es auch nicht. Anja kannte die Form des fein gearbeiteten Schmuckstücks, so wie sie auch den Geruch ihrer Tochter nach dem Erwachen am Morgen kannte.

»Nein … bitte, bitte nicht«, flüsterte sie, während ihr Tränen in die Augen schossen und ihre Hände feucht wurden. Dennoch versuchte sie, sich zusammenzureißen, und öffnete mit dem Finger in einer einzigen Bewegung das Kuvert. Plötzlich jeder Kraft beraubt, ließ sich Anja auf die Bettkante sinken, nahm erst die filigrane Halskette mit dem kleinen Kleeblattanhänger heraus und faltete schließlich das Blatt Papier auseinander. Auch hier setzte sich die schön geschwungene Schrift, mit roter Tinte geschrieben, fort. Anja wischte sich die Tränen aus den Augen und begann zu lesen.

Liebste Anja,
ich kann nur erahnen, wie Du Dich gerade fühlst. Aber wenn Du mir versprichst, keine Dummheiten zu machen, wird sich alles zum Guten wenden. Die kleine Pauline ist wirklich ein ganz besonderes Menschenkind und es würde mir sehr leidtun, müsste ich ihr noch so junges Leben beenden. Doch nun folge einfach meinen Anweisungen und Eurem Wiedersehen steht nichts im Wege.
1. Eigentlich muss es nicht erwähnt werden, aber Du musst Dir im Klaren darüber sein, dass jeder Kontakt mit der Polizei Paulines Leben auf der Stelle beenden wird.
2. Du nimmst jetzt Eure Taschen und checkst aus dem Hotel aus. Wenn jemand nach dem Grund fragt, gibst du an, ein Angehöriger in Deutschland sei plötzlich verstorben.
3. In Tarragona gibt es einen kleinen Busbahnhof. Wenn Du den Schildern vor dem Hotel folgst, erreichst Du ihn zu Fuß in ca. 15 Minuten. Dort gehst Du jetzt augenblicklich hin, natürlich wirst Du jeden Kontakt mit anderen Menschen vermeiden.
4. Am Busbahnhof kaufst Du mit Deiner Kreditkarte zwei Tickets für den Fernbus nach Frankfurt, der heute Abend um 21 Uhr abfährt.
5. Danach gehst Du in den Parc de la Ciutat, gleich gegenüber dem Busbahnhof. Dort setzt Du Dich auf eine Parkbank und wartest.
PS: Wir freuen uns auf Dich!

– 10 –

Sie hörte den Atem des Mannes, sie roch den Schweiß und, was am schlimmsten war, sie spürte, wie er immer wieder in sie eindrang. Der schweißnasse Leinensack klebte an ihrem Gesicht, doch er dämpfte keinen ihrer Schreie. Obwohl sie das Gesicht dieses Monsters nie gesehen hatte, fand ihr Unterbewusstsein passende Bilder für ihn. Er war fett, so viel hatte sie wahrgenommen. Er war ungepflegt, das war nicht auszublenden. Und in ihrer Fantasie hatte er kleine kalte Augen und dünnes fettiges Haar. Speichel floss aus seinem Mund, während er sie vergewaltigte und sein Glück kaum fassen konnte.

Sabrinas Erwachen glich dem Ende eines viel zu langen Tauchgangs. Ohne auf die schmerzenden Glieder zu achten, schreckte ihr Oberkörper nach oben und ihr Brustkorb rang gierig nach Luft. Sekundenlang hatte sie keine Ahnung, wo sie sich befand, dann fiel ihr Blick auf den ans Kreuz genagelten Jesus und langsames Begreifen setzte ein. Alles war gut … das Krankenhaus … Sie war in Sicherheit.

Doch leider war das nur ein Teil der Wahrheit, denn da war ja noch der Polizist hinter dem kleinen Fenster neben der Tür, der unbeteiligt an seinem Handy spielte.

Nachdem sich der Albtraum langsam in düsteren Nebel aufgelöst hatte, griff sie nach dem Glas neben dem Bett und nahm einen großen Schluck. Seit dem kurzen Gespräch mit diesem spanischen Kommissar war sie noch einige Male aufgewacht, aber nie länger als ein paar Minuten in der Realität geblieben. Einer der Ärzte hatte ihr erklärt, dass sie bei ihrer Einlieferung eine normalerweise tödliche Dosis Kokain im Blut gehabt hatte und es an ein Wunder grenzte, dass sie noch lebte. »Folgeschäden am Gehirn können wir leider nicht ausschließen«, lautete die nüchterne Aussage, dann wurde sie wieder sich selbst überlassen.

Waren diese Albträume ein Zeichen für diese Schädigung oder die normale Reaktion auf das Erlebte, überlegte sie, weigerte sich aber augenblicklich, sich als gestört zu bezeichnen.

Im Augenwinkel bemerkte sie eine Bewegung und sah, dass sich Kommissar Peña draußen vor dem Fenster mit dem Polizisten unterhielt. Dieser stand daraufhin auf, nahm den Stuhl und verschwand aus ihrem Blickfeld. Einen Augenblick später klopfte es an der Tür und der Kommissar trat ein, ohne vorher ihre Antwort abzuwarten.

Sabrina spürte, wie sich etwas in ihr sperrte. Dieser Mann, ob Kollege oder nicht, fiel eindeutig in die Kategorie arrogantes Arschloch. Und so zog sie die Bettdecke etwas höher über ihre Brust und blaffte ironisch: »Vielen Dank, dass Sie meine Privatsphäre respektieren!«

Kommissar Peña ignorierte die Aussage, zog einen Stuhl mit der Rückenlehne zu ihr ans Bett und setzte sich rücklings darauf. Anschließend reichte er ihr ein offiziell aussehendes Formular und gab ihr etwas Zeit, um es zu überfliegen.

Sabrina war zwar aufgrund ihrer Sprachkenntnisse in das Team für internationale Ermittlungen berufen worden, trotzdem verstand sie nur die Hälfte des in spanischer Amtssprache verfassten Bescheids. Auch wenn es ihr widerstrebte, musste sie das Blatt zurückgeben. »Dafür reicht mein Spanisch nicht, was soll das sein?«, fragte sie pampig.

Kommissar Peña nahm das Schriftstück, kannte den Inhalt aber auch, ohne dass er ihn ablesen musste. »Das, sehr geehrte Kommissarin Faust, ist ein Gerichtsbeschluss«, erklärte er entspannt. »Der Vorwurf der Prostitution lässt sich zwar nicht aufrechterhalten, aber der Drogenbesitz wiegt sowieso schwerer.«

»Was für ein Drogenbesitz?«, ging Sabrina sofort dazwischen.

Der Kommissar lächelte müde. Er brachte wieder etwas mehr Spannung in seinen Körper und erwiderte gelassen: »Mir ist schon klar, dass Sie davon nichts mehr wissen wollen. Trotzdem haben wir in Ihrem Hotelzimmer zwei Gramm Kokain und eine Tafel gepresstes Cannabis gefunden. Ganz abgesehen von der Menge an Drogen, die sich in Ihrem Körper befand.«

Sabrina war beinahe froh über ihre schlechte körperliche Verfassung, sonst wäre dieses Gespräch sicherlich anders weitergegangen. So reichte es nur für ziemlich viel Wut in der Stimme, als sie ihre lädierten Handgelenke von sich streckte und beinahe schreiend erklärte: »ICH BIN DAS OPFER! Irgendein Irrer hat mich entführt, in ein Auto gekettet, vergewaltigt und mir dann dieses Zeug gespritzt.«

»Und dann hat er Ihnen noch scheißteure Drogen als Abschiedsgeschenk dagelassen, um das alles wiedergutzumachen?«, warf der Kommissar zynisch ein. »Aber es ist natürlich Ihr gutes Recht, eine Anzeige gegen unbekannt zu erstatten. Ich schicke Ihnen später einen Beamten, der das aufnimmt.«

Hätte es Sabrina vermocht, hätten ihre Augen Blitze abgeschossen, so blieb ihr nur wütende Verzweiflung. »Sind Sie eigentlich so dumm und ignorant oder spielen Sie hier irgendein komisches Spiel mit mir?«

Kommissar Peña hob mahnend die Hand, »Vorsicht, auch bei uns ist Beamtenbeleidigung eine Straftat, und Sie haben schon genug Probleme.«

Als Sabrina tatsächlich still blieb, hob er das Schreiben noch einmal in die Höhe und tippte mit der anderen Hand darauf. »Der Richter würdigt Ihre Stellung bei der Polizei und auch die Anfrage bei unseren deutschen Kollegen hat nichts Negatives ergeben. Sie können sich bis auf Weiteres frei bewegen, dürfen die Gegend aber nicht verlassen. Ihren Pass werden wir natürlich einbehalten. Bis das Verfahren gegen Sie eröffnet wird, haben Sie sich alle drei Tage bei einer der hiesigen Polizeidienststellen zu melden.« Kommissar Peña legte ihr das Schreiben auf den Beistelltisch und erhob sich. »Haben Sie das verstanden?«

Sabrina lagen noch Hunderte Fragen auf der Zunge, doch die Aussicht, diesen Arsch endlich loszuwerden, war einfach zu verlockend. Also nickte sie zustimmend und sah dabei zu, wie sich die Tür hinter dem Kommissar schloss.

Die ganze Situation war einfach zu unglaublich, um alles zu begreifen. Sabrina versuchte, die Geschehnisse einzuordnen, brachte aber keine Ordnung hinein. Vom Opfer wurde sie zum Täter und dann auch noch in einem Land, in dem offenbar andere Regeln galten. Sie konnte es drehen und wenden, wie sie wollte, die Lage war bescheiden. Ihr einziger Strohhalm waren die Kollegen in der Heimat. Immerhin gab es innerhalb der EU zahlreiche Abkommen und irgendetwas würde es sicherlich auch für solche Fälle geben.

Vorsichtig schob sie ihre Füße über die Bettkante und rutschte langsam in Richtung Boden. Die erste Berührung mit dem kühlen Laminat fühlte sich eigenartig an. Ihre erschlafften Muskeln hatten alle Mühe, sie auf den Beinen zu halten, und auch mit ihrem Blutdruck stand es offenbar nicht zum Besten.

Am Anfang überlegte sie noch, wie sie sich von dem blöden Infusionsständer befreien konnte, doch schon nach dem ersten Schritt war sie froh, ihn als Stütze zu haben.

In dem schmalen Schrank befand sich fast ihr gesamtes Urlaubsgepäck. Etwas verwundert stellte sie fest, dass man ihr sogar das Handy dagelassen hatte. Doch bevor sie das erlösende Telefonat führen würde, musste sie dringend nach einer Toilette und einer Waschgelegenheit suchen. In dem Zimmer gab es, anders als in Deutschland, weder das eine noch das andere. Nachdem sie etwas frische Wäsche aus ihrer Reisetasche gekramt hatte, verließ sie das Zimmer und fand drei Türen weiter, was sie gesucht hatte.

Kriminalrat Magnus, ihr Vorgesetzter in der deutschen Zentrale für internationale Ermittlungen, hob bereits nach dem zweiten Läuten ab und schien wenig erstaunt, Sabrina in der Leitung zu haben.

Das Gespräch verlief für Sabrina emotional und vonseiten ihres Vorgesetzten ruhig und sachlich. Dass der Mann einem Eisblock in nichts nachstand, hatte sie gewusst. Dass er nun jede Hoffnung auf schnelle Hilfe wie eine lästige Fliege vom Tisch fegte, erschien ihr dagegen wie Hochverrat.

Nach dem Telefonat starrte sie noch lange auf das längst erloschene Display ihres Smartphones. Erst als es draußen bereits wieder dunkel wurde und eine rumänische Krankenschwester das Tablett mit dem Abendessen brachte, legte sie es zur Seite und begann, ungehemmt zu weinen.

Die Schwester starrte sie irritiert an, stellte das Tablett scheppernd auf den Tisch, schüttelte dann den Kopf und ging wieder zur Tür.

»Was ist, hast du noch nie jemanden heulen sehen?«, raunzte Sabrina sie wütend an.

Nach einigen Sätzen auf Rumänisch, die Sabrina nicht verstand, rauschte die Schwester aus dem Zimmer.

Keine zwei Minuten später kam ein unbekannter Arzt in das Zimmer und erklärte, dass er es für angebracht hielte, Sabrina ein Beruhigungsmittel zu verabreichen.

Der kurz darauf eintretenden Müdigkeit konnte sie wenig entgegensetzen. Geistig erschöpft und mit bleiernen Gliedmaßen legte sie sich auf das Bett und bot den sofort aufkeimenden Albträumen genügend Raum, um sich auszutoben.

– 11 –

Anjas Hände begannen, unkontrolliert zu zittern, was den Brief zum Flattern brachte. Sie ließ ihn zu Boden fallen, stand auf, ging zur Tür, drehte um und kehrte zurück. Ihre Gedanken fanden keinen Halt, keinen Anker, der sie zur Ruhe brachte. Nachrichtenbilder von verschwundenen Kindern tauchten auf und raubten ihr beinahe den Verstand.

Nachdem sie zum bestimmt zehnten Mal zwischen Tür und Bett hin- und hergelaufen war, stieß ihr Handy einen kurzen Signalton aus. *Vielleicht der Animateur vom Kids-Club*, hatte sie kurz die Hoffnung, obwohl sie wusste, dass dies nur ein frommer Wunsch war. Ihre Hände waren so feucht, dass sie auf der glatten Hülle ihres Handys keinen Halt fanden. Erst als sie diese an der Hose abgetrocknet hatte, schaffte sie es, das Gerät per Fingerabdruckscan zu entsperren. Auf dem Display stand nur »Unbekannter Absender« und die Nachricht: »JETZT!«

»Arschloch, Arschloch, Arschloch«, rief sie in den Raum hinein, was ihr keine Erleichterung brachte. Außerdem änderte es nichts an der Tatsache, dass sie handeln musste. Mit jeder Minute, in der sie sich ihrer Schockstarre hingab, war Pauline länger allein. Allein mit einem Menschen, der es in Kauf nahm, sie notfalls zu töten. Sie atmete einige Sekunden lang bewusst ein und aus, hob das Blatt Papier vom Boden auf und las die Anweisungen ein weiteres Mal durch.

Gibt es in Spanien auch eine Notfallnummer und ist es die gleiche wie in Deutschland, fragte sie sich. Dann fiel ihr das laminierte Schild an der Zimmertür ein, auf dem genau solche Informationen standen. Sie ging zur Tür, las die Notrufnummer ab und gab diese in ihr Handy ein. Ihr Gerät empfing eine Kurznachricht, als sich die automatische Ansage der Rettungsleitstelle meldete und sowohl auf Spanisch als auch auf Englisch erklärte, dass gerade alle Leitungen besetzt seien.

»Das darf doch nicht wahr sein!«, fluchte Anja, legte auf und öffnete stattdessen die Kurzmitteilung. Das Herunterladen der dort enthaltenen Mediendatei dauerte zwei, drei Sekunden, dann startete die Audiodatei von allein: Paulines Schrei erfüllte das kleine Zimmer. Der Zeitpunkt konnte kein Zufall sein, derjenige, der ihre Kleine entführt hatte, meinte es ernst und überwachte sie offenbar auf irgendeine Art und Weise.

Als die junge Frau an der Rezeption zum dritten Mal nachfragte, ob sie das Hotel wirklich verlassen wollte und was ihr denn nicht gefallen hätte, war Anja kurz davor, ihr die Quittung aus der Hand zu reißen. Sie packte die beiden Reisetaschen und hastete hinaus auf die Straße. Laut der Anweisung sollte es hier irgendwo einen Wegweiser zum Busbahnhof geben, die Frage war nur, wo? Anja drehte sich einmal um sich selbst, marschierte ein Stück nach links, dann wieder in Richtung Stadtmitte, doch von einem Schild war weit und breit nichts zu sehen. Verzweifelt und mit Schweiß auf der Stirn dachte sie nicht lange darüber nach und fragte einen der zahlreichen Souvenirverkäufer. Der junge Spanier versuchte zunächst, mit ihr zu flirten, gab schließlich auf und zeigte ihr die Richtung.

Keine zehn Sekunden später meldete sich ihr Handy mit der Nachricht: »Das war dein letzter Fehler. Beim nächsten stirbt sie!«

Die Erkenntnis, auch hier beobachtet zu werden, durchfuhr sie wie ein Schock. »*Gracias*«, murmelte sie dem Verkäufer zu und blickte sich um, doch der Mann konnte überall sein. Neben zahllosen Autos waren wahre Menschenmassen auf der Straße. Die Sonne stand schon tief, und während die Spanier zu ihren Arbeitsplätzen zurückkehrten, wechselten die Touristen vom Strand zu ihren Hotels. Anja besann sich auf das Wesentliche, und das war eindeutig Paulines Wohlergehen.

Zehn Minuten später konnte sie die beiden schweren Reisetaschen kaum noch halten. Da der Busbahnhof aber schon in Sichtweite war, zwang sie sich durchzuhalten.

Dort angekommen, spürte sie ihre Hände nicht mehr und musste erst einige Fingerübungen machen, bevor sie ihre Kreditkarte heraussuchen konnte. Nach einem weiteren Blick über die vielen herumstehenden Reisenden trat sie an das Ende der Warteschlange vor dem einzigen Ticketschalter. Eine kleine Ewigkeit später hatte sie den Schalter fast erreicht, als sich ihr Handy erneut meldete. Sie schob die Taschen mit dem Fuß ein Stück weiter, zog das Gerät aus der Hosentasche und las die Nachricht.

> Du verlangst zwei Fahrkarten für den 21-Uhr-Bus nach Frankfurt und zahlst mit deiner Visa-Karte. Jedes Wort mehr kostet deine Süße einen Finger.

Die Welt um sie herum wirkte plötzlich eigenartig unwirklich. Der Kunde vor ihr nahm seine Tickets und machte Platz. Anja hatte bei dem Spanier, der vor ihr dran war, zugehört und hoffte inständig, dass der Schalterbeamte den Satz verstand.

Dieser nickte freundlich lächelnd, erwiderte nun aber etwas auf Spanisch, was sie nicht einmal im Ansatz verstand. Ohne darauf einzugehen, legte sie einfach ihre Visa-Karte auf den Drehteller und fügte auf Deutsch hinzu: »Heute um 21 Uhr bitte.«

Das Gesicht des Verkäufers verdunkelte sich ein wenig, bevor er humorlos feststellte: »Ach, Sie sind Deutsche.« Dann nahm er die Karte und zog sie durch den Schlitz an seiner Kasse.

Anja atmete erleichtert durch, griff sich die Tickets sowie die Kreditkarte und verließ den Wartebereich.

Während sie sich zu orientieren versuchte, fiel ihr Blick auf einen Getränkeautomaten. Vor lauter Angst um Pauline hatte sie seit Stunden nichts getrunken. Gegen eine Flasche Cola dürfte dieser Irre doch sicher nichts haben.

Nachdem sie die Flasche gezogen hatte, bildete sich sofort etwas Kondenswasser auf dem kalten Glas, was ihre Gier noch weiter verstärkte. Sie schraubte den Deckel ab, setzte an und war versucht, das energische Klingeln ihres Telefons zu ignorieren. Dieses Mal war es ein Anruf und die Ansage war ziemlich eindeutig.

Paulines piepsige Stimme wirkte verängstigt. »Bitte nicht, Mami. Es tut so weh, bitte trink nicht.«

»Pauli. Wo bist du, mein Schatz?«

Das Handy blieb stumm und kurz darauf zeigte ein Dauerton an, dass die Verbindung nicht mehr bestand.

Anja schloss kurz die Augen. Wo zum Teufel war dieses Arschloch, dass er sie derart unter seiner Kontrolle hatte? Sie konnte noch nie mit Autoritäten umgehen und hätte sich die Flüssigkeit am liebsten demonstrativ in den Hals laufen lassen. Mit zu Wut gewandelter Angst nahm sie die Flasche herunter und warf sie ein wenig zu fest in den nächsten Mülleimer, was ihr die bösen Blicke eines Polizisten einbrachte. Die Versuchung, ihn um Hilfe zu bitten, war groß, aber das würde sicherlich augenblicklich Folgen für ihre kleine Tochter nach sich ziehen.

Erschöpft und emotional aufgewühlt nahm sie die beiden Taschen wieder auf und folgte einem Wegweiser zu dem Park, in den sie gehen sollte.

Hier eine freie Parkbank zu finden war leichter gesagt als getan. Nachdem sie endlich saß, stellte sich zudem die Frage, was sie hier sollte. Die großzügige Parkanlage wimmelte geradezu vor Menschen. Was auch immer dieser Typ vorhatte, hier konnte es nicht stattfinden.

Die letzten Sonnenstrahlen zeichneten lange Schatten auf den Boden und Anja wurde jetzt auch klar, warum sie nur hier einen freien Platz gefunden hatte. Während fast alle anderen Bänke im Schatten standen, brannte ihr die Sonne auf diesem Platz ungeschützt auf die Haut. Ihr Durst stieg ins Unermessliche, doch es passierte nichts. Minute für Minute verging und nach einer halben Stunde zweifelte sie bereits daran, überhaupt am richtigen Ort zu sein.

Irgendwann streckte sie ihre müden Beine nach vorn aus und lehnte sich an eine der Reisetaschen. Den angewiderten Blicken der zumeist älteren Touristinnen nach musste sie gerade ziemlich zerstört aussehen, doch das war ihr herzlich egal. Alles, was sie wollte, war, dass diese Katastrophe ein gutes Ende nahm und sie Pauline endlich wieder in die Arme schließen konnte. Und sollte dieser Typ ihrer Kleinen auch nur ein Haar gekrümmt haben, würde er ihren Mutterinstinkt zu spüren bekommen, so viel stand fest!

»Hier, ich habe etwas Wasser für Sie.« Anja zuckte zusammen, hob den Blick und sah sich einer alten aufgetakelten Frau mit gutmütigen Augen gegenüber.

Anja verstand nicht, doch die alte Frau streckte ihr weiterhin eine kleine Flasche San Pellegrino entgegen. »Sie sprechen doch Deutsch, oder?«

Mehr als ein schlichtes »Ja« brachte Anja nicht heraus, schüttelte aber den Kopf und stammelte: »Ich darf … ich meine, ich mag nicht. Danke!«

»Doch, Sie müssen sich zwingen. Bei dieser Hitze kippt man schneller um, als man glaubt.« Die Alte blieb hartnäckig und schraubte auch schon den Deckel ab.

Da hat sie recht. Und wenn das passiert, kann ich nichts mehr für Pauline tun, ging es Anja durch den Kopf. Dann griff sie nach der Flasche und leerte diese fast in einem Zug.

»Fein, so ist es gut«, freute sich die Alte. »Sie haben wirklich einen netten Mann.«

»Was?«, fragte Anja alarmiert, worauf die Alte zur nächsten Straße nickte und dabei erklärte: »Na, Ihr Mann. Obwohl er in dieser Hitze den Reifen wechseln muss, denkt er nur an seine Frau.«

»Was?«, wiederholte Anja, die keinen klaren Gedanken mehr zusammenbekam und sich auf einmal furchtbar müde fühlte.

»Schätzchen«, kicherte die alte Frau nun verschmitzt. »Das Wasser war nicht von mir. Er hat mich gebeten, es Ihnen zu bringen. Aber ich muss jetzt wirklich los, das Abendessen wartet schon auf mich.« Anja sah gerade noch, wie die Frau zum Abschied winkte, dann legte sich ein eigenartiger Schleier über ihre Wahrnehmungen.

– 12 –

In dem Krankenzimmer herrschte eine Stille, die Sabrina an ihren Sinnen zweifeln ließ. Das Licht war aus, nur durch das kleine Fenster neben der Tür drang ein wenig von der Nachtbeleuchtung herein. Es war warm unter ihrer Zudecke, zu warm. Trotzdem mochte sie diese nicht herunterziehen, ihr Gewicht gab ihr das Gefühl von Geborgenheit.

Das Mittel, das der Arzt ihr gespritzt hatte, beinhaltete offenbar nicht nur ein Beruhigungsmittel, sondern auch etwas, das sie einige Stunden zum Schlafen brachte. Sie fühlte sich entmündigt!

Noch immer nicht frei von all den Substanzen, die ihr Körper in den letzten Tagen verkraften musste, waren ihre Gedanken träge. Doch sie wollte nicht mehr schlafen, sie wollte etwas gegen all den Wahnsinn unternehmen und sie wollte, das wurde ihr in diesem Augenblick klar, dieses Arschloch finden, das ihr das alles angetan hatte.

Es hätte ein schöner Urlaub werden sollen und eine Zeit des Neuanfangs obendrein. Die Trennung von Tom brannte noch immer auf ihrer Seele, doch zwei Polizisten in einer Beziehung waren einfach einer zu viel.

Seit ihrer Versetzung in das Team für internationale Ermittlungen hatten sie sich kaum noch gesehen. Tom hatte kein Verständnis gezeigt, dass sie diesen Karrieresprung für sich beanspruchte.

Tom, der unter der Führung von Hauptkommissar Köstner zu einem wirklich guten Ermittler geworden war, brauchte seine Heimat zum Glücklichsein. Ihm genügte die kleine Welt der Nürnberger Mordkommission, auch wenn er mit seinem neuen Chef, Hauptkommissar Schneider, so seine Probleme hatte.

Sie selbst genoss es dagegen, dienstlich in die ganze Welt geschickt zu werden. Natürlich waren ihre Einsätze keine Urlaubsreisen, doch hatten sie einen ganz besonderen Reiz. Fremde Kulturen, andere Arbeitsweisen und ständig neue Gesichter machten diesen Job eindeutig interessanter als die tägliche Routine, immer im selben Büro zu sitzen und dauernd den gleichen Kollegen beim Mittagessen zuzusehen.

Und jetzt das hier. Die Geschehnisse der letzten Tage hätte sich auch ein Thrillerautor ausdenken können, doch leider waren sie bittere Realität.

Sabrinas Blick fiel auf das Schreiben neben ihrem Bett. Angeklagt wegen Drogenmissbrauch und Drogenbesitz. Der Polizist, der ihre eigene Anzeige wegen Freiheitsentzug und Vergewaltigung aufnehmen sollte, war nicht gekommen. Warum auch? Diesem Kommissar Peña ging es nicht um sie, sondern um seine eigene Bilanz.

Sabrina drängte ihre Wut zurück und besann sich auf ihre eigenen polizeilichen Fähigkeiten. Sie versuchte, die Sache aus der Sicht ihres spanischen Kollegen zu sehen.

Nach allem, was sie wusste, war sie vom Zimmerservice halbtot in ihrem Hotelzimmer gefunden worden. Neben ihr hatte eine kleine Menge Kokain gelegen und in ihrer

Reisetasche hatte sich eine Tafel gepresstes Cannabis befunden. Die Blutuntersuchung hatte eine hohe Kokainkonzentration ergeben, an der sie fast gestorben wäre. Außerdem fand man eine Einstichstelle neben dem Knöchel des linken Fußes, der typischen Stelle bei Junkies. Die zweite, inzwischen verworfene Anschuldigung wegen Ausübung von Prostitution rührte wohl nur aus dem Umstand, dass man sie nackt gefunden hatte und ihre Hand- und Fußgelenke Blutergüsse aufwiesen, wie sie auch bei Sadomaso-Spielen vorkamen.

Soweit Sabrina wusste, war die Kleidung, die sie an dem Abend anhatte, als sie mit diesem Kai ausgegangen war, verschwunden. In ihrer Reisetasche, die in dem kleinen Krankenhausschrank stand, war sie auf jeden Fall nicht, und auch der Arzt wusste nichts darüber.

»Gottverdammt«, flüsterte sie leise und hätte sich am liebsten die flache Hand auf die Stirn geschlagen. *Wie blöd kann man eigentlich sein? Die Klamotten sind weg und ich dumme Kuh gehe duschen und wasche damit die einzige Chance auf Spuren ab.*

Inzwischen hellwach nahm sie den Notrufknopf in die Hand. Fünf Uhr morgens war nicht nur für Spanier eine ziemlich unchristliche Zeit, trotzdem rief sie nach der Nachtschwester.

Nach einer kurzen Diskussion, die Sabrina dank ihrer Spanischkenntnisse gewann, versprach die Schwester, den Arzt als Erstes zu ihr zu schicken. Mit dem festen Entschluss, sich selbst zu entlassen, verließ sie das Bett, rang den ersten Schwindel nieder und begann, sich anzuziehen. Anschließend holte sie sich einen Kaffee aus dem Aufenthaltsraum und setzte sich an den Tisch in ihrem Zimmer.

Bei ihrem gestrigen Telefonat mit Kriminalrat Magnus glaubte Sabrina noch, er werde sie hier tatsächlich sich selbst überlassen. Umso erfreuter war sie nun, eine Mail von ihm vorzufinden. Er hatte einen Deutsch sprechenden Anwalt organisiert und ihr dessen Nummer geschickt. In seiner gewohnt sachlichen Art schrieb er noch: »Morgen, Donnerstag, Kontakt aufnehmen!« Dann endete die Mail auch schon. Ohne Gruß oder aufmunternde Worte.

Sabrina kopierte die Nummer des Anwalts, der laut seiner Homepage hier in Tarragona saß, in ihr Adressbuch. Dann lehnte sie sich zurück und dachte über ihre nächsten Schritte nach.

Entlassung aus dem Krankenhaus.
Anwalt anrufen.
Anzeige erstatten gegen meinen Entführer, um glaubwürdig zu bleiben.
Unterkunft suchen.

Anschließend legte sie sich noch eine Terminserie an, um die Auflage des Richters nicht zu vergessen, sich regelmäßig bei der Polizei zu melden.

Der Arzt kam nicht wie versprochen um kurz nach sechs, sondern erst um halb acht in ihr Zimmer. Und ganz offenbar hatte die Nachtschwester auch nicht mit ihm gesprochen, da sein einziges Anliegen war, ihr eine weitere Spritze mit Beruhigungsmittel zu verabreichen. Außerdem machte er keinen Hehl daraus, dass er sie einfach nur für eine kriminelle, drogenabhängige Person hielt. Umso größer war der Aufschrei, als sie auch noch um ihre Entlassung bat.

Ein Telefonat mit Kommissar Marco Peña und weitere zwei Stunden später war es dann endlich so weit: Sabrina konnte das Krankenhaus verlassen.

Nach einem wirklich guten Frühstück in einer kleinen, nur von Einheimischen besuchten Taverne rief sie den Anwalt an. Dieser versprach ihr einen Termin um 17 Uhr, was ihr genügend Zeit gab, sich um eine Unterkunft zu bemühen.

In ihr bereits gebuchtes und bezahltes Zimmer wollte sie nicht zurückkehren und die anderen großen Hotels am Strand waren eindeutig zu teuer. Also bemühte sie erneut Google und fand eine Pension, die ruhig, aber trotzdem zentral gelegen war, und zu ihrem Geldbeutel passte. Der Mann an der improvisierten Rezeption, der gleichzeitig der Eigentümer war, erwies sich als wirklich freundlich und versicherte ihr, dass sie so lange bleiben könne, bis sie ihre geschäftlichen Aktivitäten abgeschlossen hätte. Sabrina hatte es sich bereits bei anderen Auslandseinsätzen abgewöhnt, den wahren Grund ihres Aufenthalts preiszugeben. Also erklärte sie dem Mann, dass sie hier einen Handelspartner treffe und noch nicht sagen könne, wie lange das dauern werde.

Die Tür schloss sich hinter ihr und mit der plötzlich eintretenden Stille durchfuhr sie eine Woge des Begreifens. Bis jetzt war entweder alles Schlag auf Schlag gegangen oder irgendein Medikament hatte sie in die Dunkelheit geschickt. Die nun herrschende Ruhe, gepaart mit der Gewissheit, nicht mehr in dem schaufensterartigen Krankenzimmer zu liegen, öffnete ihren Geist.

Doch leider fühlten sich diese Gedanken nicht frei und leicht an. Mit einem Mal wurde ihr erschreckend bewusst, in welcher Gefahr sie sich befand. Sollte sie die Vorwürfe nicht entkräften können und bei der Polizei kein Gehör finden, drohten ihr einige Jahre Gefängnis. Daran würde auch ihre Polizeimarke nichts ändern. Ganz im Gegenteil, Polizisten hatten im Knast einen besonders schweren Stand.

Señor Garcia war ein kleiner schmächtiger Mann mit der Dynamik von Angela Merkel. Sabrina betrachtete ihn, wie er die dünne Mappe aufschlug, seine Brille zurechtrückte und etwas genervt durchatmete.

Wenn der mit den Händen jetzt auch noch eine Raute bildet, stehe ich auf und gehe!

Der Anwalt unterließ diese Geste, überflog die wenigen Blätter, hob schließlich den Blick und sah sie lange an.

Sabrina versuchte zu erraten, was der Mann gerade dachte, doch es gelang ihr nicht. Irgendwann wurde es ihr zu dumm. »Und, wie sieht es aus?«

Nun führte Señor Garcia die Hände tatsächlich zusammen, lehnte sich zurück und antwortete: »Sagen Sie es mir.«

Sabrina befand, dass sie dem Mann eine Chance geben sollte. Dann versuchte auch sie, sich etwas zu entspannen, und erzählte ihre Geschichte. Garcia hörte einfach nur zu, ohne Fragen zu stellen, und, was noch wichtiger war, ohne etwas von dem Gehörten anzuzweifeln.

Am Ende ihrer Ausführungen nahm er die Brille ab, schlug die Mappe zu und drückte die Stopptaste seines Aufnahmegeräts. Nach einigen Sekunden des Nachdenkens nickte er, sagte: »Gut!«, und erhob sich.

Sabrina legte ihre Stirn in Falten. »Gut? Was heißt gut? Wie geht es jetzt weiter?«

In Garcias hagerem Gesicht deutete sich ein mildes Lächeln an. »Ich halte nichts von Schnellschüssen. Ihre Verteidigung wie auch Ihre noch ausstehende Anzeige wollen gut überlegt sein. Geben Sie mir noch ein paar Stunden Zeit und morgen Vormittag gehen wir dann gemeinsam zur Polizei.«

»Aber sollten wir das nicht so schnell wie möglich machen, einfach, um glaubhaft zu bleiben?«

Er schüttelte den Kopf. »Wenn ich Sie richtig verstanden habe, schilderten Sie Kommissar Peña bereits, was Ihnen widerfahren ist. Somit erfolgte Ihre Anzeige rechtlich gesehen schon viel früher. Er könnte es natürlich leugnen, aber ich kenne den Mann. Er ist zwar arrogant, aber er ist auch aufrichtig.«

Zurück in ihrer Unterkunft versuchte Sabrina, sich an jedes noch so kleine Detail ihrer Entführung zu erinnern, auch wenn es ihr unglaublich schwerfiel. Nachdem sie alles dokumentiert hatte, holte sie sich eine Flasche Wein von dem Laden um die Ecke, setzte sich auf ihren winzigen Balkon und rauchte ihre erste Zigarette seit eineinhalb Jahren.

– 13 –

»Mami?« Paulines Stimme hatte einen eigenartigen Hall und wollte auch nicht zu den Bildern passen, die das Hirn ihr vorgaukelte.

»Mamiiiii!« Anjas Mutterinstinkte rissen sie aus der Wolke aus dunklen Träumen, saugten sie durch unterschiedlich kalte Luftschichten und ließen sie schließlich in der Realität aufschlagen. Ihr Mund war so trocken, dass sich ihre Zunge anfühlte, als würde sie in einem Pelz stecken.

»Mami, bitte, wach auf … wach doch endlich auf.«

Nun war der Hall verschwunden und die Angst in der Stimme ihrer Kleinen klar erkennbar. Anja versuchte eine Bewegung mit dem Kopf, die ihr zwar gelang, aber irrsinnige Schmerzen auslöste. Ein leichter Krampf durchzog ihr linkes Bein, das mit einem unkontrollierten Zucken reagierte, was wiederum zu einem leisen Klimpern führte. Anja nahm einen tiefen Atemzug. Die Luft war warm, roch aber wie ein Haufen feuchter Wäsche, die zu lange herumgelegen hatte. Übelkeit stieg in ihr auf, doch ihr leerer Magen brachte nur etwas bittere Galle hervor.

»Mami!«

Anja schlug die Augen auf und wünschte sich in den Traum zurück, aus dem sie gerade kam. Sie hob den dröhnenden Kopf, spuckte noch etwas Gallenflüssigkeit aus und brachte sich in eine sitzende Position. Ihr erster Impuls war, Pauline näher zu kommen, was aber an der zu kurzen Kette scheiterte. Die Fessel schmiegte sich eng um ihren Fußknöchel und war an einer massiven Metallöse mit der Wand verbunden.

Auch Paulines Weg war versperrt. Sie saß in einem Käfig, der gerade einmal so hoch war wie sie selbst. Auf ihrem kleinen staubigen Gesicht waren die Wege ihrer Tränen deutlich zu erkennen und das einstmals so hübsche Sommerkleid wies zahlreiche Risse auf.

»Was?« Mehr brachte Anjas trockener Mund nicht zustande. Sie sammelte etwas Spucke, zwang sich, diese runterzuschlucken, und krächzte: »Was hat er mit dir gemacht? Geht es dir gut?«

Paulines Mund bebte. Sie wischte mit dem Unterarm über ihr rechtes Auge, und anstatt zu antworten, fragte sie weinerlich: »Was will Jacob? Warum macht er das?«

Anja schloss die Augen und bemühte sich, ihre eigene Verzweiflung zurückzudrängen. »Ich weiß es nicht, mein Schatz. Aber bestimmt ist das nur irgend so ein doofes Spiel. Sicher kommt er gleich und wir bekommen beide eine riesige Portion Milcheis mit Sahne.«

»Aber er war erst so lieb und dann so wütend«, widersprach Pauline.

Anja löste sich vom Anblick ihrer völlig verheulten Tochter und musterte die Umgebung.

Der Kellerraum war etwa zehn mal acht Meter groß. Die einzige Lichtquelle war ein kleines Oberlicht, doch die Glasscheibe war derart schmutzig, dass der Himmel dahinter nur zu erahnen war. Links von ihr standen allerhand Gerümpel in Form von ausrangierten Möbeln und irgendetwas Undefinierbares aus

Stoff. Alles außerhalb ihrer Reichweite. An der rechten Wand gab es eine nicht sehr stabil aussehende Holztür, neben der eine große Gefriertruhe leise brummend ihre Arbeit verrichtete. Über der Truhe hing ein schmales Wandregal, auf dem je ein Kameraauge in Richtung der Gefangenen blickte.

Anja testete ihren Bewegungsradius, der durch die Kette auf gerade einmal einen Meter begrenzt wurde. Paulines Käfig aus massiven Metallstangen, der gut aus einem Zoo stammen konnte, stand etwa drei Meter von ihr entfernt, was jede körperliche Kontaktaufnahme unmöglich machte.

Anja zwang sich, ruhig und gelassen zu klingen, als sie ihre Tochter aufforderte: »Pauline, hör mir zu.«

»Ja, Mami«, nickte diese tapfer.

Anja sammelte noch etwas Spucke, um ihre Stimmbänder gefügig zu machen. »Ich bin mir zwar sicher, dass Jacob bald kommen wird, aber wir sollten uns trotzdem etwas umsehen, um dieses Spiel zu gewinnen. Kannst du mal ein Stück zu mir und in die Mitte deines Kä…, deines Verstecks rutschen?«

»Na klar«, bestätige die Kleine, nun etwas weniger niedergeschlagen, und rutschte nach vorn.

»Prima, du machst das super! Und jetzt stell dich hin und streck dein Ärmchen zwischen den beiden Gitterstäben durch, dann drehst du dich zur Seite und versuchst, auf den Deckel zu greifen.«

Nach zwei, drei Versuchen hatte sie ihre Tochter in die richtige Position dirigiert. Die kleine Hand legte sich um das Zahlenschloss und begann, mit dem Daumen an den einzelnen Rädchen zu drehen.

Anja gab ihr etwas Zeit. »Spürst du etwas? Verändert sich irgendetwas oder merkst du an irgendeiner Stelle einen anderen Widerstand?«, fragte sie nach einer Weile.

Paulines Eifer war geweckt. Mit der Zunge zwischen ihren Lippen machte sie hochkonzentriert weiter, schüttelte aber irgendwann den Kopf, zog den Arm zurück und musste zugeben: »Ich kann nicht mehr, mein Arm wird so schwer.«

»Ist gut, ist gut, kein Problem«, beschwichtigte Anja ihre Tochter.

Das tief dröhnende Rumsen hallte wie ein Schuss durch den Keller und ließ beide erstarren. Keine fünf Sekunden später öffnete sich die leichte Holztür und Jacobs Silhouette zeichnete sich im Türrahmen ab. Sein Gesicht war in dem langsam verblassenden Tageslicht nicht zu erkennen, aber anders als am Strand wirkte er nun ziemlich groß und bedrohlich.

Ohne irgendein Wort zu verlieren, überwand er die wenigen Meter bis zum Käfig, in dem Pauline bis ganz nach hinten zurückgewichen war. Dort stellte er die richtigen Zahlen ein, entfernte das Schloss und warf es achtlos zu dem anderen Gerümpel. Anja spürte Erleichterung, bis der Mann ein weitaus größeres Schloss aus der Tasche zog, es durch die Verankerung schob und einrasten ließ. Anschließend drehte er sich um, blickte verächtlich auf sie herab und brummte: »Das hat euch das Abendessen gekostet!« Dann drehte er sich um und ging zurück zur Tür.

Anja benötigte einen Augenblick zu lange, um ihre Schockstarre zu überwinden. Als sie sich hinwarf und versuchte, noch sein Hosenbein zu erwischen, war es bereits zu spät.

Alles Betteln half nichts mehr. Jacob trat durch die Tür und warf sie achtlos, ohne sich noch einmal umzudrehen, zurück ins Schloss. Kurz darauf wiederholte sich das dumpfe Rumsen, dann herrschte Stille.

Nach einiger Zeit gingen Anja die aufmunternden Argumente aus und sie musste mitansehen, wie Pauline die Beine an den Körper zog, den Kopf auf die Knie legte und in leises Wimmern verfiel. Ihr selbst machte, neben der Angst um sich und ihre

Tochter, am meisten der Durst zu schaffen. Was auch immer in der Wasserflasche gewesen war, die ihr die alte Frau im Park gebracht hatte, es schien sie betäubt und innerlich ausgetrocknet zu haben.

»Ich muss aufs Klo.«

Anja schreckte aus ihren Gedanken. »Was?«

»Ich muss Pipi«, wiederholte Pauline leise jammernd.

Scheiße, ging es Anja durch den Kopf, doch laut rief sie in Richtung der Kameras: »Sie müssen kommen, wir brauchen eine Toilette.«

Minuten vergingen, in denen nichts passierte und Paulines Flehen kaum noch auszuhalten war. Anja wiederholte die Bitte lauter, wartete und rief dann erneut. Nichts geschah, und als ihre Tochter erneut sagte, dass sie nun wirklich dringend musste, reagierte Anja so scharf, dass es ihr sofort leidtat. Völlig mit den Nerven am Ende schnauzte sie: »Dann setz dich doch in eine Ecke und mach einfach!«

Pauline erstarrte für einige Augenblicke; ihre Augen füllten sich mit Tränen, bis sie stur den Kopf schüttelte und mit quietschender Stimme beschloss: »Nein, nein, nein, das kann ich nicht. Ich will aufs Klo. Ich möchte dieses Spiel nicht mehr spielen. Jacob soll jetzt kommen.«

In Anja brannte irgendetwas durch, vielleicht auch, weil Pauline ihr vorhin erzählt hatte, wie lieb Jacob zu ihr gewesen war und dass sie den Schrei am Handy nur gespielt hatte. Sie beugte sich etwas in ihre Richtung. »Dein toller Jacob wird aber nicht kommen und das ist auch kein verschissenes Spiel. Dieser Mann ist böse, verstehst du? ER IST BÖSE!«, sagte sie bissig.

Paulines Augen weiteten sich und an ihrem Gesicht war abzulesen, wie das Begreifen langsam einsetzte. Schließlich begegnete sie trotzig dem Blick ihrer Mutter, zog das Kleid nach oben, die Unterhose nach unten und machte mitten in ihren Käfig.

– 14 –

Karl hasste die Strecke von Berlin nach Nürnberg. Bis zum Hermsdorfer Kreuz ging es einigermaßen zügig voran, danach fuhr er von einem Stau in den nächsten. Nie gab es einen erkennbaren Grund für den stockenden Verkehr, außer vielleicht, dass wieder einmal ein Rentner mit hundert Stundenkilometern einen Lkw überholen wollte, und das natürlich nicht auf der mittleren, sondern auf der linken Spur.

Karl war ebenfalls im Rentenalter, was ihn nicht davon abhielt, das Resultat seiner Lebensversicherung bis an die Grenzen auszufahren. Allerdings, und das konnte er sich zugutehalten, war er während seiner Dienstzeit in den Genuss einiger Fahrsicherheitskurse gekommen und wusste damit, was er tat.

Als er endlich die geschwindigkeitsbegrenzte Abfahrt vom Hienberg erreicht hatte, war es Zeit für eine Entscheidung. Entweder er fuhr erst nach Hause, machte sich frisch und ging dann noch einmal los. Oder er fuhr in Hersbruck ab und überbrachte die frohe Botschaft sofort. Ein Telefonat kam nicht infrage, da er nicht wusste, wie sich sein Freund entscheiden würde.

Schließlich gab es einen guten Grund dafür, dass man in den zwei Jahren nie miteinander telefoniert hatte. Die

Sicherheitslage ließ es schlicht und einfach nicht zu, denn trotz aller technischen Möglichkeiten, eine Leitung abhörsicher zu machen, war es zu gefährlich.

Fünfhundert Meter vor der Abfahrt fiel seine Entscheidung. Er setzte den Blinker, wechselte auf die rechte Spur und bremste auf die Geschwindigkeit des Lkws vor ihm herunter. Anschließend verließ er die Autobahn und folgte der Landstraße in das Herz der Fränkischen Schweiz.

Seinen Freund und Exkollegen zu besuchen war immer ein Glücksspiel, da man nie wusste, in welchem Zustand man ihn gerade antraf. Karl steuerte den neuen Mercedes um die Schlaglöcher des Schotterwegs, der zu dem ehemaligen Bauernhaus führte. Es war später Nachmittag und die Sonne stand so tief, dass er einige der Löcher übersah und jedes Mal einen Fluch ausstieß, wenn sein teurer Wagen kurz vor dem Aufsetzen war. Er passierte ein kleines Wäldchen, bis das Haus endlich vor ihm auftauchte.

Der neben dem alten Opel geparkte BMW-Sportwagen versetzte ihn kurz in Alarmstimmung. Dann fiel ihm das Gespräch mit dem Leiter der Sonderkommission für organisiertes Verbrechen ein und sein Puls beruhigte sich. Er stellte seinen eigenen Wagen neben die anderen beiden, womit der Vorplatz des kleinen Hauses dann auch ausgelastet war, und stieg aus.

Der Griff zu dem maroden Klingelknopf erübrigte sich, da dieser noch nie funktioniert hatte. Also hob Karl die Hand, um anzuklopfen, und zuckte einigermaßen erschrocken zusammen, als sich die Tür im selben Augenblick scheinbar von selbst öffnete.

Die junge Frau wirkte ebenfalls überrascht, hatte sich aber sofort wieder unter Kontrolle. Ihr Blick musterte ihn von oben bis unten, dann zog sie eine Augenbraue hoch und drückte sich an ihm vorbei. »Viel Spaß«, säuselte sie hämisch und stöckelte davon.

Karl verfolgte irritiert, wie die etwa dreißigjährige Dame in ihr Auto stieg, rückwärts ausparkte und schließlich zwischen den Bäumen verschwand.

Aus dem Haus selbst ertönten die verdächtig in die Länge gezogenen Worte: »Warte, Lilli, du hast noch etwas ver…« Mike war in dem Windfang stehen geblieben, schwenkte in der Linken eine halbleere Whiskyflasche und in der Rechten einen Hauch von nichts – Karl identifizierte das Nichts schnell als Stringtanga.

Nun beugte sich Mike ein Stück nach vorn, was ihn fast das Gleichgewicht kostete, und lallte: »Oh, du bist ja gar nicht Lilli.« Es verging ein kurzer Augenblick der Stille, bis er eifrig hinzufügte: »Aber gut, dass du da bist, sonst muss ich das Zeug ganz allein trinken.«

Karl schwante Übles. Er trat ein, schloss die Tür hinter sich und nahm seinem Freund die Flasche aus der Hand. Anschließend bot er seinem leicht humpelnden Ex-Chefermittler den Arm an und führte ihn in die Wohnstube.

Mike ließ sich auf einen der Stühle sinken, zog das Glas zu sich heran und legte den Tanga daneben. »Hol dir auch ein Glas und gib mir schon mal die Flasche.«

»Wer war die Dame?«, fragte Karl, ohne auf das Ansinnen einzugehen.

»Die Dame …« Mike lachte. »Das war keine Dame, das war Lilli.« Er lachte erneut. »Sie ist wirklich eine Perle, wenn du weißt, was ich meine. Eine teure Perle, aber eine Perle.«

»Kennt sie deinen Namen? Ist sie verschwiegen?«, hakte Karl weiter nach.

Mike wurde wütend. Er führte seine Hand zum Gesicht und deutete auf die lange Narbe, wobei er diese nicht genau traf.

Dann machte er eine verlangende Geste in Richtung Flasche und sagte etwas zu laut: »Glaubst du, mit diesem schmückenden Krater in der Fresse steht mir die Damenwelt offen? Außerdem weißt du ganz genau, wie egal mir dieses ganze Versteckspiel langsam ist.« Nun stürzte er den kleinen Schluck, den Karl ihm eingeschenkt hatte, hinunter, bevor er wieder etwas versöhnlicher erklärte: »Lilli ist eine alte Bekannte, verdammt gut im Bett und sie stellt keine Fragen. Zumindest so lange, wie sie ein Viertel meiner Pensionszahlungen bekommt.«

Karl nickte anerkennend, zog einen Stuhl zu sich heran und setzte sich. Entgegen seinem Vorsatz schenkte er sich nun doch etwas von dem Whisky in ein Glas und nippte davon, bevor er die Bombe platzen ließ. »Sie haben ihn!«

»Sie haben wen?«

»Mr White, Mr Freeman, Señor Cordes, Herrn Braun … Such dir etwas aus.«

»Hä?« Mike griff erneut zur Flasche, hielt inne und sah Karl ungläubig an. Nachdem der Groschen gefallen war, schien er um einige Promille nüchterner. »Sie haben IHN. Sicher? Wie?«

Karl nickte. »Dein Versteckspiel ist zu Ende. Es gibt keinen Zweifel. Wotan Döring hat damals eine wirklich gute Wahl getroffen, aber wie ich dir immer sagte, es war nur eine Frage der Zeit. Entweder der Killer findet und tötet dich oder er geht selbst irgendwo drauf.« Karl nahm einen weiteren, dieses Mal etwas größeren Schluck. »Nun hat er sich offenbar mit der Berliner Mafia angelegt und den Kürzeren gezogen. Ich komme gerade von dort. Kriminalrat Janik hat mir versichert, dass es sich um die gleiche DNA handelt, wie wir sie damals in Dörings Wohnung gefunden haben.«

»Scheiße. Echt?« Mike konnte es noch immer nicht glauben. Seit über zwei Jahren war er für 99 Prozent der Menschen, denen er etwas bedeutet hatte, tot.

Die Explosion hatte ihm damals seine große Liebe entrissen und ihn selbst verstümmelt, doch Döring wollte auf Nummer sicher gehen. Für den Fall seines eigenen Scheiterns hatte er einem wirklich teuren Killer einen hohen sechsstelligen Betrag gezahlt, um das perverse Spiel am Ende doch noch zu gewinnen.

Man hatte Mike damals bereits auf eine Trage geschnallt und wollte ihn gerade an der Presse vorbei ins Nürnberger Klinikum schaffen, als Karl den Hinweis fand. Er handelte schnell und kompromisslos. Mike wurde in einem Plastiksack aus der Kirche getragen, auf dem Weg nach Nürnberg umgeladen und in die Berliner Charité geflogen.

Nachdem man ihn dort wieder zusammengesetzt hatte, bekam er eine neue Identität, mietete dieses Haus an und hielt den Kopf unten. Zu Hause hatte man inzwischen einen leeren Sarg beerdigt und selbst seine engsten Freunde in dem Glauben gelassen, dass er tot sei.

»Was geht dir durch den Kopf?«

Mike zuckte zusammen, zog das erneut gefüllte Glas zu sich und trank den Inhalt auf ex. »Zu viel, Karl. Zu viel.«

Eine Welle von Emotionen überrollte den hartgesottenen Exermittler, Tränen standen in seinen Augen. Verzweifelt schüttelte er den Kopf und gestand leise: »Du hast keine Ahnung, was diese zwei Jahre mit mir gemacht haben. Die Aussicht, bis zu meinem Ende als Einsiedler hausen zu müssen … nur ich und meine beschissenen Erinnerungen …« Mike schluckte, deutete mit dem Finger zur Decke und flüsterte noch leiser: »Oben im Dach hängt ein Strick. Darunter steht ein Stuhl und unter dem Stuhl liegt ein Brief für dich.«

Karl schenkte noch einmal nach und legte seinem Freund die Hand auf den Unterarm. »Es ist vorbei, Mike. Du bekommst dein Leben zurück.«

Mikes Blick wurde wütend, doch sein früherer Vorgesetzter hatte es nicht verdient, für die Geschehnisse verantwortlich gemacht zu werden. Zusammen mit dem scharfen Gesöff schluckte er auch seine Verzweiflung hinunter. »Du bleibst heute hier! Im Keller steht noch eine volle Flasche und deine Frau ist sowieso froh, wenn du deinen verknöcherten Rentnerhintern nicht auf ihrem Sofa parkst«, entschied er.

Karl wollte widersprechen, doch gegen den erhobenen Zeigefinger und Mikes flehenden Blick hatte er keine Chance. »Also, wo finde ich die verdammte Flasche?«

– 15 –

Nach einer wenig erholsamen Nacht wälzte sich Sabrina ein letztes Mal auf die andere Seite und zog den Arm unter ihren Kopf. Obwohl sie sich am Vorabend noch einmal ausgiebig gereinigt hatte, glaubte sie, den ekligen Geruch des Mannes immer noch riechen zu können. Süßer Schweiß mit einer Knoblauchnote. Egal, wann, und egal, wo, sie würde es wiedererkennen! Und sie würde ihn finden, musste ihn finden. Es waren zwei gewesen, dessen war sie sich sicher. Einer hatte sie entführt und in dieses Auto gesperrt und der andere hatte sie behandelt, wie man nicht einmal ein Tier behandeln würde.

Nun drehte sie sich auf den Rücken, starrte die weiß gestrichene Decke an und dachte darüber nach, was sie tun konnte. Von der hiesigen Polizei war nicht viel zu erwarten, und wenn es hart auf hart kam, lag es an ihr, sich selbst zu entlasten. Señor Garcia schien kein schlechter Anwalt zu sein, doch auch er konnte keine Wunder bewirken.

Polizeiarbeit, das ist das, was du kannst, ging es ihr durch den Kopf. Sie schloss die Augen, drängte die Bilder beiseite und versuchte, die Sache analytisch anzugehen. Ihre Erinnerungen an die Tat hatte sie bereits zu Papier gebracht, an die Ermittlungsakten gegen sie kam sie im Moment nicht heran.

Also, was kann ich noch tun, fragte sie sich selbst. Das Jucken der Schürfwunde an ihrem rechten Handgelenk riss sie zunächst aus ihren Gedankengängen. Sie kratzte etwas daran, was einen leichten Schmerz erzeugte, der aber wiederum zu dem einzigen Beweismittel führte.

»Mein Gott, bin ich blöd«, raunte sie leise, stand auf und entkleidete sich vollständig. Anschließend löschte sie einige unwichtige Bilder von der vollen Speicherkarte ihres Handys und begann, erst das Offensichtliche, dann die kleinen Details zu fotografieren. Nach den Arm- und Fußgelenken, an denen die Handschellen angebracht waren, kam die Innenseite ihrer Oberschenkel dran. Bei dem Anblick ihrer bläulich verfärbten rechten Brust kamen ihr die Tränen, aber sie überwand sich und machte weiter.

Ganz zum Schluss kamen die unangenehmsten Stellen an die Reihe, für die sie mit einer Hand die Pobacken und danach auch noch die Schamlippen auseinanderziehen musste. Mit der anderen Hand hielt sie das Handy und nahm das Desaster als Video auf, da sie sonst gar nicht sah, was sie gerade fotografierte. Alle anderen kriminaltechnisch relevanten Beweismittel hatte sie ja dummerweise bereits im Krankenhaus abgewaschen, wofür sie sich jetzt noch hätte ohrfeigen können.

Nach dieser Prozedur verstand sie zum ersten Mal, was missbrauchte Frauen im Nachhinein durchmachen mussten. Was sie sonst nur aus der Distanz ihres Jobs miterlebte, wurde nun fühlbar, und das, obwohl sie sich nur selbst untersucht hatte. Wie es war, wenn dies eine fremde Person machte, wollte sie sich gar nicht erst vorstellen.

Obwohl für Spanien eher unüblich, erschien Señor Garcia auf die Minute pünktlich, bat sie aber noch zu einer kurzen Vorbesprechung in ein Café gegenüber der Polizeistation. Wie auch immer er so schnell an die Ermittlungsakten wegen

Drogenbesitz und -missbrauch gekommen war, er hatte sie bei sich.

Als zwei Cappuccini vor ihnen standen, klopfte er auf die Mappe. »Es sieht tatsächlich nicht gut aus. Eigentlich kann es wirklich nur an Ihrer tadellosen Personalakte in Deutschland liegen, dass der Richter keine Untersuchungshaft angeordnet hat. Ohne mit allen beteiligten Ermittlern gesprochen zu haben, kann man der Polizei bis jetzt keinen Vorwurf machen. Alle angeführten Indizien und Beweise scheinen nachvollziehbar und alles ergibt das gleiche Bild. Es existiert kein Hinweis darauf, dass irgendetwas gegen Ihren Willen geschehen ist.«

»Und was ist das?«, ging Sabrina dazwischen und zeigte die Blutergüsse an ihren Handgelenken.

Señor Garcia brachte sie mit einer kleinen Geste zum Schweigen, öffnete die Akte und zog einige Fotos ihres Hotelzimmers sowie einen Computerausdruck heraus. »Es war alles da. In Ihrem Zimmer fand man sowohl die Handschellen wie auch einige andere Sexspielzeuge. Hinzu kommt Ihre Annonce bei einer Partnervermittlung im Internet, in der Sie ziemlich eindeutige Angebote machen.«

»Was?«, fragte sie ungläubig. »Ich habe mich nie und nimmer bei so einer Seite angemeldet. Außerdem habe ich noch nie in meinem Leben an irgendwelchen abartigen Sexspielen teilgenommen.«

Señor Garcia öffnete die Hände. »Das sagen Sie. Die Polizei ist da anderer Meinung. Für die hatten Sie einfach eine intensive Nacht, die leider mit etwas zu viel Koks endete.«

Sabrina dachte lange über das Gehörte nach, wobei sie versuchte, ihre Wut zu unterdrücken. Irgendwann nickte sie. »O. k.«, sagte sie leise. »Und was machen wir jetzt? Ist es überhaupt sinnvoll, meine Entführung und Vergewaltigung anzuzeigen?«

Der Anwalt atmete durch, lehnte sich zurück und sagte ihr die ungeschminkte Wahrheit ins Gesicht. »Das können wir natürlich machen. Die Frage ist nur, was es uns bringt. Man würde Sie stundenlang untersuchen und nach den vielen Tagen, die inzwischen vergangen sind, nur noch das Offensichtliche finden.«

»Aber wie soll ich mich selbst entlasten, wenn dieser Tat nicht nachgegangen wird?«

Señor Garcia schüttelte den Kopf. »Das habe ich nicht gesagt. Ich glaube nur, dass es besser wäre, wenn wir das nicht einer Polizei überlassen, die sowieso nicht an Ihre Unschuld glaubt.« Er ließ eine Pause folgen, in der er seine Tasse leerte und die aufgeschäumte Milch herauslöffelte. »Hören Sie, ich kann mir vorstellen, was das alles für Sie bedeutet. Doch wenn Sie ehrlich sind und sich vorstellen, es wäre Ihr Fall, was würden Sie darüber denken?«

Sabrina glaubte zu wissen, worauf er hinauswollte. Schließlich nickte sie. »Es wäre kein Fall, in den man besonders viel Energie hineinstecken würde. Die Beweislage ist ziemlich eindeutig und man hätte Besseres zu tun, als einer Frau zu glauben, die vermutlich nur von ihrem Vergehen ablenken will.«

Nun nickte der Anwalt ebenfalls. »Natürlich überlasse ich die Entscheidung Ihnen. Mein Vorschlag wäre, dass wir jetzt dort hinübergehen und Sie sich, wie es der Richter verlangt, zum ersten Mal bei der Polizei melden. Danach können Sie mich gern in meine Kanzlei begleiten und von dort aus selbst Ermittlungen anstellen. Was halten Sie davon?«

Als Polizistin glaubte Sabrina an Rechtsstaatlichkeit, und die Vorstellung, dass ihr Missbrauch einfach so unter den Tisch gekehrt wurde, widerstrebte ihr. Trotzdem stimmte sie zu, schwor sich jedoch selbst, alles dafür zu tun, diese beiden Monster zu finden.

Die Anwesenheitsmeldung bei der örtlichen Polizei verlief kurz und unspektakulär. Der Beamte vermerkte Ort und Zeit in ihrer elektronischen Akte, erinnerte sie an die nächste Meldung in drei Tagen, dann war es auch schon erledigt.

In der Kanzlei angekommen, wies ihr Garcia eine Ecke in seinen Räumlichkeiten zu, gab ihr einen ausrangierten Laptop mit Internetanschluss und überließ sie sich selbst. Auf die Frage nach seiner Bezahlung zeigte er die erste echte menschliche Regung. Er blinzelte ihr zu. »Ich stehe bereits mit Ihrer Rechtsschutzversicherung in Verbindung. Die Deutschen sind in der Beziehung ziemlich großzügig.«

Wie so oft in den letzten Tagen hatte Sabrina das Gefühl, geistig nicht hinterherzukommen. Aus einer einfachen Urlaubsreise war ein großes dunkles Loch geworden, das ihr keine Zeit zum Durchatmen ließ. Obwohl es erst Mittag war, fühlte sie sich absolut erschöpft. Sie griff zu ihrem Wasser, nahm einen langen Schluck und lehnte sich in dem alten Bürostuhl zurück.

Auch wenn sich ihre Seele dagegen wehrte, musste sie die Entführung wieder und wieder durch ihren Kopf laufen lassen. Irgendwo war ein Hinweis, es gab immer einen Hinweis!

Die ganze Sache war geplant, so viel war sicher. Kein Mann entführte eine Frau und fing dann an, sein Auto umzubauen. Die Kamera, der Wasserschlauch, die einsetzende Lüftung … das alles war von langer Hand geplant.

Bei der Vergewaltigung war sie sich dagegen nicht so sicher. Auch wenn sie den Typen nicht gesehen hatte, wirkte dieser eher überrascht, leider positiv überrascht, über das, was er im Auto vorfand. Und so, wie er sich über sie hergemacht hatte, schien ihm ihr Überleben egal gewesen zu sein.

Irgendetwas passte nicht zusammen. Das Bild, das sie trotz des Mordversuchs mit dem Kokain von ihrem Entführer hatte, stimmte nicht mit dem anderen, grobschlächtigen Mann überein.

Nachdem ihre Gedankenspiele keine neuen Erkenntnisse brachten, öffnete sie den Internetbrowser und gab ein paar Stichwörter wie »Tarragona + Drogen«, »Tarragona + Missbrauch« und »Katalonien + vermisst« bei Google ein.

Eine Stunde verging, bevor sie sich etwas nach vorn lehnte. »Das darf doch nicht wahr sein«, murmelte sie leise und markierte die Internetseiten als Favoriten. Anschließend ging sie vor die Tür, rauchte eine Zigarette und zog ihr Handy heraus. In der Hoffnung, dass die Nummer noch stimmte, drückte sie auf die grüne Schaltfläche und hob das Gerät ans Ohr.

– 16 –

Der altmodische Abreißkalender hing an der weiß gekalkten Wand. Er selbst hatte ihn dort aufgehängt … wie jedes Jahr. Lange Monate saß er einfach nur davor, entfernte Blatt für Blatt und konnte kaum erwarten, bis die Zeit gekommen war.

Unter dem heutigen 14.06. lag das erste rot eingefärbte Blatt. Die Farbe dafür hatte er in der ersten Nacht des Jahres aufgetaut, in die Schale gefüllt und dann alle besonderen Tage sorgsam damit eingefärbt und trocknen lassen. Seitdem verbot er sich, den Kalender vorzublättern, wusste aber aus Erfahrung, wie die Zettel aussehen würden. Rostbraun würden sie sein, ein wenig brüchig und doch wunderschön.

Diese Sabrina wäre ideal gewesen, aber den Fehler, ausgerechnet eine Polizistin zu erwischen, hatte er korrigiert. Außerdem hatte er einen wirklich guten Ersatz gefunden, und dass auch noch ein Kind dabei war, machte es noch authentischer. Wie oft hatten sie über Kinder gesprochen? Wie oft hatten sie sich ausgemalt, dass ein kleines Mädchen oder ein strammer Junge draußen durch den Garten tobte?

Jacob senkte den Blick auf die Reste seiner Drogen. Heute würde er den Stoff noch brauchen, doch schon morgen begann eine neue Zeitrechnung. Tage der Freiheit lagen vor ihm.

Selbstsicher nahm er das kleine Röhrchen, setzte es an die Nase und atmete ein. Es folgte das leichte Kitzeln, bis ein Feuerwerk aus Botenstoffen in seinem Körper explodierte. Das alte Foto und die aktuelle Videoaufnahme verschmolzen zu einer Einheit. Der kleine Monitor und das Bild daneben wurden eins. Er sah ihre anmutigen Bewegungen, die fein gezeichneten Gesichtszüge und diese Liebe in ihrem Blick. Wenn er jetzt die Augen schließen würde, könnte er sogar ihre weiche Haut spüren, doch das wollte er noch nicht. Ohne die Wärme und die Leidenschaft ihres Körpers wäre es einfach kein perfektes Erlebnis. Der Koks vermochte viel, aber auch dieser Zustand hatte Grenzen.

Verzückt starrte er auf den Monitor, der die Bilder vom Keller übertrug. Minutenlang sah er dabei zu, wie sie einfach nur dasaß. Die dicken Lederbänder um ihre Hand- und Fußgelenke wirkten wie Schmuck aus einer längst vergangenen Zeit. Ihr Haar war dunkel und wild, etwas, was noch angepasst werden musste, aber das war nicht schlimm. Der Rest schien perfekt. Sie war sein Mädchen, so viel stand fest.

Eine halbe Stunde später schaufelte sich Jacob ordentlich Wasser ins Gesicht und ging hinaus auf die Terrasse. Das karge Land um die alte Finca begann bereits, wieder grau und dürr zu werden. Wie jedes Jahr um diese Zeit verbrannte die Sonne die Erde. Am Horizont spiegelte sich das Blau des Meeres und die wenigen Boote wirkten wie Fremdkörper. Drei Kilometer trennten das Haus vom Ufer, dazwischen gab es nur spärlich bewachsene Geröllfelder, kleine Wäldchen, die sich bei näherer Betrachtung als Gestrüpp herausstellten, und kurz vor dem Meer die Küstenstraße. Einstmals als Sehnsuchtsort gekauft, war das Haus heute sein ganz persönlicher Tempel. Und die Berge hinter dem Haus, dort, wo er diese Sabrina Faust getestet hatte, waren die Verbindung zu seiner großen Liebe. Nur dort oben war er ihr so nahe wie nirgends sonst.

Jacobs Gedanken glitten hinab in den Keller und ein aufgeregtes Kribbeln durchzog seinen Körper. Nur noch wenige Stunden, dann würde er das weiße Blatt mit der 14 entfernen und der rostrote 15.06. begann.

Ohne groß darüber nachzudenken, legte er sämtliche Klamotten ab, setzte sich in die Sonne und ließ seinen ohnehin wettergegerbten Körper noch ein wenig brauner werden. Schließlich sollte alles so sein, wie es immer gewesen war, und dazu gehörte ein gesundes Aussehen.

Als eine Stunde später die Sonne langsam hinter dem nächsten Berg verschwand, ging er zurück ins Haus und begann mit den Vorbereitungen. Gut gelaunt und mit einem Joint im Mundwinkel holte er die Holzkiste aus der kleinen Kammer neben der Eingangstür und trug sie hinüber in die Wohnküche. Dort öffnete er den Deckel und ein warmes Gefühl durchzog seinen Leib.

Es war ein bisschen wie nach Hause kommen, als er Stück für Stück herausnahm und sorgsam nebeneinanderlegte. Schließlich trat er einen Schritt zurück und begutachtete sein Werk. Vor ihm lagen eine Tube Blondierung und ein Päckchen Abführmittel, längst abgelaufen, aber noch immer wirksam, wie er wusste. Außerdem ein sehr scharfes Rasiermesser, wie es Frisöre benutzten, eine filigrane Halskette mit einem Engel-Anhänger und ein Paar gepolsterte Handschellen aus dem Sexshop. Jacobs Mund formte sich zu einem Lächeln, verstärkt durch einen Blick zu der alten Uhr, die das Voranschreiten der Zeit anzeigte.

»Die Handschellen werden Ihrer Frau gefallen«, hatte die Verkäuferin damals gesagt und zweideutig gezwinkert. Dabei legte er keinen Wert auf derartige Spiele, der Zweck der Fesseln war ein ganz anderer.

Nachdem er sich von der Vollständigkeit des Inhalts überzeugt hatte, verstaute er alles wieder in der Kiste, verschloss diese, ließ sie aber auf dem Tisch stehen. Dann machte er sich daran, den beiden unten im Keller ein paar Sandwiches zuzubereiten, und füllte Wasser in zwei Plastikbecher aus weichem Kunststoff. Wie er gelernt hatte, war es wichtig, weichen Kunststoff zu benutzen. Harten konnte man zerbrechen und die Scherben für allerhand Unsinn benutzen. Eine hatte sogar versucht, sich damit die Pulsadern aufzuschlitzen, und das fiel ja wohl eindeutig in sein Aufgabengebiet, wenn auch erst ganz zum Schluss.

Fehlten nur noch die großen Kopfhörer, die er sich aufsetzte, um nicht von ihrem Gejammer abgelenkt zu werden. So kurz davor sollte nichts seine Vorfreude schmälern oder ihn aus dem Konzept bringen.

Derart präpariert, nahm er das Tablett, ging die Treppen hinunter, öffnete die schwere Brandschutztür und trat in den Vorraum zu dem eigentlichen Keller.

Sie, er wollte ihren echten Namen nicht einmal mehr in Gedanken benutzen, lag eingerollt neben der Wand und tat so, als würde sie schlafen. Dass ihr Atem dafür viel zu schnell ging, war auf den ersten Blick zu erkennen, entlockte ihm aber nur ein Schmunzeln. Der Schlaf der Kleinen im Käfig war dagegen echt. Ihr Brustkorb hob sich langsam und gleichmäßig; ein dünner Speichelfaden hing von ihrem kleinen zarten Kinn.

Früher hatte er den Aktionsradius der Frauen noch mit Kreide markiert, doch inzwischen war er ihm in Fleisch und Blut übergegangen. Er umrundete diesen Bereich, trat an den Käfig mit dem Drahtgeflecht auf dem Boden und blieb davor stehen. Die Kleine war wirklich süß und hatte sich auf Anhieb gut mit ihm verstanden. Außerdem hatte es ihr diebischen Spaß bereitet, ihrer Mutter in Tarragona ein paar Streiche zu spielen. Unschuldig, wie kleine Kinder nun einmal sind, hatte sie sich an der Entführung ihrer Mutter beteiligt, als wäre alles nur ein Spiel.

Jacob stellte den Pappteller mit dem Sandwich und den Becher hinter die Gitterstäbe und kontrollierte dabei auch gleich die Anschlüsse seiner Konstruktion. Dann holte er noch eine dünne Decke und ein Kissen aus einer Kiste hinter dem Käfig und legte beides hinein.

Bei der Mutter musste er deutlich vorsichtiger sein. Nachdem er die Kleine noch eine Weile beobachtet hatte, drehte er sich zu ihr um und hätte beinahe ihr Essen fallen lassen. Anstatt eingerollt auf dem Boden zu liegen, saß sie nun mit angezogenen Beinen hinter ihm und starrte ihn feindselig an. Er wich ihrem Blick aus, stellte den Teller auf den Boden und schob ihn mit dem Fuß in ihre Reichweite. Bei dem Plastikbecher gestaltete sich die Sache deutlich schwieriger. Um ihre Bewegungen besser einschätzen zu können, wählte er hier eine andere Vorgehensweise und streckte ihn ihr entgegen. Da sie irrsinnigen Durst haben musste, hoffte er darauf, dass sie das Getränk nicht gefährden würde.

Tatsächlich fixierte sie den Becher mit ihren Augen, bewegte sich ihm aber keinen Millimeter entgegen. Etwas genervt schwenkte er das Wasser auffordernd in ihre Richtung, worauf einige Tropfen herausschwappten. Sie löste die Hand von ihrem Bein und streckte sie zitternd danach aus. Dann umgriff sie den Becher, wobei sie peinlich darauf achtete, nicht mit ihm in Berührung zu kommen. Als er seine Finger löste, schnellte ihre andere Hand nach vorn, packte seine Hand und zog ihn zu sich. Der Becher fiel zu Boden und rollte davon, während sie ihre

Zähne in seinen Unterarm schlug und zubiss. Durch die großen Kopfhörer hörte Jacob seinen eigenen Schrei nur gedämpft.

Trotz der höllischen Schmerzen riss er ihr sein Fleisch aus dem Mund, schlug ihr mit dem gesunden Arm kraftvoll ins Gesicht und rutschte nach hinten. Schwer atmend begutachtete er die klaffende Wunde, stand auf und trat mit voller Absicht und barfuß, wie er war, auf ihr Sandwich.

Zehn Sekunden später ließ er die schwere Tür lautstark ins Schloss fallen, drehte den Schlüssel zweimal um und machte sich auf die Suche nach dem Verbandskasten. Am Küchentisch drehte er das alte Foto zur Seite, damit sein Engel nicht mitansehen musste, wie sich die Frau auf dem Monitor an der zertretenen Brotscheibe gütlich tat.

– 17 –

Mike schlug die Augen auf. Durst und gleichzeitig seine volle Blase hatten ihn geweckt. Er schaute sich um, fand das kleine Fenster und sah die Sterne am Himmel leuchten. Er war zu Hause oder zumindest da, wo er damals Zuflucht gefunden hatte. Nach einigen Sekunden stand er auf und ging humpelnd ins Bad. Nachdem er sich Erleichterung verschafft hatte, drehte er den Wasserhahn auf und versuchte, diesen unbarmherzigen Durst zu stillen, der sich sofort wieder meldete, sobald er seinen Mund wegzog.

Nun etwas klarer im Kopf, doch noch immer mit dem Geschmack des Fusels im Mund, hielt er kurz inne. *War das alles wirklich passiert oder hatte er nur geträumt?* Unsicher sah er die schmale Treppe hinunter – entgegen seinen Erwartungen stand dort tatsächlich ein Paar fremder Schuhe.

Die Stufen kosteten ihn allerhand Mühe, auch wenn er diese schon tausendmal und in allen möglichen Zuständen bezwungen hatte. Unten im Flur knipste er die Wandlampe an und schlich weiter ins Wohnzimmer. Neben dem Sofa ging er in die Hocke. Die Schmerzen in seinem Knie meldeten sich augenblicklich, waren aber dank seines Zustands erträglich.

»Karl?« Leise versuchte er, seinen Gast zu wecken, doch dieser unterbrach sein Schnarchen nur kurz.

»Karl!« Nun griff er seinen ehemaligen Vorgesetzten an der Schulter und schüttelte ihn leicht. Dieser machte ein, zwei schnelle Schnaufer, schoss in eine sitzende Position und stieß einen Schrei aus. Wäre Mike auch nur fünf Zentimeter näher gewesen, hätte ihn der um sich schlagende Arm erwischt, so spürte er nur den Luftzug.

»Karl, beruhige dich, es ist alles in Ordnung«, beeilte sich Mike zu rufen, während er sein Gesicht aus der Gefahrenzone brachte. Karl brummte ein paar unverständliche Laute und blickte sich gehetzt um. Als er endlich begriffen hatte, wo er war und warum, starrte er Mike mit großen trüben Augen an. »Was tust du hier?«

Mike machte erneut eine beruhigende Geste. »Ist es wahr, oder habe ich alles nur geträumt?«, fragte er nach wie vor ein wenig lallend. »Ist der Mann wirklich tot? Tut mir leid, dass ich dich geweckt habe, aber es hat mir keine Ruhe mehr gelassen.«

Karl warf einen Blick auf seine Armbanduhr, die vier Uhr morgens anzeigte, zog die Augenbrauen nach oben, verzichtete aber auf einen Fluch. »Alles ist wahr, Mike. Alles. Du kannst ab morgen machen, was du willst«, nuschelte er. Dann ließ er sich nach hinten fallen, zog die Sofadecke bis hoch zum Hals. »Und jetzt geh in dein Bett und schlaf, sonst beginnt dein neues Leben mit einem üblen Kater.« Keine zwei Sekunden später setzte erneutes Schnarchen ein und aus Mikes Augenwinkel löste sich eine Träne.

»Was für eine Nacht!«

»Tee, Kaffee oder nur Aspirin?«, fragte Mike, der nicht an seine nächtliche Aktion erinnert werden wollte.

»Alles«, antwortete Karl, während er langsam und vorsichtig den Kopf drehte. »O-Saft, Kaffee, Aspirin und bitte bloß nichts zu essen.«

»Kommt sofort«, verkündete Mike fröhlich, und das, obwohl ihm mindestens genauso übel war und sein Kopf höllisch wehtat.

In den folgenden Minuten waren beide damit beschäftigt, sich sämtliche Flüssigkeiten zuzuführen, die der Kühlschrank hergab. Das Schmerzmittel benötigte eine Weile, dann wurde alles erträglicher. Mike beschloss, an die frische Luft zu gehen.

Karl stand ebenfalls auf und suchte in seiner dünnen Sommerjacke nach seinem Handy. Nachdem er einen leisen Fluch ausgestoßen hatte, rief er Mike hinterher: »Hast du irgendwo ein Ladekabel?«

»Rechte Schublade unter dem Wasserkocher … glaube ich.«

Karl fand das Ding in der Schublade daneben, steckte sein komplett leeres Handy ein und wartete, bis es sich gestartet hatte. Die letzte Nachricht war kurz nach dem Telefonat mit seiner Frau eingegangen, danach musste es sich abgeschaltet haben. Als er nichts Wichtiges vorfand, legte er das Gerät auf die Tischplatte und wollte ebenfalls nach draußen gehen. Plötzlich begann das Handy wie bekloppt zu piepsen. Nach genau fünfzehn neuen Nachrichten, allesamt SMS mit Hinweisen auf eingegangene Sprachnachrichten, endete das Spektakel.

Die Angst um seine Frau wurde Karl schnell genommen, da es sich immer um die gleiche Nummer handelte und sein Adressbuch den Namen Sabrina Faust dazu anzeigte. Karl runzelte die Stirn, startete den Anrufbeantworter und hob das Handy an sein Ohr. Die altbekannte Stimme seiner früheren Kollegin klang erst bittend, dann flehend und bei der letzten Nachricht wütend. Keiner ihrer aufgesprochenen Texte enthielt eine Aussage darüber, um was es eigentlich ging, aber Karl spürte, dass hier jemand Hilfe brauchte.

Nach einem weiteren Glas O-Saft wählte er die Rückrufoption, räusperte sich und wartete darauf, dass sie nun ihrerseits den Anruf entgegennahm.

Bei den ersten Worten klang ihre Stimme noch fremd. Soweit er wusste, war die Kommissarin nach seiner Pensionierung noch ein halbes Jahr bei der Nürnberger Mordkommission geblieben. Nachdem es ihr dort zu langweilig geworden war, hatte sie sich bei einer Sonderkommission für Auslandseinsätze beworben. Seit dieser Zeit hatte er selbst keinen Kontakt zu ihr gehabt.

Bis auf ein paar Zwischenfragen kam Karl kaum zu Wort und hörte schließlich einfach nur zu.

Keine Frage, Sabrina steckte in ernsten Problemen, allerdings sah er kaum Möglichkeiten, wie er ihr helfen konnte. Alles, was er versprechen konnte, war, in Berlin ein gutes Wort für sie einzulegen.

Als man ihm kurz vor seinem Ruhestand einen Job als Berater angeboten hatte, hatte er noch lauthals »Nein« geschrien. Keine zwei Monate später fiel ihm die Decke auf den Kopf und die ständige Nähe zu seiner Frau wurde für beide eine Herausforderung. Irgendwann griff er dann zum Telefon und fragte geläutert, ob die Stelle noch zu besetzen war. So kam es, dass er nun alle paar Wochen nach Berlin fuhr, um der Bundespolizei beratend beizustehen.

Nachdem er Sabrina versprochen hatte, sich für sie einzusetzen, wünschte er ihr noch viel Glück und legte auf. Anstatt Mike nach draußen zu folgen, lehnte er sich gegen die Arbeitsplatte und dachte nach.

»So schlimm?« Mike war nach einer Viertelstunde in die Küche zurückgekehrt, wo sein Freund einfach nur eine Wand anstarrte. Etwas besorgt trat er näher. »Geht's dir gut? Willst du dich noch ein wenig hinlegen?«

»Was?« Karl schreckte hoch und machte eine abwehrende Geste. »Nein, nein, alles gut. Dein Whisky war zwar stark, aber kein Fusel. Es ist nur …«

»Was?«, fragte nun Mike.

»Sabrina«, wagte sich Karl aus der Deckung, worauf sich Mikes Gesicht wie erwartet verfinsterte.

»Ach, vergiss es einfach, du hast gerade deine Freiheit wiederbekommen, da willst du sicher keine alten Wunden aufreißen.«

Mike atmete tief durch und besann sich auf seine frühere Professionalität. Nachdem er sich kurz auf die Unterlippe gebissen hatte, suchte er Blickkontakt zu Karl. »Es war nicht Sabrinas Schuld. Ja, sie hätte das Drama verhindern können, aber dass Jenni gestorben ist, hat ganz allein Wotan Döring zu verantworten. Sie musste in einem Sekundenbruchteil entscheiden … und das hat sie.«

Als die nun folgende Stille gerade unangenehm wurde, lehnte sich Mike an die Tischplatte. »Also los, erzähl schon! Was ist passiert?«

– 18 –

Sabrina las Karls Nachricht zum wiederholten Mal, doch es war und blieb komisch. Erst dieses eher emotionslose Telefonat am Vormittag und jetzt wollte er gleich selbst herkommen? Die SMS enthielt kaum Informationen, alles, was dort stand, war: »Ankunft heute 19:30 Uhr, Reus Airport, Flugnummer DE5888. Wir bekommen das schon hin!«

Aus dem Nebenzimmer hörte sie das leise Klackern der Tastatur. Señor Garcias Sekretärin hatte offenbar gut zu tun, da das Geräusch nur dann verstummte, wenn der Drucker zu brummen begann. Der Anwalt selbst hatte einfach kurz »Guten Morgen« gesagt und war dann in sein Büro verschwunden, das er seit drei Stunden nicht mehr verlassen hatte.

Sabrina öffnete Google Maps und suchte nach dem Flughafen. Reus lag etwa fünfzehn Kilometer von Tarragona entfernt, der Flughafen selbst war etwas näher. Ein Leihauto konnte sie vergessen, da ihr der nette Kommissar Peña den Ausweis abgenommen hatte. Auch eine weitere Sache war noch unklar.

Zehn Minuten später öffnete sich Garcias Tür und der Kaffeeautomat begann zu brummen. Sie nutzte die Chance, ging zu der Miniküche und klopfte an den Türrahmen.

Der Anwalt, offenbar in Gedanken versunken, zuckte zusammen, drehte sich um und versuchte ein Lächeln. Ein Gesichtsausdruck, den er nicht oft zeigte und der auch nicht zu ihm passte.

Er war kein ständig schlecht gelaunter Mensch oder irgendwie grimmig – verschlossen und undurchsichtig waren eher Attribute, die ihn treffend beschrieben. Und so fragte er nun auch, förmlich wie immer: »Señora Faust, was kann ich für Sie tun? Leider hat sich in Ihrer Sache noch nichts Neues ergeben, sind Sie inzwischen weitergekommen?«

»Vielleicht«, antwortete sie ausweichend, wollte ihn aber nicht mit vagen Vermutungen langweilen. »Noch nichts Handfestes, aber deswegen störe ich Sie nicht. Ein Bekannter kommt heute Abend nach Spanien, um mich zu unterstützen. Er landet auf dem Flughafen bei Reus und ich wollte Sie nach Ihrer Meinung fragen. Erstens: Darf ich so weit raus aus der Stadt? Zweitens: Darf ich einen Flughafen betreten? Und drittens: Muss ich solche Ausflüge bei der Polizei anmelden? Ich möchte auf keinen Fall gegen irgendwelche Auflagen verstoßen und diesem Kommissar Peña noch mehr gegen mich in die Hand geben.«

Señor Garcia dachte einen Augenblick nach, nahm seinen Espresso, versenkte zwei Stück Würfelzucker darin und stürzte ihn dann hinunter. Schließlich nickte er anerkennend. »Sehr gut, dass Sie auf solche Dinge achten, das macht es mir leichter, Sie zu verteidigen. Aber um zur Sache zu kommen: Reus sollte innerhalb Ihres erlaubten Bewegungsradius liegen, alles, was man von Ihnen verlangt, ist, dass Sie erreichbar sind und in kurzer Zeit persönlich erscheinen können. Was den Flughafen betrifft, sollten Sie vorsichtig sein, das könnte falsch ausgelegt werden. Es wäre deutlich besser, wenn Ihr Freund den Bus nach Tarragona nimmt und Sie ihn hier am Busbahnhof in Empfang nehmen.«

Sabrina wartete noch einen Augenblick, doch der Anwalt schien alles Relevante gesagt zu haben und blieb stumm. Sie bedankte sich, fragte aber schüchtern: »Könnte ich mir vielleicht auch einen Kaffee rauslassen?«

Die meisten anderen Männer hätten ihr sicher einen gebracht. Señor Garcia machte nur eine Geste zu dem Vollautomaten. »Bitte bedienen Sie sich«, dann verschwand er wieder in den Tiefen seiner Kanzlei.

Sabrina musste sich immer wieder ein Stück vom Busbahnhof entfernen, da man auch hier ein Rauchverbot eingeführt hatte. Der 20-Uhr-Bus vom Flughafen war inzwischen wieder abgefahren, ohne dass ihr früherer Boss ausgestiegen war, also hieß es, eine weitere halbe Stunde zu warten. Sie holte sich eine kleine Flasche Wasser vom Automaten, setzte sich in den nahen Park und beobachtete die Menschen. Karl hatte auf ihre Bitte nur mit einem knappen »O. k., ich komme direkt nach Tarragona« geantwortet. Seitdem herrschte Funkstille, was sie einmal mehr irritierte.

Kurz vor halb neun stand sie auf, ging zurück zu den Haltestellen und wartete dort an eine Wand gelehnt, bis der Bus einfuhr. Dieser kam pünktlich, öffnete seine Türen und zahlreiche Menschen strömten heraus. Von Karl weiterhin keine Spur.

Die Menschenmenge verteilte sich und alle, bis auf einen Mann, der mit dem Rücken zu ihr stand, gingen ihrer Wege. Der Mann stellte seine Tasche ab, kramte ein Päckchen Zigaretten heraus und zündete sich eine an. Irgendwie kam ihr diese Gestik bekannt vor, sie wusste aber nicht, woher. Nachdem sich eine weitere Rauchwolke über seinem Kopf in Luft aufgelöst hatte, drehte er sich um, und Sabrina spürte einen leichten Schwindel. *Drehe ich jetzt durch oder liegt es an der Hitze?* Sie schloss kurz die Augen, öffnete sie wieder und er stand immer noch da. Während ihr Mund tonlos das Wort »Mike?« formte, kam der

Mann näher, stellte die Tasche neben sich auf den Boden und sagte schlicht: »Hallo, Sabrina. Karl hielt es für besser, mich nicht anzukündigen.«

Sie wich ein Stück zurück und wusste nicht, ob sie lachen oder weinen sollte. Nach ungläubigem Kopfschütteln stammelte sie wütend: »Du bist tot, das kann nicht sein! Ich war bei deiner Beerdigung, ich habe deinen Sarg gesehen ... Alle haben ihn gesehen.« Dann starrte sie auf die Narbe in seinem Gesicht, ignorierte den öffentlichen Platz und kreischte: »Du verdammtes Arschloch! Zwei Jahre lang habe ich geglaubt, dich auf dem Gewissen zu haben ... Und jetzt stehst du da ... und ...« Schließlich kamen ihr doch die Tränen. Sie überwand die kurze Distanz und begann, mit den Fäusten auf seine Brust einzuschlagen.

Mike ließ sie kurz gewähren, bevor er sie in seine Arme zog und einfach mitheulte. Ungeachtet der Blicke völlig fremder Menschen standen sie da und warteten, bis sich ihre Gefühle etwas beruhigt hatten.

»Karl hat es die ganze Zeit gewusst?« Sabrina konnte es noch immer nicht glauben. »Aber er hat geweint. Er stand vor euren Särgen und hat geweint«, stammelte sie fassungslos.

Mike genoss den warmen Wind in seinem Gesicht und blickte über das Meer. »Er hat nicht meinetwegen geweint, obwohl das auch irgendwie gepasst hätte. Die letzten beiden Jahre waren nicht viel anders, als tot zu sein. Ich saß in diesem Haus, ging nur raus, um etwas einzukaufen, und das Schlimmste daran war, sie hatten mir den Namen ›Torben Kleinsorg‹ gegeben. Kannst du dir die Erniedrigung vorstellen? Mich musste es ja auch offiziell geben und so bekam ich eine neue Identität mit diesem grässlichen Namen. Da steht man in einer Bank und der Typ hinter dem Schalter fragt: ›Kann ich Ihnen noch irgendwie behilflich sein, Herr Kleinsorg?‹ Dann blickt er auf seinen Monitor, liest meinen kompletten Namen und kann sich das Schmunzeln kaum noch verkneifen.«

Sabrina steckte die nackten Füße noch tiefer in den warmen Sand und lachte. Es war das erste Lachen seit Tagen und es tat unendlich gut.

Nachdem Mike ebenfalls in der kleinen Pension eingecheckt hatte, trug er seine Reisetasche in das Zimmer neben dem von Sabrina. Alles in allem hatte die Reise gut sechs Stunden gedauert und ihn von jetzt auf gleich in die Zivilisation zurückgeschleudert. Mehr als einmal hatte er Panik in sich aufsteigen gespürt. Er kämpfte sie jedes Mal nieder oder ging auf die Bordtoilette des Flugzeugs, wo er aufgrund der Enge beinahe durchgedreht wäre.

»Alles hinterlässt seine Spuren«, sagte man in seiner Kindheit bei den Pfadfindern und meinte damit die Spuren im Wald. Der Spruch war durchaus auf das Leben übertragbar, wie er bitter feststellen musste.

Die Entscheidung, Sabrina zu helfen, war spontan gefallen. Nachdem Karl ihm eröffnet hatte, dass nun keine Gefahr mehr für ihn bestand, wollte er einfach nur raus ins Leben, doch vielleicht hätte er es ein wenig langsamer angehen sollen.

Nachdenklich entkleidete er sich und trat unter die dampfende Dusche. Das Wasser tat gut, und je mehr er sich darauf konzentrierte, spülte es auch einige der düsteren Erinnerungen mit weg.

Zehn Minuten später stellte er das Wasser ab, trat aus der Duschwanne und fand sich unvermittelt vor dem Badspiegel wieder. Die Narbe, die sich quer über seine rechte Gesichtshälfte zog, zeigte einem Betrachter nur eine Bruchstelle seines Lebens. Die Explosion hatte noch deutlich mehr angerichtet, doch diese Schäden kannte nur er selbst.

Sie betraten das Restaurant erst gegen 22 Uhr, doch in Spanien war das kein Problem. Der gut gelaunte Kellner brachte ihnen eine Karaffe Wasser sowie die Speisekarten und verschwand wieder. Keine zwei Minuten später stand eine weitere Karaffe mit dem bestellten Hauswein vor ihnen.

Das Essen war leicht und frisch, konnte der Wirkung des Weins aber nur wenig entgegensetzen, was man Sabrina schnell anhörte. Trotzdem schaffte sie es, eine halbwegs sachliche Abhandlung der Ereignisse zu liefern.

Bei der Schilderung, wie sie gefesselt und völlig ausgeliefert im Heck des Kombis lag, legte Mike seine Hand auf ihre. Und als sie von dem offenbar völlig inkompetenten Kommissar erzählte, spürte er Wut in sich aufsteigen.

Nachdem Sabrina mit ihrem Bericht fertig war, bestellten sie eine weitere Karaffe Wein. Mike holte sein Notizbüchlein heraus. »Karl sagte, du hast bereits einige Hinweise auf den möglichen Täter ermittelt. Erzähl mal!«, bat er sie.

Sabrina verscheuchte die bösen Erinnerungen und versuchte, trotz des Alkohols weiterhin konzentriert zu bleiben. Sie nippte an dem erneut gefüllten Glas, nickte und sagte mit belegter Stimme: »Es beginnt immer um die gleiche Zeit. Ich habe fünf Vermisstenmeldungen gefunden, verteilt auf die letzten fünf Jahre, und alle Frauen sind in der Woche um den 13. Juni verschwunden.«

»Alles Deutsche?«

»Ja, das heißt, fast. Vier Deutsche und eine Österreicherin. Wie ich aus den privaten Anzeigen im Internet herauslesen konnte, fühlt sich die hiesige Polizei nicht zuständig, da jede von ihnen ein Ticket für die Rückreise gekauft hatte.«

Mike verstand. »Die gehen also davon aus, dass die Betroffenen abgereist sind und damit nicht in ihren Zuständigkeitsbereich fallen. Auch eine Möglichkeit, sich Probleme vom Hals zu schaffen. Ist jemals eine wiederaufgetaucht?«

»Konnte ich noch nicht überprüfen.«

»Und nun glaubst du, es steckt ein Serienverbrecher dahinter, und du solltest Nummer sechs werden?«

Sabrinas Blick wurde etwas stechender. »Ist das so abwegig?«

»Nein, nein«, beschwichtigte Mike. »Ich frage mich nur, warum du auf diese Weise … bitte entschuldige die Ausdrucksweise … entsorgt wurdest.«

Sabrina spürte den Schwindel stärker werden. »Können wir das morgen weiter erörtern? Ich möchte wenigstens für eine Stunde nicht an den Mist denken müssen.«

Mike atmete hörbar ein. »Ja, du hast recht. Wir sollten versuchen, ein wenig abzuschalten.« Dann trank er sein Glas leer, bestellte die Rechnung und schlug vor: »Lass uns einen kleinen Spaziergang zum Meer machen. Ich kann gar nicht genug von dem Anblick bekommen.«

– 19 –

Der wenige Schlaf hatte ihr gutgetan, auch wenn ihr nun sämtliche Knochen wehtaten. Jacobs Schlag hatte sie am Kieferknochen erwischt, doch das taube Gefühl im Rücken, in den Armen und Beinen war fast schlimmer als der dumpfe Schmerz in ihrem Gesicht. Sie war nun bereits seit Stunden in diesem Loch angekettet und es fehlte jegliche Bewegungsfreiheit. Alles, was sie konnte, war liegen – und das auch nur auf dem harten Steinboden ohne jede Annehmlichkeit. Ihr einziger Trost war, dass er wenigstens Pauline ein Kissen und eine Decke gegeben hatte. Nun lag ihre Kleine einfach nur da, hatte den dünnen Stoff bis zur Nase hochgezogen und blickte zu ihr herüber … so nah und doch unerreichbar. *Was will der nur von uns*, fragte sie sich einmal mehr, setzte sich auf und sah sich um. Alles war wie am Abend zuvor, nur dass sich jetzt ein paar Sonnenstrahlen in das Verlies verirrten und die winzigen Staubteilchen in der Luft sichtbar machten.

Anja versuchte, weiter sachlich über ihre Situation nachzudenken. *Wenn er mich vergewaltigen wollte, hätte er es sicher längst getan. Wenn er auf kleine Kinder steht, hätte er sich Pauline längst geholt. Aber irgendwie scheint er sie eher als Freundin zu sehen, was gut ist und vielleicht auch eine Chance bietet. Aber was ist es dann? Ist er einer von denen, die einfach nur einen Menschen besitzen wollen?* Anja hatte unlängst eine Reportage über diese Art Psychopathen gesehen. Diese Leute, meist Männer, hatten ungeheure Selbstzweifel und waren unfähig, sich normal mit dem anderen Geschlecht auseinanderzusetzen. Ihre einzige Lösung für dieses Problem war die totale Kontrolle. Sie hielten sich einen Partner wie andere einen Stallhasen. Sie wollten, dass der andere in absoluter Abhängigkeit zu ihnen stand und sich so, einfach um zu überleben, unterwerfen musste.

Nachdem Anja mit ihren Überlegungen nicht weiterkam, wandte sie sich an Pauline. »Wie geht es dir?«, fragte sie mit milder Stimme.

»Ich habe Hunger und Durst.«

Anja war schon wieder kurz davor zu explodieren, sicher eine Folge der Umstände, aber nicht zu entschuldigen. Sie schluckte die bösen Worte hinunter. »Ich weiß, mein Schatz, ich weiß. Ist dein Becher schon leer?«

Pauline nickte im Liegen und zog die Decke noch ein Stück höher, wodurch sich ihre quengelige Stimme leise und dumpf anhörte. »Wie lange müssen wir noch hierbleiben? Ich will endlich raus, Mami.« Und nach einigen Sekunden des Schweigens fragte sie noch leiser: »Ist Jacob wirklich böse?«

Anja hatte keine Antwort darauf und ihr fehlte die Kraft für eine überzeugende Lüge. Beinahe dankbar, dass er die Situation auflöste, hörte sie erst ein Klappern, dann das Schlagen einer Tür.

Kurz darauf trat er in den Kellerraum. Seinen Unterarm zierte ein, wie sie fand, übertrieben großer Verband, der ihre Bisswunde abdeckte. Ansonsten war er gut gekleidet. Weißes T-Shirt, geschmackvolle, halblange Shorts und an seinen nackten Füßen trug er neu aussehende Flipflops. Das einzig Irritierende war das Armband, das sie zunächst für eine Uhr hielt. Allerdings waren dort, wo sich normalerweise das Ziffernblatt befand, zwei kleine Schalter angebracht, die das Ding zu einem ziemlich seltsamen Gebilde machten.

Jacob ging, ohne ein Wort zu sagen, hinter den Käfig und machte sich dort an irgendetwas zu schaffen. Anschließend tauschte er Paulines Pappteller sowie ihren Becher aus, umrundete den Käfig und ging vor Anja in die Hocke. Leise erklärte er ihr: »Ab sofort wird jeder Fehltritt deinerseits der Kleinen schlimmste Schmerzen bereiten. Ich werde jetzt deine Ketten von der Wand lösen. Dann wirst du mit mir nach oben gehen und tun, was ich sage.« Sein Blick wurde schärfer. »Hast du das verstanden?«

Anja nickte.

Er zögerte noch einen Augenblick, ging um sie herum und öffnete das Schloss, das ihre Fesseln mit der Wand verband. Dann nahm er die Ketten in die Hand und forderte: »Steh auf!«

Als erste Reaktion auf diese ungewohnte Bewegung spürte Anja, wie ihr die Knie weich wurden.

Jacob gab ihr einige Sekunden, bis sie seine Hand auf ihrer Schulter fühlte und ihn sagen hörte: »Los jetzt! Und mach kleine Schritte, deine Ketten sind ziemlich kurz und ich möchte nicht, dass du stürzt und dir die Knie aufschlägst. Das wäre nämlich nicht hübsch … Und du willst doch sicher hübsch sein, oder?«

Anja lief es gleichzeitig heiß und kalt über den Rücken, doch sie beschloss mitzuspielen. Jedenfalls so lange, bis sie wusste, in welcher Gefahr sich Pauline wirklich befand.

Das Haus oder die Finca, wie die Spanier sagten, war alt und in keinem guten Zustand. Alles wirkte etwas wie aus der Zeit gefallen. Die ehemals weißen Wände hatten einen schmutzig aussehenden Grauton angenommen, der Steinboden war zerschrammt und die Fenster waren schon lange nicht mehr geputzt worden. Die salzhaltige Meeresluft hatte zusammen mit dem Staub des Umlands einen milchigen Film auf dem Glas gebildet, wodurch der Blick nach draußen eigenartig neblig wirkte.

Anja hatte beschlossen, den Mund zu halten und sich einfach nur umzusehen. Je mehr sie über ihr Gefängnis wusste, umso leichter konnte sie vielleicht eine Schwachstelle entdecken.

Jacob führte sie zunächst in das Wohnzimmer, in dem auf der einen Seite ein gammliges Sofa sein Dasein fristete. Auf der rechten Seite stand ein großer Esstisch mit einer Kiste darauf. Ihm gegenüber hing ein Wandkalender, dessen aktuelles Blatt rot eingefärbt war. Ansonsten gab es noch eine zimmerhohe Vitrine mit allerlei Haushaltsgegenständen darin und das übergroße Bild einer hübschen jungen Frau. Im Hintergrund der Fotografie erkannte Anja die Bucht, die sie vor wenigen Stunden mit ihrer Tochter erkundet hatte.

Neben der Kiste auf dem Tisch, das bemerkte Anja erst jetzt, stand ein kleiner Monitor, der den Keller aus vier verschiedenen Blickwinkeln zeigte. Auf zwei der Liveübertragungen sah sie ihre Tochter weinend an den Gitterstäben rütteln, wobei ihr Mund immer das gleiche Wort formte. Anja brauchte keinen Ton, um zu erkennen, dass sie verzweifelt nach ihr rief.

»Und, wie gefällt es dir?«, holte Jacob sie aus ihren Gedanken.

Sie drehte sich zu ihm, blickte ihm in die Augen und antwortete kalt: »Meine Tochter hat Angst, sie sollte hier oben bei mir sein.«

Jacob legte den Kopf etwas zur Seite, lächelte mild und sagte etwas, was keinen Sinn ergab. »Pauline ist einfach nur ein Mädchen, wie kommst du darauf, dass sie deine Tochter ist?« Dann strich er ihr mit dem Handrücken über die Wange. »Ich weiß ja, wie sehr du es dir wünschst, aber noch ist es nicht so weit. Unser Kind wird kommen, aber wir müssen Geduld haben.«

Anja wollte etwas entgegensetzen, war aber zu perplex. *Der Typ ist krank, absolut irre,* war das Einzige, was ihr dazu noch einfiel.

Nun nickte Jacob zu einer Tür. »Ich werde jetzt deine Fesseln losmachen. Du gehst da rüber ins Badezimmer und ich komme gleich hinterher.« Dann zögerte er kurz und drehte sie noch einmal zu dem Monitor. »Dieses Mädchen da ist von dir abhängig. Ich drohe wirklich nicht gern, aber du warst in letzter Zeit so unartig, dass ich keine andere Wahl habe. Also, wenn du wieder einmal meinst, dich mir widersetzen zu müssen, wird die Kleine auf dem Drahtgeflecht einen mehr oder weniger starken Stromschlag bekommen. Es tut mir sehr leid, mein Engel, aber ich kann wirklich nicht zulassen, dass du nicht artig bist.«

Anschließend löste er die Fesseln und Anja konnte sich mehr oder weniger frei bewegen.

War das alles ein Witz, oder ist dieser Jacob komplett durchgeknallt? Anja wusste gerade nicht, was sie denken sollte. Einerseits war alles so surreal, dass es beinahe komisch wirkte. Andererseits hatte sie einen blau geschlagenen Kiefer und auf dem Boden von Paulines Käfig lag tatsächlich ein dünnes Metallgitter. Völlig perplex tippelte sie, so gut es ihre Fußfesseln zuließen, zu der Tür und betrat das in hässlichem Grün geflieste Badezimmer.

Jacob kam nur wenige Sekunden später hinterher, erinnerte sie erneut an seine Drohung und öffnete die kleinen Schlösser an ihren Handgelenkfesseln. Während Anja sich die wunden Stellen rieb, stellte er eine Flasche mit Blondierung und ein Shampoo auf das Waschbecken und befahl: »Benutz das und komm erst heraus, wenn deine Haare wieder so sind, wie sie früher waren.«

Kurz darauf war sie allein in dem kleinen Raum und konnte ihren Tränen freien Lauf lassen.

– 20 –

Mike schreckte hoch, sah sich panisch um und erkannte nur langsam, wo er sich befand und was passiert war. Die Zeit in dem Bauernhaus in der Fränkischen Schweiz hatte seine Spuren hinterlassen und die Reise hierher war einfach viel zu schnell gekommen. Er musste sich eindeutig etwas Zeit geben, um wieder ins Leben zurückzufinden, so viel stand fest.

Schwer atmend sank er zurück auf das dünne Kopfkissen und wartete, bis sich sein Puls etwas beruhigt hatte. Er schloss die Augen und versuchte, ein wenig über Sabrinas Probleme nachzudenken. Was das Ganze allerdings erschwerte, war die Tatsache, dass seine frühere Kollegin nicht gerade zu den Hässlichsten ihres Geschlechts zählte. Mike hatte diesbezüglich eigentlich keine Ambitionen, doch seiner Fantasie war das ziemlich egal. Selbst der Gedanke daran, dass Sabrina noch bis vor Kurzem mit seinem Partner und Freund Tom zusammen gewesen war, änderte nichts daran, dass seine Hormone Karussell fuhren. Dann blitzten die Bilder von Jennis letzten Sekunden auf und legten sich über das, was sein Körper gerade wollte. Mike verbot es sich, der Schwermut Raum zu lassen, stieg aus dem Bett und nahm eine lange Dusche. Sauber und frisch eingekleidet wollte er gerade einen Blick auf sein Handy werfen, als es leise an der Tür klopfte. Er ging hinüber, schloss auf und öffnete.

Sabrina hatte den Wein offenbar deutlich schlechter vertragen als er. »Hast du vielleicht eine Kopfschmerztablette für mich?«, bat sie. Dann erst trat sie in das Zimmer und murmelte etwas von einem guten Morgen.

Mike holte sein Zahnputzglas gefüllt mit Wasser sowie eine Tablette und reichte ihr beides mit den Worten: »Du solltest etwas essen.«

Sie sah hoch. »Ja, Papi.« Da mussten sie beide lachen, was bei Sabrina wieder einen neuen Schub Schmerzen auslöste.

Bei dem anschließenden Frühstück mit einigen Gläsern O-Saft kaute sie dann tatsächlich tapfer auf einem halben Brötchen herum und ihre Gesichtsfarbe normalisierte sich langsam.

Als Mike den Eindruck gewann, dass sie wieder halbwegs o. k. war, wollte er wissen: »Hast du eine Idee, wo wir anfangen können? Hast du irgendeinen Anhaltspunkt, wo das Auto stand, in dem du gefesselt warst, oder wer der Täter sein könnte?«

Sabrina spülte die Reste ihres trockenen Brötchens hinunter und erzählte ihm, was sie bisher verschwiegen hatte. »Es waren zwei Männer, da bin ich mir ziemlich sicher. Mein Entführer gab sich eher zurückhaltend. Natürlich nicht freundlich, aber doch irgendwie fürsorglich.« Nun blickte sie kurz zum Boden, doch es gelang ihr nicht, die Tränen zurückzuhalten. Sie befeuchtete ihre Lippen. »Der andere war ein Tier. Diese Verg…, er hat mich regelrecht benutzt.« Sabrina schluckte den Kloß im Hals hinunter und versuchte, die Sache mit professionellem Abstand zu schildern.

Dass Mike sie dabei nicht drängte, half ein wenig, und so erzählte sie ihm noch detaillierter als am Vorabend, was passiert war. »Ich habe mich wie ein Ding gefühlt. Wie eine lebende Puppe, die man nach Herzenslust bearbeiten kann. Der Mann war schwer und fühlte sich wabbelig an. Und er war eindeutig Spanier, da er zwischen seinem Grunzen immer wieder Wörter in dem hiesigen Dialekt ausgestoßen hat. Außerdem stank er penetrant nach Schweiß, Knoblauch und zu lange getragener Wäsche.« Sabrina musste innehalten und war leidlich bemüht, nicht auf den kleinen Bistrotisch zu kotzen. Schließlich sprang sie auf, stürmte hinaus auf die Straße und saugte die viel zu warme Luft ein.

Mike wollte ihr spontan folgen, doch er ließ es bleiben und gab ihr etwas Zeit, wieder herunterzukommen. Fünf Minuten später kam sie zurück, ignorierte den fragenden Blick eines anderen Gasts und setzte sich hin. Nachdem sie eine Serviette zum Taschentuch umfunktioniert hatte, räusperte sie sich und beschloss: »Genug Geheule!«

Mike lächelte zaghaft und legte seine Hand auf ihre.

Ihre erste Reaktion war Panik, doch dann rief sie sich zur Ordnung. Sie kannte die Abwärtsspirale von anderen weiblichen Opfern und wollte sich dem nicht hingeben. Es war nicht leicht, rational zu denken, trotzdem versuchte sie, sich mit positiven Gedanken zu pushen. Schließlich überwand sie ihre neu entwickelte Abneigung gegen Berührungen und drückte leicht seine Hand. »Danke, dass du da bist«, sagte sie leise.

Mike schwieg eine Weile, bevor er ebenso leise erwiderte: »Ich glaube, wir können beide etwas Unterstützung brauchen.«

»Hier?«, fragte er zweifelnd und deutete auf ein ziemlich heruntergekommenes Haus.

Sabrina nickte. »Sieht schlimm aus, ich weiß, aber Señor Garcia scheint mir wirklich ein integrer Mensch zu sein. Er hat mich bis jetzt gut beraten und ich habe nicht das Gefühl, dass er nur auf Profit aus ist.«

Nachdem sie ein kurzes Gespräch mit dem Anwalt geführt hatten, in dem er ihnen einige rechtliche Fragen bezüglich ihrer

Ermittlungen erklärte, setzten sie sich noch kurz an den alten Laptop im Nebenzimmer.

»Verdammt ungewohnt.« Mike löste seinen Blick vom Bildschirm.

Sabrina sah Mike verwirrt von der Seite an. »Was meinst du?«

»Es ist so seltsam, wieder mit dir zu arbeiten und gleichzeitig kein Polizist zu sein. Ich meine, im Grunde dürfen wir hier nichts und haben auch niemanden im Hintergrund, der uns helfen könnte. Wir sind in einem anderen Land mit anderen Gesetzen und suchen die Nadel im Heuhaufen.«

Sie nickte. »Ich weiß nur zu gut, was du meinst. Während meiner Zeit im Krankenhaus hat mich diese Hilflosigkeit fast erdrückt. Mir wurde einmal mehr bewusst, wie behütet man in Deutschland ist, und das, obwohl ich nun schon seit einiger Zeit auf der ganzen Welt ermittle.«

Mike verstand. »Apropos, wann musst du dich eigentlich wieder bei der Polizei melden?«

»Morgen«, reagierte Sabrina genervt, klickte auf die Homepage des Hotels, in dem sie eigentlich Urlaub machen wollte, und notierte sich den Weg dorthin. »Also, was denkst du? Fangen wir dort an?«

Mike erhob sich. »Ja, aber vorher besorgen wir uns einen Leihwagen. Und heute Abend gehen wir in diese Disco, an die du deine letzte Erinnerung vor der Entführung hattest.«

Tarragonas Innenstadt war laut, heiß und hatte wenig südländisches Flair. Sie folgten der Wegbeschreibung zum nächsten Autoverleih, den ihnen der Anwalt empfohlen hatte.

In einer der engen Gassen blieb Mike plötzlich stehen und musterte das schmutzige Schaufenster eines kleinen Ladens. Ohne etwas zu erklären, forderte er knapp: »Warte kurz«, dann trat er durch die Tür und ließ Sabrina einfach draußen stehen.

Keine fünf Minuten später kam er mit einer dünnen Plastiktüte in der Hand wieder heraus. »Kommst du?«, bat er sie und ignorierte ihren neugierigen Blick.

»Und? Werde ich je erfahren, was in dieser ominösen Tüte ist, oder hast du dir heimlich Stützstrümpfe gekauft?«, fragte Sabrina, als sie eine halbe Stunde später endlich in dem einzig verfügbaren Mietwagen, einem klapprigen Seat Ibiza, saßen.

Mike griff lachend nach hinten und zog seine Einkäufe von der Rückbank nach vorn. Anschließend kurbelte er bedächtig sein Fenster herunter, um für etwas frische Luft zu sorgen, zog dann endlich zwei unbedruckte Pappschachteln aus der Tüte und reichte ihr eine davon.

Sabrina runzelte die Stirn, zog den Deckel ab und reagierte spontan: »Spinnst du, ich bin hier quasi auf Bewährung draußen.«

Er konnte sich das Grinsen nicht verkneifen. »Nimm sie!«

Sie tat es, sah ihn an, als hätte er nicht mehr alle Tassen im Schrank. »Was zur Hölle sollen wir mit Spielzeugpistolen?«

Sein Grinsen wurde noch breiter. »Du und ich wissen, dass es nur Spielzeug ist …« Nach einem weiteren Griff in die Tüte förderte er noch einmal zwei kleinere Schachteln zutage und gab ihr wieder eine. »Hier ist noch etwas Handfesteres. Die Klingenlänge ist gerade noch erlaubt; zur Not kannst du es schnell wegwerfen, wenn wir Probleme mit der Polizei bekommen.«

Sabrina nahm das Messer aus der Schachtel und machte sich mit dem Schließ- und Öffnungsmechanismus vertraut, bevor sie es in ihre Hosentasche steckte.

– 21 –

»Hallo.« Mike wartete, bis er die Aufmerksamkeit der jungen Spanierin hinter dem Tresen der Hotelrezeption hatte. Nun setzte er sein schönstes Lächeln auf und stützte sich lässig auf den Tresen auf. »Ich habe hier gestern einen Mann kennengelernt, der mir in Deutschland einen großen Auftrag geben will. Sie müssen wissen, ich bin Bauunternehmer, und es wäre wirklich wichtig, dass ich ihn wiedersehe. Leider weiß ich nur, dass er Kai mit Vornamen heißt und aus Köln kommt. Könnten Sie mir vielleicht seine Zimmernummer geben, damit ich ihm eine Nachricht zukommen lassen kann?«

Die Frau runzelte die Stirn, musterte Mike eindringlich und bearbeitete im nächsten Moment die Tastatur vor dem Monitor. Einige Mausklicks später hob sie den Kopf, wobei ihr Gesichtsausdruck mehr zu einem Pokerspiel als zu einem Gespräch mit einem Gast gepasst hätte. »Wir haben hier vielleicht jemanden, auf den Ihre Beschreibung passen würde«, meinte sie schließlich.

»Sie sind Deutsche?« Mike musste seine Überraschung nicht spielen, versuchte aber, den leicht fränkischen Akzent der Frau auszunützen, um eine Vertrauensbasis herzustellen. Scheinbar freudig erregt, streckte er ihr die Hand entgegen und sagte beinahe überschwänglich: »Gestatten, Mike, Mike Köstner. Lassen Sie mich raten … Coburg oder Bamberg?«

Das Pokerface wechselte zu einem angedeuteten Lächeln, wobei ihre Wangen ein wenig Farbe annahmen. »Genau dazwischen. Und wo kommen Sie her?«

»Nürnberg. Geboren und aufgewachsen in Nürnberg.« Mike hatte nicht vor, hier eine ausschweifende Unterhaltung über die schöne Heimat zu beginnen, und fragte daher vorsichtig: »Sie sagten, dieser Kai wäre vielleicht hier. Haben Sie eine Idee, wie ich Kontakt zu ihm aufnehmen könnte? Ich meine, mir ist klar, dass Sie mir keine Details nennen dürfen, aber irgendwie muss das doch möglich sein?«

»Kein Problem. Schreiben Sie mir einfach Ihren Namen, die Handynummer und den Grund Ihrer Nachfrage auf diesen Zettel. Den lege ich in sein Fach, und wenn er Sie kennt, wird er sicher bald anrufen.«

»Sie sind ein Schatz«, flirtete Mike weiter, nahm das Stück Papier und schrieb alles auf. Nur bei seiner Handynummer verdrehte er einige Zahlen und aus »Mike Köstner« machte er »Mike Kröstner« … man konnte ja nie wissen.

»Sagten Sie nicht, Sie heißen Köstner?«

»Was? Nein, da muss ich mich wohl undeutlich ausgedrückt haben. Sie kennen das doch, die Nürnberger und ihr Dialekt. Kröstner, stimmt schon.« Dann sah er dabei zu, wie die Rezeptionistin den Zettel nahm, zusammenfaltete und in das Fach mit der Nummer 67 legte. Zum Abschluss bedankte er sich herzlich und ging hinaus zu Sabrina, die beim Auto wartete.

»Und?«

»Er scheint noch da zu sein. Glaubst du, er hat etwas mit deiner Entführung zu tun?«

Sabrina schüttelte den Kopf. »Vom Gefühl her nicht, aber wir sollten trotzdem vorsichtig sein. Allerdings stellt sich mir die Frage, warum er nicht mit der Polizei gesprochen hat. Dieser

Kommissar Peña hat auf jeden Fall nichts davon erwähnt und in den Akten steht laut Señor Garcia auch nichts von diesem Kai als Zeugen. Ich meine, er muss doch mitbekommen haben, dass etwas nicht stimmt. Erst verschwinde ich quasi vor seinen Augen aus dieser Disco und zwei Tage später ist das halbe Hotel voller Polizisten. Außerdem spricht es sich in einem Hotel doch herum, wenn eine Frau halbtot im Bett gefunden wird.«

Mike zuckte mit den Schultern. Er wischte sich den Schweiß von der Stirn. »Lass es uns herausfinden!«, sagte er entschlossen. Dann drehte er sich um und verschwand wieder sang- und klanglos in einem der vielen Souvenirläden, die sich hier in Strandnähe aneinanderreihten. Kurz darauf kam er mit einem wirklich sehr bunten Cape zurück und überreichte es Sabrina mit den Worten: »Ein bisschen Tarnung muss sein. Als man dich hinausgetragen hat, wurdest du bestimmt von einigen Leuten gesehen, und zu viel Aufmerksamkeit …«

»… ist nicht gut für die Ermittlungen«, leierte Sabrina den während ihrer gemeinsamen Zeit bei der Nürnberger Mordkommission oft gehörten Satz herunter.

Es war kein Problem, unbemerkt ins Hotel zu kommen, doch vor der Tür mit der Nummer 67 endete der Ausflug. Niemand öffnete, und die Tür anderweitig zu entriegeln, erschien Mike zu riskant.

Anschließend versuchten sie ihr Glück erst am Pool, dann am Strand, doch von diesem Kai war weit und breit nichts zu sehen.

»Lass uns etwas trinken.« Sabrina nickte zu einer kleinen Strandbar, die in der Hitze des frühen Nachmittags gut besucht war.

»Einverstanden.« Mike war selbst völlig ausgetrocknet und froh, als sie kurz darauf in den Schatten des großen, mit Palmwedeln bedeckten Dachs kamen. Dort fanden sie auf den letzten zwei Barhockern Platz und bestellten sich eine eiskalte Cola. Mike widerstand dem Wunsch nach einem Bier, blickte aber ein wenig sehnsüchtig auf das seines Barnachbarn, der offenbar schon einige mehr im Kopf hatte und ihn mit glasigem Blick musterte.

»Was sind unsere nächsten Schritte?« Sabrina hatte ihr Glas fast auf ex gelehrt und mit einer Geste Nachschub bestellt.

»Hm …«, brummte Mike nachdenklich, wurde aber von ihrer Hand, die sich auf seinen Unterarm legte, gestoppt.

»Ich glaube, da drüben ist er.« Sabrinas Flüstern war völlig unnötig. Er folgte ihrem Blick und sah einen ganz passabel aussehenden Mann, der sich unter einem der Sonnenschirme mit einer braun gebrannten jungen Frau unterhielt.

»Der mit der Sonnenbrille und dem kurzen braunen Haar?«

»Ja, genau«, flüsterte sie erneut und zischte wütend: »Der lässt ja nichts anbrennen.«

»Aber mit dem wärst du wenigstens fertig geworden«, erwiderte Mike, an das Martyrium denkend, das seine Exkollegin hatte aushalten müssen. Dann nahm er sein Glas, stand auf und nickte in die Richtung. »Komm, wir leisten den beiden Turteltauben ein bisschen Gesellschaft.«

»Dein Ernst?« Sabrina wirkte erschrocken, doch er ließ keine Diskussion zu.

An dem Tisch angekommen, beschloss Mike, die Sache offensiv anzugehen. Ohne jeden Gruß zog er den einfachen Plastikstuhl zurück und setzte sich direkt neben den Typen, der auf den ersten Blick zwar ziemlich smart, aber gleichzeitig auch unsicher wirkte.

Sabrina tat es ihrem früheren Vorgesetzten gleich und ließ sich ihm gegenüber nieder.

Einen kurzen Augenblick ignorierten die beiden Flirtenden ihre neuen Tischnachbarn noch, bis dieser Kai den Blick hob und stockte. »Sabrina?«, fragte er scheinheilig.

Diese nickte wortlos.

»Ich dachte, du bist abgereist«, stammelte er.

Nachdem immer noch niemand das Wort ergriff, drehte er sich zurück, gab sich entspannt und erklärte seiner Begleitung: »Das ist Sabrina, wir haben uns hier kennengelernt und dann wieder aus den Augen verloren.«

Sabrina schenkte der Neuen ein Lächeln, während sie emotionslos hinterherschob: »Ich kenne Kai nicht wirklich, aber mit ›aus den Augen verloren‹ meint er eigentlich: aus den Augen, aus dem Sinn.«

Die junge Frau dachte kurz darüber nach und erhob sich. »Ich lasse euch wohl besser mal allein«, meinte sie an Kai gewandt.

Kai wollte nun ebenfalls aufstehen, doch Mike legte ihm seine Hand auf die Schulter, also blieb ihm nichts weiter übrig, als ihr hinterherzurufen: »Sehen wir uns zum Abendessen?«

Das schnippische »Vielleicht« war Antwort genug.

Kai sah ihr noch einen Moment hinterher und schnaubte dann wutentbrannt. »Was fällt euch ein, mich hier derart zu überfallen?« Er drehte sich zu Mike. »Und wer sind Sie überhaupt?«

Entgegen der Vorschrift hatte Mike seinen alten, aus einer Art Wachspapier bestehenden Dienstausweis nie abgegeben. Nun zog er das abgegriffene Dokument aus der Tasche und hielt es ihm kurz entgegen. »Hauptkommissar Köstner, ich ermittle bei Straffällen im Ausland, wenn deutsche Staatsbürger beteiligt sind.«

Die Verwirrung des Mannes ausnützend, fragte er sofort hinterher: »Ihnen ist doch sicherlich nicht entgangen, dass Frau Faust plötzlich aus der Diskothek verschwunden ist, in der Sie gemeinsam gefeiert haben. Und auch, dass man sie zwei Tage später halbtot in ihrem Hotelzimmer gefunden hat, dürfte sich hier herumgesprochen haben. Also frage ich mich, warum Sie in keiner der Ermittlungsakten als Zeuge auftauchen?«

Bei den Worten »Euer Ernst?« wusste Mike, dass der Typ ein oberflächlicher Loser war, und wies ihn auch gleich darauf hin, dass er ihm nie das Du angeboten hatte. Und um dem Ganzen noch etwas Schärfe zu geben, fragte er: »Wie heißen Sie überhaupt?«

»Kai, Kai Kaufmann«, antwortete der andere verdutzt.

»Also? Warum haben Sie sich nicht gemeldet?«

»Ich …«, begann der Mann, besann sich aber offenbar und lehnte sich scheinbar entspannt zurück. Nervös faltete er seine Finger ineinander. »Was wollen Sie eigentlich von mir? Ich habe mir nichts zuschulden kommen lassen. Sie …«, er nickte zu Sabrina, »… war an diesem Abend ziemlich gut drauf. Also dachte ich, es liegt an dem vielen Alkohol oder was sie sonst noch genommen hat. Wir tanzten und tranken, dann war sie auf einmal verschwunden. Und ganz ehrlich …«, er wandte sich nun direkt an Sabrina, »… war ich auch ganz schön sauer. Erst tust du so, als willst du mit mir ins Bett gehen, und ein paar Minuten später bist du von jetzt auf gleich verschwunden.«

»Hast ja schnell Ersatz gefunden«, brummte diese, doch Mike ergriff das Wort. »Haben Sie gesehen, wo sie hin ist oder ob jemand bei ihr war?«

»Nein! Sie wollte auf die Toilette, ist auch in die Richtung gegangen, und dann war sie wie vom Erdboden verschluckt. Ich habe mir natürlich Sorgen gemacht und sogar noch eine Frau gebeten, in der Damentoilette nachzusehen, aber da war sie nicht. Aber warum fragen Sie das alles?«

»Weil Frau Faust in dieser Nacht entführt wurde«, erklärte Mike nur das Nötigste.

»Aber sie wurde doch später in ihrem Zimmer gefunden«, warf Kai Kaufmann stirnrunzelnd ein.

»Und spätestens da hätten Sie den spanischen Kollegen erzählen müssen, was passiert war!«

Mike stellte noch einige Fragen, doch als klar war, dass der Mann sie keinen Schritt weiterbringen würde, beendete er das Gespräch mit der Drohung: »Ihnen dürfte klar sein, dass wir die Kollegen vor Ort über Ihre Kenntnisse informieren müssen. Es wird sich in Kürze jemand bei Ihnen melden und Ihnen mitteilen, ob Sie das Land verlassen dürfen. Bis auf Weiteres sollten Sie in der Nähe des Hotels bleiben und auf neue Anweisungen warten. Haben Sie das verstanden?«

Kaufmann murmelte etwas Unverständliches. »Darf ich jetzt gehen?«, fragte er pampig.

Mike nickte großzügig. »Dürfen Sie.«

»Das war hart«, kommentierte Sabrina die kleine Lüge. »Aber der Typ hat es verdient. Erst einen auf ›Ich wurde von meiner Frau verlassen und bin furchtbar schüchtern‹ machen und dann so auf den Putz hauen. Der soll hier keine ruhige Minute mehr erleben!«

Mike erwiderte ihr Grinsen. »Warst du eigentlich nüchtern, als du den aufgerissen hast?«

– 22 –

Anja löste die Stirn von den grünen Fliesen, deren Kälte sie etwas getröstet hatte. Ihr geschockter Blick traf den Spiegel, der ihr ihren desaströsen Zustand ungeschminkt vor Augen führte. Obwohl sie erst vor einigen Stunden in dieses Haus gebracht worden war, wirkten ihre Wangen eingefallen und die Gesichtshaut fahl, ihre rot unterlaufenen Augen verstärkten diesen Eindruck.

Trotz allem versuchte sie, sich zu konzentrieren und nach Fluchtmöglichkeiten zu suchen, doch in dem kleinen Badezimmer gab es nichts außer der Flasche Blondierung, einem Handtuch sowie einer Haarbürste. Nun fiel ihr Blick auf das Fenster und für einen kurzen Augenblick schien es Hoffnung zu geben. Entgegen ihrer Erwartung war es weder vergittert, noch fehlte der Griff zum Öffnen. Sie machte einen unbedachten Schritt in den hinteren Bereich des Bads, dann spannten sich die in Vergessenheit geratenen Fußfesseln und brachten sie ins Straucheln. Ihre Hand verfehlte den Rand des Waschbeckens, die andere bekam nur noch das Handtuch zu greifen. Der erste Schmerz explodierte in ihren Knien, zog sich über die Oberschenkel bis hinauf zu ihrem Kopf, wo er ihren Mund als Schrei verließ.

Keine fünf Sekunden später stand Jacob über ihr, sah mitleidig auf sie herab und sagte mild: »Du musst besser aufpassen. Kleine Mädchen haben aufgeschlagene Knie, aber junge Frauen müssen doch schöne Beine haben.« Dann fasste er sie unter den Achseln, zog sie wieder in den Stand und bat freundlich: »Würdest du jetzt bitte deine Haare färben, ich mag es nicht, wenn du so fremd aussiehst.«

Anja war durch die Mischung aus Schmerz, der Widerwärtigkeit seiner Berührung und diesen scheinbar völlig wirren Worten zu keiner Reaktion fähig. Fassungslos sah sie dabei zu, wie er die Tür von außen schloss, dann drehte sie den Deckel von der Flasche, schüttete den Inhalt in ihre ungeschützte Hand und verteilte die Flüssigkeit in ihren Haaren. Wie in Trance und völlig ungeachtet ihrer brennenden Haut machte sie weiter und weiter. Einzelne Tropfen liefen ihr ins Gesicht, spritzten an den Spiegel und erst, als einer davon ihr geöffnetes Auge traf, begriff sie das Ausmaß ihres Tuns. Sie hielt inne, ließ die Hände kraftlos sinken, doch anstatt das schmerzende Auge auszuspülen, stand sie einfach nur da und starrte wie abwesend in den Spiegel.

Zum Fenster, dachte sie. *Ich muss nur zum Fenster, es öffnen und dann hinaussteigen. Er wird es erst merken, wenn es zu spät ist. Ich werde laufen, auf andere Menschen treffen und Hilfe holen.* Nun drehte sie sich langsam zu der Scheibe, hinter der sie den durch eine dichte Hecke begrenzten Garten sah. Hinter der Hecke stieg das Gelände an und wurde in einiger Entfernung zu einem kargen Berg. *Und wenn ich es nicht schaffe, ist ihm meine Pauline schutzlos ausgeliefert. Fängt er mich wieder ein, droht ihr eine schlimme Strafe, verletze ich mich da draußen, kann er sie für immer einsperren … so wie …* Anja ging der Film über diese Österreicherin durch den Kopf. Sie schaffte es kaum, ihre Erschütterung zurückzuhalten. Obwohl sie niemand sehen konnte, schüttelte sie verzweifelt den Kopf und murmelte:

»Nein, nein, nein, das darf ich nicht machen.« Sie fuhr sich mit der Hand durch das Haar und nahm nur am Rande wahr, wie einige von der Blondierung durchtränkte Strähnen an ihren Fingern hängen blieben und sich fast mühelos aus der Kopfhaut lösten.

Ihr Verstand wusste, dass sie das aggressive Zeug ausspülen musste, aber ihr Körper war zu keiner Regung fähig. Schlimmer noch, denn nun versagte auch noch ihre Blase und warmer Urin lief ihr das Bein hinab, durchtränkte die Hose und bildete schließlich eine Pfütze.

Eine gefühlte Ewigkeit später öffnete sich die Tür. Es herrschte für einige Augenblicke Stille, bis sie seine Hände spürte. Dann wurde ihr Körper unsanft in die alte Badewanne gezwungen und das Wasser ging an. Sie hörte ihn noch irgendetwas von Strafe sagen, dann rauschte das Wasser und für einen Augenblick genoss sie das Bad sogar.

Eine halbe Stunde später saß sie, nun wieder mit Hand- und Fußfesseln fixiert, am Boden und sah dabei zu, wie er ihre Kette an einer Metallöse an der Wohnzimmerwand einhängte. Es folgten das bereits bekannte Bügelschloss und die Anweisung, stillzuhalten, bis er wieder da sein würde.

Anja hatte sich inzwischen wieder etwas beruhigt und auch das Denken fiel ihr leichter. Noch war Jacob im Raum. Er stand in der Wohnküche und schien eine kleine Mahlzeit vorzubereiten. Ihr lief das Wasser im Mund zusammen. Als er dann auch noch ein Ei in die Pfanne schlug, hielt sie es nicht mehr aus und rief vorsichtig: »Ist das für mich?«

Er blickte auf, drehte den Herd herunter und kam zu ihr herüber. Ein Stück außerhalb ihrer Reichweite ging er in die Hocke, sah ihr in die Augen und antwortete wütend: »Du hast heute jedes Recht auf Essen verwirkt. Oder glaubst du wirklich, es hilft dir irgendetwas, wenn du dich selbst entstellst? Das

Ganze ist ein Prozess, der sich nicht aufhalten lässt. Verstehst du? So etwas tut man sich nicht selbst an, so etwas passiert unaufhaltsam und langsam.«

Anja spürte, wie sich in ihr ein Schalter umlegte, der jede Zurückhaltung unmöglich machte. Sie hatte keine Lust mehr auf diese zweideutigen Sprüche. Was dachte dieser Psycho eigentlich, wer er war? Schneller, als sie es sich selbst zugetraut hatte, stemmte sie sich in den Stand, konnte sich so aber lediglich noch ein kleines Stück zu ihm drehen. Sie riss an der Kette, die so kurz war, dass sie nur leicht gebeugt stehen konnte. »Mach mich los, mach mich jetzt sofort los, oder ich steche dir beide Augen aus. Du kleiner Scheißer hast kein Recht, uns hier festzuhalten. Wir werden dir weder gehören noch auf dich hören, hast du das verstanden?«, schrie sie. Schwer atmend saugte sie etwas Luft in die Lungen und brüllte dann wie von Sinnen: »Es ist mir scheißegal, was du für ein Problem hast. Geh damit zu einem Psychiater und lass uns verdammt noch mal in Ruhe!«

Er wischte sich mit dem Handrücken ihren versprühten Speichel aus dem Gesicht, hielt den Blickkontakt noch einige Sekunden aufrecht und drehte sich dann wortlos um. An dem Esstisch, auf dem sich inzwischen sein komplettes Equipment befand, blieb er stehen und drehte den kleinen PC-Lautsprecher in ihre Richtung. Der Monitor war von ihrer Position aus nicht zu erkennen.

Anschließend sah er sie mit kalten Augen an, atmete einmal tief durch, ganz so, als fiele es ihm schwer. Anja folgte seinen Bewegungen mit dem Auge und sah, wie er den einen der kleinen Schalter an seiner seltsamen armbanduhrähnlichen Konstruktion betätigte. Es dauerte nur einen Wimpernschlag, bis Paulines Schrei einsetzte und sich an den kargen Wänden des Wohnzimmers brach. Der kleine Lautsprecher hatte Mühe, die Tonhöhe wiederzugeben, die Anja bis ins Mark erschütterte.

Nach dem ersten Schock ließ Anja sich auf ihre wunden Knie fallen und brüllte gegen den Schrei ihrer Tochter. »Hör auf … bitte, ich tue alles, was du willst, aber stell das wieder ab.« Ein kurzer Heulkrampf packte sie, bevor sie wiederholte: »Bitte. Sie kann doch nichts dafür.«

Nachdem er den winzigen Schalter erneut betätigt hatte, wurde der Schrei ihrer Kleinen zu einem Winseln, das erst dann erstarb, als er auch noch den Lautsprecher ausschaltete.

Wieder vor ihr stehend blickte er auf sie herab und dieses Mal wagte sie keine Gegenwehr. Sie zog den Rotz hoch und hörte, wie er sagte: »Willst du jetzt ein liebes Mädchen sein?«

– 23 –

Am nächsten Vormittag ging Sabrina mit Mike zur selben Polizeiwache, in der sie bereits mit dem Anwalt gewesen war. Nach dem Gespräch mit diesem Kai hatten sie sich noch in ihrem alten Hotel umgesehen und am Abend der Disco einen Besuch abgestattet. Doch nirgends erinnerte man sich an sie, keiner hatte irgendetwas von ihrem Verschwinden mitbekommen.

Fast schon routiniert trat sie an einen der Schalter, wo sie ihren Namen nannte und dann in einen Wartebereich gebeten wurde. Nach einigen Minuten erschien ein einfacher Streifenbeamter, der sie abholte und in ein kleines Besprechungszimmer brachte. Ihren Einwand, dass sie sich einfach nur wie vorgeschrieben melden wollte, ignorierte der Mann ebenso wie ihren Wunsch, dass Mike sie begleiten durfte.

Der Raum war stickig und verfügte nur über eine Tür, in die eine kleine Scheibe eingelassen war. Ansonsten gab es einen Tisch und drei Stühle. Auf einem davon saß sie, die anderen beiden standen auf der anderen Seite. *Für ein Verhör fehlt eigentlich nur noch ein Mikrofon*, ging es ihr durch den Kopf.

Die Zeit verstrich so zäh wie auf einem der vielen Langstreckenflüge, die sie in letzter Zeit häufig absolvieren musste. Nach einer Dreiviertelstunde hielt sie das Herumsitzen nicht mehr aus. Sie stand auf, ging zur Tür und öffnete sie, fast erstaunt, dass diese nicht verschlossen war.

»Hey?« Der Streifenbeamte hatte seinen Schreibtisch gleich neben dem Eingang zu diesem Raum und wirkte nicht, als würde er sich auf eine Diskussion einlassen.

Trotzdem suchte Sabrina nach den richtigen Worten und fragte auf Spanisch, wie lange und auf was sie überhaupt noch warten musste.

»Auf mich!«

Sabrina erkannte die Stimme sofort, und bevor sie sich zu Kommissar Peña umdrehte, verdrehte sie kurz die Augen. Trotzdem beschloss sie, es heute mit einer anderen Strategie zu versuchen, und setzte ein Lächeln auf.

Der Kommissar verzichtete auf eine Begrüßung, hielt mit einer Hand die Tür auf, während er mit der anderen eine unmissverständliche Geste machte.

Sabrina ging zurück zum Tisch, setzte sich auf den Stuhl und gab sich entspannt.

Peña ließ die Akte hörbar auf den Tisch fallen, nahm ihr gegenüber Platz und faltete die Hände ineinander.

»Kai Kaufmann. Der Name sagt Ihnen etwas?«

Sabrina hatte mit vielem gerechnet, damit allerdings nicht. Sie nickte unsicher.

Nun öffnete Peña den Deckel der abgegriffenen Mappe, tat so, als würde er darin etwas nachlesen müssen, und lehnte sich schließlich zurück. »Kai Kaufmann kam gestern zu uns und gab zu Protokoll, dass er von Ihnen und einem Mann, der sich als deutscher Polizist ausgab, bedroht worden sei. Außerdem hat er uns erzählt, dass er Sie an dem Tag Ihres angeblichen Verschwindens begleitet hat und Sie, ich zitiere, ›wirkten, als hätten Sie mehr als nur Alkohol konsumiert‹.« Peña beugte sich ein Stück nach vorn. »Was sagen Sie dazu?«

»Arschloch!«

Der Kommissar legte den Kopf ein wenig zur Seite und fragte gefährlich leise: »Wie bitte?«

Sabrina atmete einmal tief durch und wiederholte: »Arschloch! Dieser Kai Kaufmann ist ein Arschloch. Anstatt sich gleich bei Ihnen zu melden, ignoriert er die Tatsache, dass ich einfach so aus einer Disco verschwinde und dann halbtot aus dem Hotel getragen werde.«

»Hm«, brummte der Kommissar und machte eine ausladende Geste. »Sie haben weder diese angebliche Entführung noch die angebliche Vergewaltigung angezeigt«, stellte er fest.

Sabrina erinnerte sich an das Gespräch mit dem Anwalt. »Das stimmt nicht ganz. Ich habe Ihnen bereits im Krankenhaus davon erzählt. Wenn es in keinem Protokoll steht, ist das allein Ihr Versäumnis. Sie hatten genügend Zeit, um der Sache nachzugehen und eine ärztliche Untersuchung anzuordnen.«

Peñas Gesicht zeigte keine Regung. »Und nun haben Sie sich dazu entschlossen, hier, in einem Land, in dem Sie keinerlei polizeiliche Rechte haben, auf eigene Faust Ermittlungen anzustellen?«

Sabrina fiel es schwer, cool zu bleiben, sie erwiderte aber ruhig: »Wir haben uns nur mit diesem Kai unterhalten.«

»Wer ist der Mann, der bei Ihnen war und sich als Polizist ausgab?«

Sie dachte kurz darüber nach, ob sie auf ihrem Anwalt bestehen sollte, unterließ es aber. »Mike ist ein Freund von mir und er hat sich mit keiner Silbe als Polizist ausgegeben. Das muss sich dieser Kai eingebildet haben oder er wollte sich wichtigmachen … wie auch immer.«

Peña zog ein Blatt Papier aus der Mappe, klappte diese zu und saß einige Sekunden einfach nur da. Nach einer Weile räusperte er sich. »Ihre erste Gerichtsanhörung ist in fünf Tagen. Bitte finden Sie sich am nächsten Mittwoch um elf Uhr vormittags beim hiesigen Gerichtsgebäude, Zimmer 21, ein. Wäre möglich, dass Sie danach in die Untersuchungshaft müssen, richten Sie sich also darauf ein. Außerdem erteile ich Ihnen hiermit das Verbot, weitere Untersuchungen anzustellen.«

Sabrina nahm die richterliche Anordnung entgegen und hob den Blick. »Und was unternehmen Sie, um mich zu entlasten?«

Peña zuckte mit den Schultern. »Ich lege Ihre Akte auf den Stapel der anderen Drogendelikte sogenannter Urlauber.«

»Und wenn ich Ihnen sage, dass seit einigen Jahren immer wieder Frauen vermisst werden, die ihren Urlaub hier verbracht haben? Und das immer genau zu dieser Zeit?«

Der Kommissar stützte sich mit den Händen auf die Tischplatte und beugte sich ein Stück zu ihr. Es war das erste Mal, dass sie sein Gesicht und die dunklen Schatten unter seinen Augen aus der Nähe sah. Aus dieser kurzen Distanz wirkte der Mann einfach nur erschöpft, und als hätte er ihren Eindruck erraten, antwortete er einen Tick zu leise: »Ich weiß, worauf Sie anspielen, und Sie können mir glauben, dass meine Kollegen und ich jeden Hinweis verfolgen. Allerdings haben die von Ihrem Land angeregten Sparmaßnahmen tiefe Wunden hinterlassen. Unsere besten Leute wurden in den Ruhestand geschickt und durch schlecht bezahlte Anwärter ersetzt. Nicht anders sieht es bei den Gerichten aus. Aber Sie haben Glück! Ihre Richterin, Señora Jiménez, hat genügend Erfahrung, um Ihren Fall richtig einzuschätzen. Ob das für Sie ein Vorteil ist, müssen Sie selbst herausfinden.« Mit diesen Worten verließ Peña den Raum.

»Mike?« Ihr früherer Vorgesetzter stand mit dem Rücken zum Wartebereich vor einer großen Pinnwand und wirkte völlig abwesend.

Sabrina umrundete die Sitzreihe, blieb hinter ihm stehen und tippte ihm auf die Schulter.

Mike zuckte zusammen und fuhr herum, sodass auf seine lange Gesichtsnarbe genau das Licht der einfallenden Sonne fiel.

Sabrina versuchte, sich den Schrecken nicht anmerken zu lassen, doch er hatte ihren Gesichtsausdruck längst bemerkt. »Hübsch, oder?«

Sie überwand sich und berührte die narbige Haut. »Tut das noch weh?«

»Nur wenn das Wetter wechselt und bei starker Kälte. Aber lass uns die alten Kamellen ein andermal austauschen.« Mike drehte sich zurück zur Wand und deutete auf ein dort angepinntes Blatt. »Ich fürchte, du könntest recht haben.«

Sabrina trat neben Mike, um besser sehen zu können. Über dem Foto, das eine junge Frau mit ihrer kleinen Tochter zeigte, stand in großen Buchstaben »DESAPARECIDO« – »VERMISST«.

Sabrina ignorierte zunächst die genauere Erklärung, die deutlich kleiner und in drei Sprachen darunter stand. Stattdessen starrte sie einige Augenblicke lang das Foto an, bis Mike sie mit den Worten »Du siehst es auch, oder?« aus ihren Gedanken holte.

Sie nickte, trat einen Schritt zurück, doch mit etwas Abstand wurde die Ähnlichkeit zu ihr noch deutlicher. Natürlich stimmte nicht alles. Das Haar der Vermissten war dunkler und ein wenig länger als ihr eigenes und sie hatte ein etwas spitzeres Kinn. Trotzdem gab es genügend Merkmale, die auf ein Muster hinweisen könnten. Soweit das auf dem Foto zu erkennen war, hatten ihre Augen ein sehr ähnliches Blau. Wie sie selbst hatte die Frau zudem volle Lippen und den gleichen etwas zu ernsten Gesichtsausdruck.

Sabrina trat wieder an den Aushang und las:

Das deutsche Bundeskriminalamt bittet um Ihre Mithilfe: Vermisst werden die neunundzwanzigjährige Anja T. und ihre siebenjährige Tochter Pauline T. aus Würzburg. Mutter und Tochter verbrachten ihren Urlaub in Tarragona, wo sie am 15.06. in dem Strandhotel Azur zum letzten Mal gesehen wurden. Seit diesem Tag kann kein Kontakt mehr zu den beiden Personen hergestellt werden.
Sachdienliche Hinweise melden Sie bitte über die unten genannten Kontaktdaten oder an unsere spanischen Kollegen.

Mike machte mit seinem Handy ein Foto des Aushangs und wandte sich zur Tür. »Das könnte eine Spur zu deinem Entführer sein. Ich werde Karl anrufen, vielleicht kann er uns mehr Informationen beschaffen.«

Sabrinas Blick ruhte noch einen Augenblick länger auf dem Bild der jungen Frau und ihrer wirklich süßen Tochter. Dann legte sie ihre Hand auf Mikes Unterarm und schluckte. »Mike, wenn die beiden an diesen Mann geraten sind, müssen wir ihnen helfen. Dieser Typ hat alle Hemmungen verloren.«

Mike nickte. »Ich weiß.«

– 24 –

»Dein Ernst?« Mike hatte Karl die Geschehnisse am Telefon geschildert und um Hilfe gebeten, doch dessen Gegenvorschlag erschien ihm ein wenig unpassend. Er hörte seinem ehemaligen Chef noch kurz zu, bestätigte: »Ja, o. k., ich rede mit ihr«, und legte schließlich auf.

»Schlechte Nachrichten?«, erkundigte sich Sabrina, während sie über das nahe Meer blickte und die ganze Geschichte am liebsten vergessen hätte.

Mike atmete durch. »Wir sollen uns an Tom wenden.«

»An Tom?« Der friedliche Anblick des Badestrands trat in den Hintergrund. »Warum ausgerechnet an Tom? Karl weiß doch, dass ich ihn verlassen habe, und wie Tom im Moment drauf ist.«

»Und von mir weiß Tom nur, dass ich tot bin«, ergänzte Mike. »Ich möchte gar nicht wissen, wie er reagiert, wenn er erfährt, dass alles bloß vorgetäuscht war und er um einen noch lebenden Freund trauern musste.«

»Haben wir eine Wahl?«

»Karl sagt nein. Offiziell kann er keine Ermittlungen einleiten und als beratender Mitarbeiter hat er keinen freien Zugriff auf das Polizeinetzwerk. Hinzu kommt, dass man dich durch die Anklage hier vorläufig suspendieren musste. Karl hat zwar betont, dass zu Hause niemand an deine Schuld glaubt, aber so sind nun einmal die Vorschriften.« Mike legte das Handy auf den Tisch, bevor er hinzufügte: »So wie es aussieht, haben wir zumindest von offizieller Seite keine Hilfe zu erwarten. Somit ist Tom der Einzige, der an Daten kommt und vielleicht mit uns zusammenarbeitet.«

»Pfff«, atmete Sabrina hörbar aus und schloss kurz die Augen. Ausgerechnet Tom sollte sie von ihrer Vergewaltigung erzählen. Dem Tom, den sie nur aus praktischen Gründen verlassen hatte und an dem sie tief in ihrem Inneren noch immer hing.

Mike ließ ihr etwas Zeit, um über die Sache nachzudenken, dann stellte er seine Kaffeetasse zurück auf den Tisch. »Also? Was denkst du?«, fragte er vorsichtig.

Sabrina spürte, wie ihre Handflächen bei dem Gedanken an Tom feucht wurden, doch schließlich nickte sie. »Also gut. Wer ruft an?«

»Hast du seine aktuelle Nummer? Ich habe ein neues Handy und musste eure Kontaktdaten aus Sicherheitsgründen löschen.«

Sie sagte die Nummer an, Mike räusperte sich, presste den Hörer ans Ohr und wartete, bis sein früherer Partner bei der Nürnberger Mordkommission abhob und sich mit »Hauptkommissar Jänke« meldete. Er räusperte sich ein weiteres Mal, was seine Stimme auch nicht besser klingen ließ, und sagte etwas zu leise: »Hi Tom, hier ist Mike.«

Nach der nun folgenden Stille wollte Tom wissen: »Mike? Welcher Mike?«

»Mike Köstner, dein alter Freund Mike.«

Erneut herrschten einige Sekunden lang Stille in der Leitung, bis Tom wütend erwiderte: »Lassen Sie den Scheiß, das ist nicht lustig!«, dann legte er auf.

»Aufgelegt«, erklärte Mike der fragend dreinblickenden Sabrina und drückte die Wahlwiederholung.

»Was noch? Hören Sie, das ist kein Spaß. Hören Sie auf, mich anzurufen und sich unter falschem Namen als Polizist auszugeben.«

Mike versuchte, dieses Mal etwas lauter und nicht so gedämpft zu reden. »Tom, hör zu, Tom, ich bin es wirklich! Du kannst dich bei Karl rückversichern. Ich, Mike Köstner, bin nicht tot, es war alles nur inszeniert. Komm, frag mich irgendetwas Persönliches.«

Mike hatte das Gesicht seines Freundes förmlich vor Augen, bis sich dieser etwas gesammelt hatte. »Hat Mike Köstner ein Kind?«

Das saß. Mike spürte, wie seine Hand zu zittern begann und er das Handy kaum noch halten konnte. Mühsam schluckte er den Kloß im Hals hinunter. »Zwei, ich hatte zwei Kinder. Katja und Felix, beide sind tot.« Und deutlich leiser sagte er: »Genauso tot wie ihre Mutter Petra.« Mike versagte fast die Stimme, als er weitersprach: »Bitte zwinge mich nicht, dir die Umstände zu schildern.« Als das Schweigen unerträglich wurde, fragte er: »Tom … bist du noch da?«

»Aber wie?«, stammelte dieser, doch Mike unterbrach ihn mit dem Vorschlag: »Kann ich dich heute Abend noch einmal anrufen und dir die ganze Geschichte in Ruhe erzählen? Ich bin gerade bei Sabrina in Tarragona und sie hat wirklich üble Probleme.«

»Mit Sabrina? In Tarragona? Spanien?« Tom klang genauso verwirrt, wie er vermutlich auch war.

»Genau«, bestätigte Mike. »Bitte hör mir einfach nur zu, dann kannst du dich immer noch entscheiden, ob du uns helfen willst. Mir ist klar, dass das jetzt alles etwas viel für dich ist, aber wir brauchen dich wirklich. Es dreht sich vermutlich um mehr als Sabrinas Zukunft.«

»Ist ihr etwas passiert?« Toms Stimme klang nun eindeutig alarmiert. »Geht es ihr gut?«

»Warte, ich gebe sie dir.«

Sabrina wirkte fast ein wenig erschrocken, doch dann nahm sie das Handy zögerlich entgegen, ging ein paar Schritte in Richtung Meer und hob es schließlich an ihr Ohr.

Mike kannte sie als taffe und selbstbewusste Frau, was ganz im Gegensatz zu ihrer jetzigen Gestik und Mimik stand. Das Gespräch dauerte lange genug, dass sich Mike noch eine Cola bestellen konnte. Sabrina lief während der Unterhaltung im flachen Wasser den Strand entlang und kam erst nach gut zwanzig Minuten zurück. Auch sie bestellte sich noch einen Eistee, legte das Handy auf den Tisch und atmete einmal tief durch. Sie wirkte relativ erleichtert. »Er hilft uns.« Nach einer kurzen Pause, in der sie einen langen Schluck nahm, erklärte sie schließlich: »Tom ist stinksauer, aber er hilft uns. Du sollst ihn heute Abend gegen acht Uhr anrufen, und er meinte, es könnte lauter werden.«

Mike lächelte. So kannte er seinen alten Kollegen. Ein wenig aufbrausend, schnell eingeschnappt, aber wenn man ihn brauchte, war Tom zur Stelle.

Sabrina stellte das Glas zurück auf den Tisch. »Ach ja, du sollst ihm das Foto von der Vermisstenanzeige schicken. Er will sich das genauer ansehen und sich mit der Familie dieser Anja T. in Verbindung setzen. Vielleicht bekommen wir so Hinweise darauf, wo wir weitersuchen können.«

Mike wischte einige Male über das Smartphone, hob danach den Blick und fragte ungeschminkt: »Was ist eigentlich zwischen euch passiert? Mein letzter Kenntnisstand ist zwar schon einige Monate alt, aber ich habe euch immer für das perfekte Paar gehalten. Habt ihr euch gegenseitig betrogen?«

Bei »betrogen« schoss ihr sofort die Vergewaltigung in den Kopf, was wiederum dafür sorgte, dass ihr eine Träne über die

Wange lief. Natürlich kannte sie Mikes Direktheit, was sie nicht weniger wütend machte. Sie sah ihn ein wenig zu lange und mit bösem Funkeln in den Augen an. »Nein, abgesehen von diesem fetten, stinkenden Spanier, der mich in diesem Scheißauto benutzt hat, hatte keiner von uns etwas mit einem anderen.«

Mike spürte, wie auch seine Augen feucht wurden, und entschuldigte sich kleinlaut. Sie ließ die Entschuldigung ein wenig sacken und schüttelte den Kopf. Ihr Tonfall wurde nun wieder milder. »Es ging von mir aus. Tom ist mehr der sesshafte Typ; ihm genügt der Alltag bei der Nürnberger Mordkommission. Mich zieht es dagegen in die Welt hinaus. Ich will noch etwas Neues sehen und mich auch anderen Aufgaben stellen. Kurz gesagt trafen bei meiner Entscheidung, in das Ermittlerteam für internationale Kriminalitätsbekämpfung zu wechseln, zwei Welten aufeinander. Ich hatte kein Verständnis für seine Trägheit und er nicht dafür, dass ich dafür eine Fernbeziehung in Kauf nehmen würde.« Sie schwieg kurz, bevor sie weiterredete. »Und dann habe ich meine Konsequenzen daraus gezogen und die Beziehung beendet.«

Mike wagte die sanfte Berührung ihrer Hand. »Keine Chance mehr?«

Sabrina weinte, dann zuckte sie mit den Schultern und sagte mit erstickter Stimme: »Nach dem, was mir passiert ist? Ich fühle mich so schmutzig, Mike, so unendlich schmutzig.«

– 25 –

Mateo hatte selten Angst, und wenn doch, dann erledigte eine der chemischen Substanzen, die er sonst hauptsächlich an andere verkaufte, das Problem. Jetzt saß er auf dem schmuddeligen Sofa und blickte durch die schmutzige Scheibe seiner Einzimmerwohnung in den blauen spanischen Himmel. Das Telefon, durch das er die schlechte Nachricht erhalten hatte, ruhte noch immer in seiner Hand, die leicht zitterte. Eigentlich war der Koks zu teuer für den Eigenverbrauch, was ihm im Moment allerdings ziemlich egal war. Er schüttete eine nicht abgewogene Menge auf den kleinen Spiegel, zog das Pulver mit der geklauten Bankkarte in die Länge und setzte den dicken Strohhalm an.

Der Stoff schoss ungehindert durch seine Nase, es fühlte sich an, als hätte er ihn direkt in sein Hirn gezogen. Nur den Bruchteil einer Sekunde später trat die Angst in den Hintergrund und eine Woge puren Selbstbewusstseins rauschte durch seinen Körper. Mateo schloss die Augen und gab so den Wunschbildern Raum. Mit dem Gefühl, als würde es in dieser Sekunde passieren, sah er sie noch einmal in diesem Kofferraum liegen. In seiner Fantasie war sie nackt, willig und hatte nur auf ihn gewartet. Aus ihren verängstigten Schreien machte die

Droge lustvolles Stöhnen, das sich durch ihre Hilflosigkeit bis zur Ekstase steigerte.

Gefühlt dauerte sein Trip eine kleine Ewigkeit und sorgte für eine heftige Erektion, die sich hart gegen die schmutzige L-Jeans drückte.

In der Realität endete das Schauspiel bereits nach zwei Minuten. Die Wahrheit schlug ein wie eine Bombe und wie aus dem Nichts rauschten ihm die eben gehörten Worte seiner Schwester durch den Kopf. Alicia arbeitete als Krankenschwester in Tarragonas größtem Krankenhaus, das machte sie zu einer verlässlichen Lieferantin von allerlei medizinischem Zubehör, das seine Kunden gern dazukauften.

Und jetzt war ausgerechnet sie es, die ihm von einer deutschen Patientin erzählte, die man inzwischen entlassen hatte. Die junge Frau war mit einer Überdosis eingeliefert worden und wies eindeutige Spuren heftiger Sexspiele auf. Soweit Alicia bei einem Gespräch zwischen dem behandelnden Arzt und dem ermittelnden Kommissar mitbekommen hatte, behauptete die Deutsche, vergewaltigt worden zu sein. Die Begriffe »Phantombild«, »DNA-Spuren« und »Stimmerkennung« flogen durch Mateos Kopf, und er ballte seine Hand zur Faust. Was, wenn ihn diese Schlampe durch den Leinensack hatte sehen können? Was, wenn man ihr glaubte und seine Hinterlassenschaften in ihr fand?

Verzweifelt ließ er seine Hand gegen die eigene Stirn krachen. Wie konnte er nur so blöd sein, einem verdammten Junkie zu vertrauen? »Du kannst mit ihr machen, was du willst, sie wird es niemandem mehr sagen können«, hallten ihm Jacobs Worte durch den Kopf, und wieder schlug er sich gegen die Stirn. Dieser Arsch hatte ihn entweder belogen oder Mist gebaut. Ganz egal, so konnte er die Sache nicht stehen lassen.

Sollten die Bullen auf ihn zurückkommen, würde dieser Idiot ebenfalls bluten, so viel stand fest.

Mateo nahm sein Handy, suchte Jacobs letzten Anruf heraus und drückte auf Rückruf. Nach ganzen fünfzehn Klingeltönen wurde das Gespräch endlich entgegengenommen, irgendwie klang dieser Jacob ein wenig gehetzt.

Entgegen seinem Wunsch, ihm die Tatsachen direkt und ungeschminkt an den Kopf zu knallen, besann sich Mateo im letzten Augenblick. Mit sanftem Tonfall begann er einen kurzen Smalltalk, und erst, als Jacobs Misstrauen zusammengeschmolzen war, fragte er scheinbar beiläufig: »Sag mal, die Kleine vom letzten Mal … Das hat wirklich Spaß gemacht, könntest du mir die vielleicht noch einmal zur Verfügung stellen?« Und als der Junkie nicht antwortete, setzte er eilig hinzu: »Über den Preis können wir natürlich reden. Noch so ein Trip wäre mir wirklich einiges wert.«

Die Stille setzte sich fort, und erst, als er vorsichtig fragte: »Bist du noch da?«, antwortete Jacob: »Ja, nein, die ist leider nicht mehr verfügbar. Aber mach dir keine Sorgen, die sagt niemandem etwas von eurem kleinen Rendezvous.«

»Hm«, brummte Mateo enttäuscht, doch so leicht wollte er sich nicht geschlagen geben. Der Typ sollte sein Fett abbekommen. Außerdem brauchte er mehr Informationen darüber, wer die Schlampe im Kofferraum überhaupt war. Vielleicht konnte er sie so finden und die Sache selbst aus der Welt schaffen. Folglich benötigte er entweder Jacobs Adresse oder wenigstens ein Treffen mit ihm.

»Und wie sieht es mit anderem Material aus? Vielleicht könntest du mich mit etwas anderem begeistern?« Täuschte er sich, oder hatte dieser Arsch gerade genervt geschnauft? Wenn er seinen Stoff brauchte, konnte es gar nicht schnell genug gehen, und jetzt schnaufte er. Mateo hatte wirklich alle Mühe, sich zurückzuhalten, und gerade, als er laut werden wollte, hörte er einen Satz, der ihn tatsächlich etwas aus dem Konzept brachte.

Hatte ihn dieser Perversling tatsächlich eben gefragt, ob auch ein Kind infrage kommen würde? Sein Handy wechselte ans andere Ohr. »Wie bitte?«

»Ein Mädchen, sieben oder acht Jahre alt, kannst du allerdings erst in ein paar Tagen haben«, tönte es aus dem Gerät.

Nun war es Mateo, der einen Augenblick Bedenkzeit benötigte. Dann kratzte er sich am Sack und versuchte, sich an den ursprünglichen Grund seines Anrufs zu erinnern. »O. k., das wäre wirklich mal was Neues. Ich kann auch warten, müsste das Objekt aber wenigstens vorher sehen.«

Anstatt darauf einzugehen, fragte Jacob: »Was wäre dir diese Erfahrung wert? Ich fände zehn Gramm und tausend in bar angemessen. Die Kleine ist schließlich unberührt und ich muss hinter dir aufräumen.«

»Alter!«, empörte sich Mateo, biss sich aber auf die Zunge und forderte stattdessen: »Lass mich sie anschauen, dann reden wir über die Entlohnung.«

»Ich schick dir ein Foto aufs Handy.«

»Nein, bei dem Preis muss ich wissen, ob sich das Warten lohnt. Nenn mir Treffpunkt und Zeit. Ich schau sie mir an und anschließend reden wir über die Details.«

Am anderen Ende der Leitung wurde es still, dann folgte die Anweisung: »Heute Abend um zehn Uhr oben auf dem Berg, wo du deinen Spaß hattest. Du hast zehn Minuten. Anfassen ist nicht!«

»Alles klar«, brummte Mateo zufrieden und legte auf.

Noch fünf Stunden bis zum Treffen. Genügend Zeit, um ein paar seiner Stammkunden zu beliefern und etwas essen zu gehen. Er beschloss, sich keine kleine Linie mehr reinzuziehen, wechselte das verschwitzte Unterhemd gegen ein auch nicht mehr ganz frisches T-Shirt, steckte sich das kurze Messer in den

Strumpf und den Totschläger unter den Hosenbund. So machten es die bösen Buben im Film auch immer und so war die Chance, bei einer Polizeikontrolle Probleme zu bekommen, am geringsten. Danach warf er einen Blick auf sein Notizbüchlein, in dem er, als harmlose Einträge verschlüsselt, die Bestellungen notierte. Heute waren es gerade einmal drei Kunden. Zwei wollten etwas Crystal Meth und einer fünf Gramm Koks. Seit die Russen mitmischten, ging es mit seinem Geschäftsmodell stetig bergab.

Obwohl er nur wenige Schritte in der Wohnung gemacht hatte, spürte er, wie das riesige T-Shirt und die Hose an seiner Haut klebten. Ihm graute davor, hinauszugehen, aber es half nichts. Diese Kunden waren wichtig, und wenn er jetzt auch noch als unzuverlässig galt, würde er seinen Stoff bald nur noch selbst verbrauchen können. Außerdem hatte er Hunger, wie immer, verdammt großen Hunger.

Die Lieferung an die beiden Meth-Junkies war schnell erledigt. Beide lebten unweit von ihm auf der Straße und hingen immer auf dem gleichen Platz ab. Bei dem Hoteldirektor sah die Sache anders aus. Dessen Villa lag etwas außerhalb, rein zufällig aber auf dem Weg zu dem Hügel, auf dem ihm Jacob seine Ware präsentieren wollte.

Der Direktor hatte ihn erst für 20 Uhr einbestellt, was ihm noch genügend Zeit für eine ausgiebige Mahlzeit bei Mutter Sofia gab. Mutter Sofia war natürlich nicht seine richtige Mutter, aber jeder Spanier, der hier gut und viel essen wollte, nannte die alte Frau so. Ihre kleine Taverne lag am Rande der Stadt, versteckt in einem Wohngebiet, in das sich niemals ein Tourist verirrte.

Mateo schwitzte inzwischen wie ein Schwein, und der schnell laufende Deckenventilator sorgte dafür, dass auch die anderen Gäste die Nase rümpften. Aber niemand hier hätte es gewagt, ihn deswegen anzusprechen. Noch war er hier der Platzhirsch, und wenn es doch Ärger gab, machte er seine fehlende Kraft ganz einfach durch sein enormes Körpergewicht wett.

»Wie immer?«, rief Sofia von der Theke herüber. Er dachte kurz darüber nach, einmal etwas anderes als den fetten Eintopf mit Fisch und reichlich Knoblauch zu essen, entschied sich aber dagegen. Keine fünf Minuten später standen eine dampfende Schale sowie ein großes Glas Hauswein auf seinem Tisch. Ihn jetzt zu stören, hieße, Selbstmord zu begehen, und so taten die anderen Gäste, als wäre er gar nicht da.

– 26 –

Sabrina und Mike hatten beschlossen, die heißen Nachmittagsstunden im Hotelzimmer zu verbringen. Mike schaffte es tatsächlich, ein wenig zu schlafen, und fühlte sich nach einem starken Kaffee so gut wie lange nicht mehr.

Da sie ausgemacht hatten, sich erst um fünf Uhr in der Bar neben dem kleinen Hotel zu treffen, hatte er noch ein wenig Zeit, um mit dem Mann hinter dem Ausschank zu reden. Mike hatte es noch nie verstanden, warum sich so viele junge Deutsche danach sehnten, im Süden zu arbeiten. Die meiste Zeit war es zu heiß, die Bezahlung war lausig und die Arbeitszeit zu lang.

»Woher kommen Sie?«, begann Mike, nachdem er den Barkeeper als Deutschen identifiziert hatte.

»Köln«, antwortete der junge Mann einsilbig, was Mike nicht davon abhielt, ihm ein Gespräch abzunötigen. Nachdem sie die Themen Deutschland, das Wetter und die hohe Arbeitslosigkeit in Spanien hinter sich gebracht hatten, fragte Mike vorsichtig: »Wo muss ich denn hingehen, wenn ich etwas anderes als Alkohol konsumieren will?«

Jan, wie sich der Mann im Laufe des Gesprächs vorgestellt hatte, sah ihm etwas zu lange in die Augen, bevor er ungewöhnlich offen fragte: »Sind Sie ein Bulle?«

Mike setzte ein wissendes Grinsen auf. »Sie haben eine gute Menschenkenntnis, das muss ich schon sagen.« Dann deutete er auf die Narbe in seinem Gesicht und nickte. »Ja, das war ich bis zu dieser Verletzung. Jetzt bin ich einfach nur noch ein Mann, der vergessen möchte, und mit etwas Hasch gelingt mir das meistens ganz gut.«

Jan machte eine abwehrende Geste. »Sorry, Mann, aber damit habe ich nichts am Hut. Die Bullen, Entschuldigung, ich meine, die Polizei ist hier auch viel zu scharf. Da reicht es, wenn man nach so etwas riecht, und schon sitzt man im Knast.«

»So schlimm?«

»Ja, so schlimm«, bestätigte Jan, beugte sich aber ein Stück über den Tresen und flüsterte: »Wie gesagt, ich habe damit nichts am Hut. Aber wenn Sie sich selbst etwas besorgen wollen, würde ich es in der Nähe der Universität versuchen. Es gibt dort ein paar Grünanlagen und manchmal stehen sie da herum. Sprechen Sie niemanden direkt an, zeigen Sie denen einfach einen Geldschein. Wenn jemand etwas zu verkaufen hat, wird er es Ihnen dann anbieten.« Nun zog sich der Barkeeper wieder zurück und stellte etwas lauter fest: »Könnte allerdings schwierig werden, Sie sehen zu seriös aus.«

Mike bedankte sich und registrierte im Augenwinkel, dass Sabrina gerade zur Tür hereingekommen war. Er begrüßte sie und drehte sich wieder zu Jan. »Was meinen Sie, sieht sie auch zu seriös aus?«

Der Mann musterte Sabrina von oben bis unten, wobei ihm offenbar gefiel, was er sah. Dann legte er den Kopf ein wenig schief. »Nein … ich glaube, sie dürfte kein Problem haben. Aber lassen Sie sie nie aus den Augen. Einige von den Jungs dort sind abends ziemlich aggressiv drauf. Der Stoff ist einfach nicht mehr so sauber wie früher und dieses neumodische Crystal Meth macht es nicht besser.«

Sabrina hatte sich inzwischen auf den Barhocker neben Mike gesetzt und zog jetzt eine Augenbraue nach oben. »Worum geht es?«

»Erzähle ich dir nachher«, kam Mike dem Barkeeper zuvor. »Was willst du trinken?«

»O. k., was ist dein Plan?«, fragte Sabrina, als Mike zu einem der herumstehenden Stadtpläne mit den Ausflugszielen für Touristen ging und darauf nach der Universität suchte. Er fand sein Ziel, gab eine der Straßen, die an die Uni grenzten, bei Google Maps ein, um sich nachher von seinem Handy navigieren zu lassen. Anschließend entfernte er sich ein paar Schritte von den Deutschen, die sich den Plan ebenfalls ansahen. »Ich habe vorhin über deine Schilderungen nachgedacht. Du sagtest, der Typ, der dich in diesem Auto …, na, du weißt schon, wirkte sehr aufgedreht. Außerdem meintest du, dass er immer wieder Pausen machte und du ein komisches Schniefen gehört hast.«

»Ja, und?«

Mike presste kurz die Lippen zusammen. »Ich weiß es nicht und es ist nur eine Vermutung, aber wir haben sonst kaum Spuren. Meine Idee dazu ist, dass er möglicherweise aufputschende Drogen konsumiert hat. Koks vielleicht. Das Zeug macht überheblich, aufgedreht und man zieht es oft durch die Nase. Hinzu kommt, dass deine Überdosis ebenfalls mit Koks herbeigeführt wurde.«

Sabrina dachte kurz darüber nach. »Und was hat das mit der hiesigen Universität zu tun?«

»Ich habe dem Barkeeper erzählt, dass ich auf der Suche nach Hasch bin. Wie du weißt, hat jede Stadt Ecken, in denen Stoff verkauft wird, und er nannte mir den Stadtteil bei der Uni. Ich weiß, das ist dünn, aber ehrlich gesagt, wüsste ich nicht, wo wir sonst mit der Suche beginnen sollen. Zumindest bis Tom etwas für uns hat, wäre es einen Versuch wert«, sagte er fast schon entschuldigend.

»Hm«, brummte Sabrina nachdenklich, gab aber zu bedenken: »Ich glaube nicht, dass wir hier fündig werden. Das Auto, in dem ich gefangen gehalten wurde, stand mit Sicherheit weit außerhalb der Stadt. Da war nicht ein bisschen Verkehrslärm zu hören. Das war mitten in der Natur und ziemlich sicher auf einem Hügel oder Berg. Außerdem saßen morgens Möwen auf dem Dach, es kann also nicht weit vom Meer entfernt gewesen sein.«

Mike nickte. »Guter Ansatz. Tom oder Karl müssen sich mit jemandem unterhalten, der sich mit diesen Vögeln auskennt und uns sagen kann, wie weit sie ins Landesinnere kommen. Vielleicht können wir so das Gebiet eingrenzen. Aber um noch einmal darauf zurückzukommen: Du hast auch erzählt, dass dein Vergewaltiger …« Sabrina zuckte bei dem Wort zusammen, schaffte es aber, nicht gleich wieder loszuheulen. Mike erkannte seinen Fehler und redete lieber schnell weiter: »… also, dass dieser Mann nicht derselbe war wie dein Entführer. Und auf dem Land bekommt man kaum Stoff, der stammt meistens aus einer Stadt. Ich weiß zwar auch noch nicht so recht, wie uns das weiterbringen soll, aber lass uns die hiesige Szene einfach mal in Augenschein nehmen. Vielleicht finden wir sogar jemanden, der sich mit uns unterhält.«

Sabrina war noch immer skeptisch, wusste allerdings auch keinen anderen Weg. Außerdem war sie wild entschlossen, die beiden Schweine, die ihr das angetan hatten, zu finden. Zum einen, um diesem Macho von spanischem Kommissar zu beweisen, dass sie nicht gelogen hatte, und zum anderen, um Gerechtigkeit für ihre Seele zu finden.

Im Gegensatz zu der hübsch gemachten Innenstadt waren die Gassen in den alten Wohngebieten von Tarragona eng und staubig. Man war für jeden Luftzug dankbar, der den latenten Geruch nach altem Müll linderte.

Nachdem sie eine gefühlte Ewigkeit mal in die eine, mal in die andere Richtung gelaufen waren, blieb Sabrina stehen. »Ich brauche irgendetwas zu trinken«, stöhnte sie.

Mike wischte sich den Schweiß von der Stirn, wobei seine Hand die leicht erhabene Narbe streifte. Er ignorierte den kurzen Stich in seinem Herzen und drehte sich zurück zu dem Platz, den sie gerade überquert hatten. »Da vorn war eine kleine Bar, lass uns eine Pause machen«, schlug er vor.

Auch wenn ein Schild an der Tür eine Klimaanlage im Inneren anpries, wählten sie einen der kleinen Bistrotische davor. Die tief stehende Sonne warf inzwischen lange Schatten über den Platz, an dem sich nun immer mehr Jugendliche einfanden. Nachdem sie bei der Bedienung, einer eigentlich hübschen, aber für ihr Alter verbraucht aussehenden jungen Frau, zwei Cola bestellt hatten, beobachteten sie schweigend das Treiben der kleinen Gruppen. Man musste kein Polizist sein, um zu erkennen, was hier lief. Es wurde geflirtet, es wurde gestritten und gelacht, und viel zu oft wechselten kleine Briefchen aus Alufolie den Besitzer.

»Sechsunddreißig Prozent.«

Mike löste den Blick von den Jugendlichen. »Was?«

»Sechsunddreißig Prozent«, wiederholte Sabrina und nickte zu den kleinen Grüppchen. »Spanien hat eine Jugendarbeitslosigkeit von sechsunddreißig Prozent. Und das kommt dann dabei heraus.«

Was wäre aus meinen beiden Kindern geworden? Mike wischte den traurigen Gedanken weg. »Hast du eine Idee, was wir tun könnten? Mir fehlt wirklich jeder Ansatz. Wir können nicht auf das hiesige Polizeiwissen zurückgreifen, wir haben eine nur sehr vage Personenbeschreibung und auch sonst kaum Spuren. Darüber hinaus kann es sein, dass dein Entführer sich einen Ersatz gesucht hat, wovon die Polizei hier nichts wissen will.« Mike schüttelte den Kopf. »Ich weiß wirklich nicht weiter. Wann hast du diesen Gerichtstermin?«

»Mittwoch um elf Uhr.«

Mike atmete hörbar aus. »Noch drei Tage und wir haben nichts, um deine Unschuld zu beweisen. Was sagt dein Anwalt, dieser Garcia?«

»Sieht schlecht aus.« Sabrina hatte inzwischen die Blickrichtung geändert und antwortete nur beiläufig. Mike sah, wie sich seine Exkollegin auf ihrem Stuhl versteifte, und folgte ihrem Blick.

Der Typ war wirklich fett und kam genau auf sie zu. Das verschwitzte Haar glänzte mit der billigen Spiegelsonnenbrille um die Wette, was ihn noch abstoßender aussehen ließ. Ohne sich weiter für die gerade stattfindende Polizeikontrolle am anderen Ende des Platzes zu interessieren, überquerte er diesen, lief an den beiden vorbei und verschwand in der nächsten Seitengasse.

Mike nahm kurz den Geruch von Knoblauch und Schweiß wahr und hörte gerade noch, wie Sabrina »Scheiße, das ist der Kerl« ausstieß. Dann sprang sie auch schon auf und rannte ihm hinterher.

– 27 –

»Sabrina, nicht!«, versuchte Mike, sie zu stoppen. Er knallte fünf Euro auf den Bistrotisch, stieß beim Aufstehen seinen Stuhl um und raste ihr hinterher.

Der fette Mann war nicht weit gekommen. Sabrina hatte ihn nach wenigen Metern eingeholt, lief an ihm vorbei und versperrte ihm nun den Weg. Mike erreichte die Seitengasse nur wenige Sekunden später und verhinderte so, dass der Kerl zurücklaufen konnte.

Dieser stand übel schwitzend da, blickte mal zu Sabrina, mal zu Mike und dann zu den Polizisten, die inzwischen aufmerksam geworden waren. Schließlich setzte er ein Lächeln auf und fragte auf Spanisch an Sabrina gewandt: »Was soll das, kennen wir uns?«

»Das weißt du perverses Schwein ganz genau«, erwiderte Sabrina in seiner Sprache. Leiser und sehr wütend drohte sie: »Und für das, was du mir in diesem Auto angetan hast, wirst du bluten!«

Nach einem weiteren Blick zu den Polizisten drehte sich der Fettsack wieder zu ihr und machte einen Schritt auf sie zu. Den Mund zu einem breiten Grinsen verzogen, provozierte er sie mit den Worten: »Ach, komm schon. Du hast so schön gebrüllt, gib ruhig zu, dass es dir gefallen hat. Du kannst auch gern einen Nachschlag haben.«

Mike verstand kein Spanisch und wusste nicht, was die beiden redeten, aber er sah es in Sabrinas Gesicht, bevor es geschah. Die Bewegung seiner Exkollegin kam wie aus dem Nichts. Ihre Faust traf den Mann direkt auf die Nase. Nun versuchte sie, ihn im Nahkampf niederzuringen. Normal gebaute Menschen hätten gegen die gelernten Polizeigriffe keine Chance gehabt, doch ihr Gegner musste an die 170 Kilo wiegen, Sabrina dagegen keine 70.

Im ersten Moment sah es noch so aus, als könnte sie seine Arme tatsächlich unter Kontrolle bringen, aber der Mann wusste seine Masse einzusetzen. Nachdem er sich aus ihrem Griff gelöst hatte, schlang er nun seinerseits die fetten Arme um ihren Oberkörper, drehte sich mit ihr in Richtung der Polizisten und rief um Hilfe. Mike, der von der Situation völlig überrumpelt war, trat einfach nur zur Seite und sah dabei zu, wie sich die beiden Beamten auf die beiden Kämpfenden stürzten. Wenige Sekunden später stand der Fette schwer atmend an eine Hauswand gelehnt, deutete auf Sabrina, die inzwischen mit Handschellen ruhiggestellt war, und redete ohne Unterlass auf die Beamten ein.

Während einer der Polizisten absicherte, zog der andere Sabrina hoch in den Stand, stellte sie mit dem Gesicht zu einer Wand und begann, ihre Taschen zu durchsuchen. Es dauerte nicht lange, da zog er das kleine Messer, das Mike ihr gekauft hatte, aus der Hosentasche ihrer Jeans. Außerdem ein Feuerzeug, etwas Kleingeld und dann ein kleines Tütchen.

Fassungslos beobachtete Mike aus einiger Entfernung, wie der Polizist das Tütchen öffnete, seinen Finger anfeuchtete und das weiße Pulver probierte. Anschließend hielt er Sabrina das Tütchen vors Gesicht und redete lautstark auf sie ein.

Mike machte einige Schritte auf die Gruppe zu, doch Sabrina gab ihm mit Blicken zu verstehen, dass er sich raushalten solle. Vermutlich, um nicht auch noch festgenommen zu werden. Noch hatten ihn die Polizisten nicht als Begleiter der Frau wahrgenommen. Schweren Herzens ging er wieder etwas auf Abstand und tat so, als wäre er einfach nur ein Schaulustiger. Wenn das wirklich Sabrinas Peiniger war, und davon ging Mike aus, war dies die einzige Chance, an ihm dranzubleiben. Sollte man ihn jetzt auch noch festnehmen und vielleicht sogar des Landes verweisen, hätte Sabrina keine Chance mehr, dem Knast zu entgehen. Der Spanier musste ihr bei dem Gerangel seinen Stoff untergeschoben haben und stand nun einfach nur da. Mike glaubte, ein leichtes Grinsen erkennen zu können, aber das würde er ihm noch austreiben, wenn keine Polizei mehr in der Nähe war.

Hilflos musste Mike jetzt mitansehen, wie man Sabrina in den nahen Streifenwagen beförderte. Der Mann, den die Beamten offenbar kannten, blieb dagegen unbehelligt. Er blickte dem Streifenwagen noch einen Moment hinterher, sah kurz zu Mike und ging schließlich seines Weges.

Den Typen erneut anhalten und zur Rede stellen oder einfach verfolgen? Mike entschied sich, ihm erst einmal nur zu folgen. Vielleicht bekam er so Hinweise auf dessen Identität oder darauf, wo er wohnte, das würde es später leichter machen, ihn wiederzufinden.

Der Weg führte kreuz und quer durch das Wohngebiet und endete schließlich an einem heruntergekommenen Wohnhaus. Der Spanier öffnete die Tür und drückte sie hinter sich wieder ins Schloss. Etwas ratlos lehnte sich Mike an eine Häuserwand, zog sein Handy heraus und versuchte, Tom und Karl in einer kurzen Nachricht zu schildern, was gerade passiert war. Kaum war die SMS gesendet, öffnete sich die Tür erneut und der Fette kam heraus.

Mike wartete, bis er ein Stück gegangen war, hetzte dann zu dem Klingelschild neben dem Eingang und knipste ein Foto davon. Dann nahm er die Verfolgung wieder auf, die nur kurze Zeit später an einem alten rostigen Seat endete.

Mikes Leihwagen stand am anderen Ende der Stadt und Taxis gab es in dieser Ecke nicht. Folglich blieb ihm nur, das Nummernschild zu notieren und dabei zuzusehen, wie der Wagen hinter den nächsten Häusern verschwand.

»Ohne meinen Anwalt werde ich keine einzige Frage beantworten«, wiederholte Sabrina nun bereits zum dritten Mal, doch Kommissar Peña schien sie nicht ernst zu nehmen. Er stand auf der anderen Seite des Tisches, stützte sich mit beiden Händen darauf ab und fragte erneut: »Von wem haben Sie den Stoff gekauft? Sie stecken doch sowieso schon bis zum Hals in Schwierigkeiten! Solch eine Dreistigkeit habe ich noch nicht erlebt. Sie sind nur auf freiem Fuß, weil Ihr Vorgesetzter in Deutschland ein gutes Wort für Sie eingelegt und uns versichert hat, dass Sie keinen Ärger machen. Und jetzt laufen Sie am helllichten Tag mit fünf Gramm reinstem Koks durch meine Stadt.«

Peña wischte sich etwas Speichel von der Lippe und holte Luft. »Oder sind Sie vielleicht nicht nur Konsument und nutzen Ihre vielen Auslandseinsätze dazu, Drogen von A nach B zu schaffen? Immerhin können Sie so den strengen Kontrollen an den Flughäfen entgehen.«

Sabrina atmete tief durch, schloss kurz die Augen und setzte alles daran, sich nicht zum zweiten Mal an diesem Tag provozieren zu lassen. Auch wenn alles in ihr danach schrie, diesen Deppen anzubrüllen, erwiderte sie ruhig und sachlich: »Lassen Sie mich meinen Anwalt anrufen. Danach werde ich mich mit ihm beraten und dann vielleicht einige Ihrer Fragen beantworten.«

Kommissar Peña schien ebenso viel Mühe mit seiner Selbstbeherrschung zu haben. Erschöpft sank er auf den Stuhl und faltete die Hände ineinander. »Frau Faust, ich weiß, wir hatten einen schlechten Start. Was halten Sie davon, wenn wir Ihre ganze Geschichte noch einmal von vorn durchgehen. Wissen Sie, es fällt mir einfach schwer, Ihre Sicht der Dinge anzunehmen. Sie können uns keinen Tatverdächtigen nennen, Sie wissen nicht, wohin man Sie entführt hat, und dann werden Sie mit fünf Gramm Koks in der Tasche dabei erwischt, wie Sie sich mit einem stadtbekannten Dealer anlegen.«

Sabrina hob den Blick und beschloss, ihm ein kleines Stück entgegenzukommen. »Es war der Typ, den Ihre Kollegen vorhin gehen ließen. Dieser fette Kerl hat mich in dem Auto vergewaltigt und mir auch den Koks untergeschoben. Fangen Sie mit dem an!« Einschränkend ergänzte sie noch: »Allerdings hat er mich nicht entführt und auch nicht mit einer Überdosis ins Hotelzimmer gelegt. Das war ein anderer und von dem kenne ich nur die Stimme und weiß, dass er vermutlich Deutscher ist.«

Peña deutete ein Nicken an. »Dieser ›fette Kerl‹, wie Sie sagen, ist Mateo Ruiz. Meine Kollegen haben mir bereits erzählt, dass Sie ihm an die Gurgel wollten, was ich durchaus verstehen kann. Das Problem ist nur, aber das bleibt unter uns, dass dieser Mateo Ruiz einer unserer wichtigsten Informanten ist. Er beliefert uns regelmäßig mit Informationen über die Aktivitäten der Russenmafia. Mein Chef wird einen Teufel tun und ihn aus dem Verkehr ziehen.«

Sabrina musste nichts sagen, in ihrem Blick spiegelte sich all ihre Fassungslosigkeit wider. Nach einigen Sekunden öffnete sie doch den Mund. »Soll das heißen, dieser Typ kann tun und lassen, was er will, und Sie ignorieren es?«

Peña schüttelte den Kopf. »Nein, es soll heißen, dass wir nicht auf ihn verzichten werden, nur weil Sie gegen ihn aussagen. Noch sind Sie nichts weiter als eine Ausländerin, der Drogenmissbrauch und jetzt auch noch Drogenhandel vorgeworfen werden.«

Sabrina kochte und dieses Mal ließ sie ihren Gefühlen freien Lauf. Sie rutschte mit dem Stuhl ein Stück nach hinten, überkreuzte die Arme, so weit es die Handschellen zuließen, vor ihrem Bauch und brüllte: »O. k., das war's! Holen Sie Señor Garcia her und scheren Sie sich zum Teufel! Ich bin schon sehr gespannt, wie Sie das einem Richter erklären wollen.«

Fünf Minuten später schloss sich die schwere Tür und Sabrina fand sich allein in einer weiß gefliesten Zelle wieder.

– 28 –

Irgendwie war dieses Jahr alles anders. Erst der Fehlgriff mit dieser Polizistin und nun nervte auch noch der Dealer. Es blieben nur noch wenige Tage und Jacob wollte doch nichts weiter, als diese kostbare Zeit wie immer zu genießen.

Aus Erfahrung wusste er, dass es immer ein bisschen dauerte, bis man sich aneinander gewöhnt hatte, aber im Moment fiel es ihm wirklich schwer, in diese andere Welt einzutauchen.

Seine Braut machte Fortschritte, doch bis er ihr vertrauen konnte, würde es noch eine Weile dauern. Und so hatte er sie zwar von dem Wandhaken losgemacht, ihr die Handschellen aber noch nicht abgenommen. Während er draußen auf der Terrasse in Ruhe nachdachte, sollte sie etwas zu essen vorbereiten. Dabei hatte er ihr ausdrücklich verboten, schon vorher etwas von den Zutaten zu probieren.

Das leise Klimpern von Geschirr und andere typische Kochgeräusche, die aus dem Haus zu ihm getragen wurden, erinnerten ihn an früher. Er streckte das Gesicht in Richtung der Sonne, schloss seine Augen und suchte nach diesen alten Gefühlen. Er hörte, wie ein Messer das Gemüse zerteilte, das Köcheln des Wassers, und nach einer Weile glaubte er sogar wahrzunehmen, wie sie ein leises Lied summte. Dann stellte er sich vor, wie sie zusammen gekocht hatten, und während das Gericht im Backofen war, nutzten sie die Zeit für eine schnelle Vorspeise. Sie liebten sich mal auf der Arbeitsplatte, manchmal auf dem Sofa und eher selten auf dem dicken Teppich. Erst als ihre Schmerzen schlimmer wurden und er sie nur noch mit Samthandschuhen anfassen konnte, gingen sie rüber ins Schlafzimmer, wo sie sich nur vorsichtig verwöhnen konnten.

»Ich bin dann so weit, wo soll ich den Topf hinstellen?«

Konnte man unromantischer aus seinen Gedanken gerissen werden? Jacob unterdrückte seine Wut, öffnete die Augen und sah sie lange an. Sie stand vor ihm, in ihrem dünnen Kleid und mit ihrer furchtbar missglückten Haarfarbe. Die Handgelenke waren von den Handschellen etwas gerötet, doch das ließ sie nur noch authentischer wirken. Ein Lächeln breitete sich auf seinem Gesicht aus, das aber schon einen Augenblick später wieder einfror. Mit einer fließenden Bewegung stand er auf, legte den Kopf etwas zur Seite und betrachtete das, was ihn irritiert hatte, genauer. Schließlich streckte er den Finger aus, wischte damit über die Stelle an ihrem Mundwinkel und steckte ihn sich selbst in den Mund.

Die Ohrfeige kam wie aus dem Nichts und färbte ihre Wange augenblicklich rot. Jacob sah, wie ihr Tränen in die Augen schossen, doch es interessierte ihn nicht. Er packte sie grob an den Haaren und zwang sie so, den feuchten Finger anzusehen. »Was war da dran?«, blaffte er. Als sie nicht reagierte, verstärkte er den Druck auf ihre Kopfhaut. »Das war Speiseöl! Kannst du mir verraten, wie dieses Öl an deinen Mundwinkel kommt? Ich hatte es dir verboten … eindeutig verboten, etwas von den Zutaten zu probieren.«

Nun fiel ihr Blick auf das kleine Gerät an seinem Handgelenk, mit dem er Pauline jederzeit für ihre Fehler bestrafen konnte. Nachdem sie den angesammelten Rotz hochgezogen und hinuntergeschluckt hatte, stammelte sie leise: »Es war an meiner Hand, ich habe mir doch nur damit über den Mund gewischt.«

Jacob dachte einen Augenblick darüber nach. »Es ist wichtig, dass du auf mich hörst. Und noch wichtiger ist es, dass du nichts isst. Hast du das verstanden?«, sagte er schließlich deutlich versöhnlicher.

Sie verstand nicht, nickte aber trotzdem.

Seine Hand löste sich aus ihrem Haar und streichelte ihr sanft über die glühend rote Wange. »Wirklich, mein Schatz. Du musst auf mich hören, sonst hat die kleine Pauline Schmerzen, und das wollen wir doch beide nicht. Außerdem musst du noch viel dünner werden, sonst funktioniert das alles nicht.« Nun wurde seine Stimme noch weicher. »Ich weiß, dass du Hunger hast, aber es geht leider nicht anders. Wasser kannst du gern trinken, so viel du möchtest.«

Sie nickte artig.

Nachdem die Sonne um kurz nach neun Uhr hinter den Bergen untergegangen war und den Himmel blutrot färbte, begann Jacob mit seinen Vorbereitungen. Er bat seinen Liebling, der gerade dabei war, das Geschirr ihrer Tochter abzuspülen: »Kommst du bitte.«

Sie sah auf, legte den Schwamm beiseite und trocknete sich die Hände ab, wobei ihre Handschellen leise klimperten. »Aber ich bin noch nicht fertig.«

»Kein Problem, den Rest kannst du später machen«, erwiderte er und streckte ihr die Hand entgegen, um sie in Empfang zu nehmen. Sie kam um den Küchenblock herum und hielt ihm mit gesenktem Kopf bereitwillig die Arme entgegen.

Vor der ersten schweren Kellertür befahl er ihr, sich umzudrehen. Sie sollte nicht wissen, welcher Schlüssel dafür passte. Danach durchschritten sie den Vorraum, doch vor der zweiten, dünneren Tür blieb er stehen und drehte sie zu sich. »Pauline freut sich sicher, dich zu sehen, versuche, ihr keine Angst zu machen. Auch sie muss lernen, auf mich zu hören. Das macht alles leichter.«

Anja schluckte. »Ja.«

Nachdem sie den Kellerraum betreten hatten, löste er seine Hand von ihren Fesseln. »Du kannst kurz zu ihr.«

Sie sah ihn zweifelnd an, doch als er ihr freundlich zunickte, löste sie sich aus ihrer Starre, und er sah zu, wie sie zögerlich zum Käfig ging.

Die Kleine begann sofort zu strahlen, krabbelte bis zu den Gitterstäben und streckte ihre Ärmchen durch.

Ihre Mutter ging auf die Knie, umfasste die kleinen Hände und fragte mit tränenerstickter Stimme: »Geht es dir gut, mein Engel?« Und noch leiser: »Ich hab dich schreien gehört.«

Nun konnte auch Pauline ihre Tränen nicht länger zurückhalten. Sie biss sich auf die Unterlippe, schüttelte erst den Kopf, begann dann aber zu nicken. »Ein bisschen wehgetan hat es schon. Ich bin sehr erschrocken«, gab sie zu.

Anja drehte den Kopf zu ihrem Peiniger, wobei sich all der Hass in ihrem Blick spiegelte. Trotzdem wagte sie es nicht, etwas zu sagen, und wandte sich schließlich wieder ihrer Tochter zu, um die kostbaren Augenblicke nicht ungenutzt verstreichen zu lassen. Nachdem sie erneut einige Male schlucken musste, sagte sie sanft: »Ich bin sehr, sehr stolz auf dich. Du musst keine Angst haben, Mami wird uns hier herausbringen.«

»Das reicht!«, befahl er barsch. »Geh rüber zu der Kette und setz dich hin.«

Anja streckte die Hände durch die Gitterstäbe und streichelte ihrer Kleinen über den Kopf. Danach zog sie sich widerwillig zurück und tat, was er sagte.

Zufrieden trat Jacob zu ihr, verband die Handschellen mit der eingemauerten Kette, was sie erst nicht zulassen wollte. Doch ein scharfer Blick und die leisen Worte »Du solltest ihr ein Vorbild sein« genügten, um ihren Widerstand zu brechen. Sanft berührte er ihre nackten Unterarme, dann drehte er sich zum Käfig und sagte streng: »Ich werde dich jetzt herauslassen und erwarte, dass du genauso brav bist wie deine Mutter. Bekommst du das hin?«

Pauline sah das angedeutete Nicken ihrer Mutter und antwortete mit einem eifrigen »Ja«. Sie konnte sich aber nicht verkneifen zu fragen: »Darf ich dann auch ein bisschen herumlaufen? Meine Beine fühlen sich schon ganz komisch an.«

Jacob nickte. »Wenn du brav bist, kannst du das machen.« Er öffnete das große Schloss und klappte eine Seitenwand des Käfigs nach oben. Pauline nahm seine helfende Hand und ließ sich von dem flachen Podest auf den Boden gleiten. Er sah zufrieden dabei zu, wie sie einige unsichere Schritte machte, bis er beschloss: »Gut, und jetzt lass uns gehen.«

Anjas Kopf schnellte nach oben. Für einen kurzen Augenblick war ihre Zurückhaltung vergessen und sie brüllte mit Angst und Wut in der Stimme: »Was hast du mit ihr vor? Wo bringst du sie hin?«

Er winkte nur ab, schob die Kleine sanft durch die Tür, folgte ihr und warf die Tür zurück ins Schloss. Nach der zweiten Tür war von den Schreien der Mutter nichts mehr zu hören. Pauline und er standen einen Moment lang unschlüssig im Wohnzimmer, bevor er ihr befahl: »Da drüben ist ein Bad, zieh dir die schmutzigen Sachen aus und wasch dich.«

– 29 –

Nachdem Mateo den letzten Koks aus seiner Wohnung geholt hatte, fuhr er einfach nur raus aus der Stadt. Die Aktion dieser blöden Schlampe hatte ihn knapp vierhundert Euro gekostet, außerdem fehlte ihm nun der Stoff für eine Lieferung. Es half nichts, früher oder später würde er mit den Russen verhandeln müssen.

Er bog auf die Küstenstraße ein und versuchte, den Anblick des nahen Meeres zu genießen, denn das Meer war im Grunde alles, was ihn hier noch hielt.

Er folgte der N-340 bis L'Hospitalet de l'Infant und fuhr bis zum Ende des kleinen Orts, wo sich ein einfacher Campingplatz befand. Er kannte den Platz von der Affäre mit einer Touristin, die er vor langer Zeit in Tarragona kennengelernt hatte. Damals war er jung, wog die Hälfte und hatte noch große Pläne.

Der staubige Platz vor der Einfahrt zum Campingplatz hatte sich noch nie verändert und bildete somit eine der wenigen Konstanten in dieser schnelllebigen Zeit. Seit er zum ersten Mal hier gewesen war, war es nichts als ein staubiger, nicht asphaltierter Platz mit schmutzigen Sträuchern drum herum. Mateo stellte den Wagen am Rand ab, wartete, bis sich der Staub gelegt hatte, und stieg aus. Die kühle Meeresbrise trocknete sein schweißnasses Shirt, das leichte Frösteln nahm er dafür gern in Kauf.

Bis zu seinem Termin mit dem Hotelbesitzer hatte er noch eine Stunde Zeit, bis zu der Fleischbeschau von Jacobs neuer Ware noch drei. Genügend Zeit, um sich kurz an den leeren Sandstrand zu setzen und anschließend in der kleinen Taverne des Campingplatzes zu essen. Er liebte die Hausmannskost der alten Köchin und speiste hier, wann immer er in der Nähe war.

Das Treffen mit dem Hotelbesitzer war schnell erledigt. Der Mann hielt sich für besonders ausgefuchst und kam immer in Joggingklamotten zu einer Stelle etwa einen Kilometer entfernt von seiner Villa gelaufen. Als würde das bei einer Polizeiobservation eine Rolle spielen. Mit der heutigen Technik wäre es ein Leichtes, den Mann immer und überall zu identifizieren, was aber nicht passierte, denn bei der Behörde hatte Mateo einen Stein im Brett.

Genau in dem Augenblick, als sie die Übergabe hinter sich gebracht hatten, entluden sich die dunklen Gewitterwolken, die sich schon eine Weile zusammengebraut hatten. Mateo bot dem Mann noch an, ihn nach Hause zu fahren, aber davor hatte der Schnösel zu viel Schiss. *Hauptsache, der Koks ist trocken verpackt*, dachte Mateo, schaltete den Scheibenwischer an und ließ sich mit dem Navi seines Handys in die Nähe des Bergs lotsen, auf dem er sich mit Jacob treffen wollte.

Dort angekommen, blieb immer noch eine halbe Stunde Zeit. Er suchte die Abzweigung zu dem schmalen, etwas verwachsenen Weg, der hinauf zu dem Treffpunkt führte. Auf den ersten Metern versuchte er noch, neben den Fahrspuren zu bleiben, da sich darin wahre Wassermassen ins Tal ergossen. Bald ging das aber nicht mehr. Große Steinbrocken und flache Büsche engten den befahrbaren Weg derart ein, dass er an einigen Stellen Angst um seine Rückspiegel hatte. Der alte Seat ächzte bei jedem unsichtbaren Schlagloch und die Scheibenwischer hatten alle Mühe, die Sicht frei zu machen. Doch irgendwann hatte er den höchsten Punkt erreicht und konnte endlich den Motor abschalten.

Mateo wischte sich mit dem Shirt über die nasse Stirn, öffnete den Sicherheitsgurt und blickte über das Land. Die Gewitterfront bot ein wirklich außergewöhnliches Schauspiel aus sich verwirbelnden Wolken, Blitzen und dem dumpfen Grollen des Donners.

Kurz vor zehn Uhr holte er die kleine Platte Hasch aus dem Schlitz im Polster des Beifahrersitzes, mit der er diesen Jacob in Sicherheit wiegen wollte. Obwohl er diesen Typen schon seit fünf Jahren belieferte, war es unmöglich, den Deutschen einzuschätzen. Der Mann wirkte schüchtern und zurückhaltend, strahlte aber auf eine undefinierbare Art Gefahr aus. Folglich war es besser, wachsam zu bleiben, und ihn nicht gleich mit dem überraschenden Auftauchen dieser Schlampe zu konfrontieren.

Als Mateo so darüber nachdachte, kam ihm noch ein weiteres Detail in den Sinn. Bevor er vor einigen Monaten eingewilligt hatte, der örtlichen Polizei Informationen über seine russischen Widersacher preiszugeben, war er mehrfach verhaftet worden. Und der Griff, den diese Frau bei ihm anwenden wollte, kam ihm ziemlich bekannt vor. Was, wenn …? Weiter kam er nicht, da sich nun ein Scheinwerferlicht näherte und kurz darauf der bereits bekannte Transporter um die letzten Büsche bog.

»Also dann«, brummte Mateo zu sich selbst, öffnete die Tür und wuchtete sich nach draußen, wo sich der Wolkenbruch zum Glück zu einem leichten Nieselregen abgeschwächt hatte.

Der Transporter wendete erst umständlich, bevor er in etwa zehn Meter Entfernung stehen blieb. Nachdem die Scheinwerfer erloschen waren, ging die Innenbeleuchtung an, doch Mateo konnte nur Jacob hinter dem Lenkrad erkennen, der Beifahrersitz war leer.

»Hast du sie nicht dabei?«, rief er ohne jede Begrüßung, nachdem der Junkie ausgestiegen war. Wenn der Typ ihn jetzt auch noch völlig umsonst hierher beordert hatte, würde er es gleich doppelt zu spüren bekommen. Mateo konnte seine Wut kaum unter Kontrolle halten.

Jacob schüttelte den Kopf. »Alles gut, ich wollte mich nur kurz mit dir unterhalten, bevor sie dich kennenlernt«, rief er zurück.

Während Mateo noch überlegte, wie er das eigentliche Thema dieser Zusammenkunft angehen könnte, kam Jacob herüber und blieb vor ihm stehen. »Hi«, sagte er freundlich.

Mateo, noch nie ein Freund großer Worte, packte ihn mit einer Geschwindigkeit, die schon so manch anderen Gegner überrascht hatte, und drückte ihn mit dem Rücken gegen seinen Seat. Dann verkürzte er den Abstand ihrer Gesichter auf wenige Zentimeter und fragte leise: »Hast du mir nichts zu erzählen?«

Jacob hatte Mühe, den durch die Ausdünstungen des Dealers verursachten Brechreiz zu unterdrücken. »Nein, was meinst du?«

»Die Frau in deinem Kofferraum. Du wolltest dafür sorgen, dass sie niemandem von unserer Begegnung erzählt. Wie kann es dann sein, dass sie mir vor ein paar Stunden an die Gurgel wollte?«

Jacob schien ehrlich überrascht, was Mateo seinen Griff etwas lockern ließ. Schließlich wollte er dem Typen nur zeigen, wer der Herr im Haus war, denn die Verlockung, ein kleines Mädchen benutzen zu können, war in den letzten Stunden deutlich gewachsen. Doch dann führte ein Gedanke zum nächsten: *Warum ihn nicht einfach hier im Dreck verscharren?*

Wenn er das Mädchen wirklich dabeihat, kann ich sie mir auch gleich jetzt nehmen.

Seine Finger gruben sich noch tiefer in Jacobs Hals, sodass dieser nichts mehr sagen konnte. Allerdings war es eine Sache, über einen Mord nachzudenken, und eine ganz andere, diesen auch auszuführen. Mateo hatte sich immer für ziemlich skrupellos gehalten, die jetzige Erfahrung lehrte ihn etwas anderes. Erschwerend kam hinzu, dass sich dieser Typ immer noch nicht wehrte.

Nach einigen Sekunden innerer Kämpfe löste er seine Hand, trat einen Schritt zurück und forderte schwer atmend: »Zeig mir die Kleine!«

Jacob betastete seinen Hals und zog das Shirt glatt. »Was meintest du damit, dass dir die Frau an die Gurgel wollte? Bist du dir sicher, dass sie es war?«, fragte er stattdessen.

Mateo, der sich mental plötzlich unheimlich schwach fühlte, nickte. »Ja, sie war es. Und ich hatte den Eindruck, dass sie mich gesucht hat. Außerdem agierte sie wie eine Polizistin. Weißt du etwas davon?«

»Ja, aber es kann eigentlich nicht sein. Nachdem du deinen Spaß mit ihr hattest, drückte ich ihr eine Überdosis in die Vene und legte sie zurück in ihr Hotelzimmer. Es sei denn …« Jacob stoppte und sein Blick wurde stechender. »… es sei denn, dein Koks war so gestreckt, dass sie überlebt hat.«

Mateo spürte, wie etwas in ihm durchbrannte. Wenn er etwas nicht leiden konnte, dann, dass man ihm etwas unterstellte. Dieses Mal waren seine Bewegungen zu langsam und der andere darauf vorbereitet. Mit dem schnellen Schritt nach vorn brachte er seine gesamte Masse in Bewegung, die Klinge konnte so leicht in seine Brust gleiten. Der Schmerz war kurz und heftig. Mateos fassungsloser Blick senkte sich ein letztes Mal auf den Griff des Messers, das nun aus seinem Shirt ragte, dann brach er zusammen und fiel wie ein nasser Sack zu Boden.

– 30 –

»Was ist mit dem Mann?« Jacob zuckte zusammen. Pauline hatte den Wagen unbemerkt verlassen und stand nun ein Stück entfernt im Regen. Mit ihrem kleinen Finger zeigte sie auf Mateo. »Geht es ihm nicht gut?«

Jacob wischte sich ein paar Tropfen aus dem Gesicht und blickte zwischen den beiden hin und her. Mit dem Tod des fetten Dealers hatte er kein Problem, aber wenn er die Kleine verstörte, würde es alles andere nur verkomplizieren. Er zuckte ein wenig hilflos mit den Schultern. »Ich weiß auch nicht, er ist einfach umgefallen.« Dann ging er zu dem Mädchen, nahm sie an der Hand und führte sie zurück zum Auto. Nachdem er sie wieder hineingesetzt hatte, blieb er an der offenen Tür stehen. »Mateo, so heißt mein Freund da drüben, ist das schon oft passiert. Er hat irgend so eine komische Krankheit, bei der er einfach umfällt, für ein paar Minuten schläft und dann wieder aufwacht, als wäre nichts passiert.«

Pauline legte ihre kleine Stirn in Falten. Ihre Stimme klang ziemlich altklug, als sie widersprach: »Aber das gibt es doch gar nicht, man schläft doch nicht einfach so ein. Außerdem habe ich gehört, wie ihr euch gestritten habt.«

»Du kannst Spanisch?«, tat Jacob verwundert.

»Nein«, antwortete sie nun ein wenig ertappt. »Aber es klang so, als würdet ihr streiten.«

Er schaffte ein falsches Lächeln. »So ging es mir am Anfang auch immer. Wenn sich Spanier unterhalten, klingt das für unsere deutschen Ohren oft wie ein Streit. Dabei betonen sie die Wörter einfach anders.« Als Pauline endlich zufriedengestellt wirkte, beschloss er: »Du wartest jetzt bitte im Auto, sonst wirst du noch nass und krank. Ich helfe meinem Freund und bin gleich wieder da. O. k.?«

»Kennt Mami den Mann auch?«

Jacob kannte solche Gespräche mit Kindern aus einer Zeit, die längst hinter ihm lag, und hätte am liebsten einen Schrei ausgestoßen. Nichts nervte mehr als diese ewige Fragerei. Er lenkte seine Wut in die Hand an der Autotür, die nun mit aller Kraft gegen das Blech drückte, und antwortete ruhig: »Nein, deine Mami kennt ihn nicht, und du tust jetzt, was ich sage, sonst weißt du ja, was passiert.«

Paulines Gesichtsausdruck wurde grimmig, aber wenigstens hielt sie jetzt den Mund.

Der fette Körper schien eine Tonne zu wiegen und Jacob musste schnell einsehen, dass es so nicht ging. Nach zwei vergeblichen Versuchen, den Dealer zu seinem Auto zu schleifen, musste eine andere Lösung her. Also setzte er sich an das Steuer des Seats, fuhr ihn zwischen sein eigenes Auto und die Leiche und hielt so knapp wie möglich neben ihm. Das hatte auch den Vorteil, dass die Kleine nun nicht mehr sehen konnte, was er mit dem Mann machte.

»So eine Scheiße!« Jacobs Plan war, den Dealer in dessen Auto zu wuchten und das dann in eine der unübersichtlichen Bergspalten rollen zu lassen. Im Grunde war dies auch eine gute Idee, allerdings stand ein Reifen genau auf Mateos Hand. Er löste die Handbremse und stemmte sich gegen die offene Tür.

Der Wagen rollte erst von der Hand herunter, gewann dann aber schnell an Geschwindigkeit. Jacob schaffte es gerade noch, sich ins Innere zu ziehen und kurz vor dem Abhang auf die Bremse zu treten. Laut fluchend ließ er den Motor an, legte den Rückwärtsgang ein und fuhr wieder zurück.

Zehn Minuten später hatte er es endlich geschafft. Er schnallte den Toten auf dem Rücksitz an, zog das Messer aus dessen Brust und durchsuchte seine Taschen. Nachdem er die kleine Haschtafel und eine ordentliche Summe Bargeld an sich genommen hatte, schloss er Pauline in seinem Wagen ein und fuhr den Seat ans Ende des kleinen Hochplateaus, wo einige verkrüppelte Bäume standen. Als er sich sicher war, dass ihn die Kleine nicht mehr sehen konnte, hielt er kurz vor einer Felskante an. Er löste den Sicherheitsgurt, öffnete alle Fenster und schob den Wagen etwas schräg zum Abhang über die Kante.

Wie erhofft, rollte dieser nicht einfach gerade nach unten, sondern begann bald, sich zu überschlagen. Mit etwas Glück würde es den fetten Dealer herausschleudern und ihn so verunstalten, dass seine Todesursache nicht mehr nachvollziehbar war. Die Chance, dass ihn hier oben jemand fand, war zwar ohnehin mehr als gering, aber man konnte ja nie wissen. Schließlich hatte es sich ja auch ausgezahlt, dass er diese bescheuerte Polizistin so in ihr Hotelzimmer gelegt hatte, als hätte sie sich die Überdosis selbst verabreicht. Trotzdem musste er nun noch einmal genau darüber nachdenken, ob sie nicht doch noch eine Gefahr für ihn werden könnte.

Wieder zurück bei seinem Haus ließ er Pauline noch ein wenig im Garten herumlaufen, schwor sie aber darauf ein, sich von den Hecken fernzuhalten. Das Gewitter hatte sich inzwischen vollständig verzogen und die Nachtluft war herrlich frisch. Danach bekam die Kleine noch ein Sandwich, bevor sie ihm artig in den Keller folgte.

»Schön leise sein«, flüsterte er ihr mit Blick auf ihre schlafende Mutter zu.

Pauline kletterte zurück in ihren Käfig und legte sich erschöpft auf die dünne Isomatte, die er ihr hineingereicht hatte, deckte sich mit der Decke zu und schlief kurz darauf ein.

Jacob sah sie noch eine Weile an: Mit der Kleinen hatte er wirklich Glück gehabt. Wenn er so zurückdachte, fiel ihm eigentlich kein besseres Kind ein. Irgendwann wandte er sich ab, drehte sich zu seinem Engel und löste die Handschellen von der Kette an der Wand. Anschließend weckte er sie sanft. »Sei leise und komm mit rauf. Deine Tochter schläft bereits.«

Anja sah sich erst verschlafen um, war dann aber sofort wieder in Alarmbereitschaft. Erst als sie sah, wie sich Paulines Brustkorb langsam hob und senkte, wurde sie ruhiger. Sie stand auf, doch die wenige Nahrung der letzten Tage forderte ihren Tribut. Völlig unterzuckert wurde ihr sofort schwindlig und sie drohte sogar zu stürzen.

Jacob reichte ihr stützend den Arm. »Keine Angst, das macht die Krankheit, das ist nicht schlimm«, flüsterte er.

Inzwischen an sein wirres Gerede gewöhnt, ließ sie sich schwankend nach oben führen. Dort brachte er sie zum Sofa, ging zurück in die Küche und bereitete eine heiße Schokolade für sie zu. Eigentlich dürfte sie keinerlei Kalorien zu sich nehmen, aber in Wasser löste sich das Hasch nicht auf und er wollte nicht, dass sie es überhaupt bemerkte. Wenn ihre Schmerzen besser wurden, sollte sie denken, es passierte von allein. Einen kleinen Funken Hoffnung brauchte schließlich jeder, auch wenn ihr Hirntumor keinen Grund zur Hoffnung gab.

Erfreut sah er dabei zu, wie sie die oberste Schicht des heißen Getränks mit ihrer Puste abkühlte, um es dann Schluck für Schluck zu trinken. Nach einer viertel Tasse zeigten ihre Wangen bereits eine leichte Rötung, nach der Hälfte begann sie zu grinsen und wenige Schlucke später sogar zu kichern. Die zwei Gramm Hasch auf nüchternen Magen zeigten Wirkung.

Irgendwann nahm er ihr die Tasse aus der zitternden Hand, doch sie sah ihn einfach nur an und sagte amüsiert: »Du hast da so einen kleinen Pickel auf der Wange, der sieht echt lustig aus.«

Jacob nahm es ihr nicht übel, da er wusste, dass diese Droge bei jedem anders wirkte. Manche wurden depressiv, andere bekamen eine absurd lustige Wahrnehmung. Ohne auf ihre weiteren Albernheiten einzugehen, fragte er: »Sind deine Schmerzen auszuhalten, mein Schatz?«

Anjas Gemütszustand änderte sich augenblicklich. Sie sah ihn mit zusammengekniffenen Augen an. »Was hast du eigentlich für ein Problem? Von was zum Teufel sprichst du die ganze Zeit?«

Doch er schüttelte nur den Kopf. »Du musst mir nichts vorspielen. Bei mir musst du nicht stark sein. Ich weiß ja, was los ist«, sagte er traurig.

Als ihr Gesicht nun immer blasser wurde, dachte er zuerst, es liege an ihm, doch offenbar hatte er ihr mit dem Hasch zu viel zugemutet. Die Wut in ihren Augen wurde durch Angst ersetzt und sie suchte mit ihrer Hand sogar nach seiner, als sie dringend bat: »Ich brauche Wasser … bitte … mein Puls … mir geht es nicht gut … Oh Gott …«

Jacobs Blick streifte das rot eingefärbte Kalenderblatt an der Wand hinter dem Sofa und sein einziger Gedanke war: *Viel zu früh, es ist viel zu früh. Sie kann mich doch nicht jetzt schon verlassen.* Mit einem Anflug von Panik sprang er auf. »Leg dich hin!«, befahl er. »Es wird bestimmt gleich besser.«

Anja tat dankbar, was er sagte, doch die kleinen Schweißperlen auf ihrer kalten Stirn waren kein gutes Zeichen.

Jacob rannte hinüber zur Küchenzeile, ließ ein Glas mit kaltem Wasser volllaufen und durchtränkte, so wie er es früher schon immer gemacht hatte, eines der Küchenhandtücher.

Als er zurückkehrte, war es bereits zu spät zum Trinken. Sie lag mit geschlossenen Augen da. Ihre Atmung ging viel zu schnell und war unter dem Stoff ihres dünnen Kleides kaum noch zu erkennen. Erschrocken ging er vor ihr auf die Knie, legte ihr das kalte Tuch über die Stirn, nahm ihre Hand und begann zu beten.

Nach einigen Minuten kam ihm die Lösung des Problems in den Sinn, nur hatte er keine Amphetamine mehr im Haus.

– 31 –

Das Gespräch mit Sabrinas Anwalt sorgte bei Mike für wenig Hoffnung. Dieser Señor Garcia machte einen guten Eindruck, konnte im Augenblick aber kaum etwas für sie tun. Die sichergestellten Drogen ließen sich nicht wegdiskutieren, und dass der Dealer ihr diese untergeschoben hatte, war nicht zu beweisen. Im besten Fall würde Mikes ehemalige Kollegin bis zur ersten Gerichtsverhandlung in Untersuchungshaft bleiben, im schlechtesten Fall noch sehr viel länger. Ihre einzige Chance war, dass Mike Beweise für ihre Unschuld fand, und das war leichter gesagt als getan.

Nachdem er das Büro des Anwalts verlassen hatte, beschloss Mike, sich etwas frisch zu machen und eine Kleinigkeit zu essen. Sein Plan war, auf die Rückkehr des Dealers vor dessen Haus zu warten und ihn dann zur Rede zu stellen. Wenn auch Tom zu Hause in Nürnberg nichts Brauchbares herausgefunden hatte, war der Mann seine einzige Spur. Alles in allem könnte es also eine lange Nacht werden.

Gegen neun Uhr hatte Mike alles erledigt, den Mietwagen geholt und stand nun vor dem heruntergekommenen Haus, in dem der Dealer nach der Aktion mit Sabrina kurz verschwunden war. Von Señor Garcia wusste er inzwischen, dass der Typ

Mateo Ruiz hieß und neben seinen schmutzigen Geschäften auch mit der Polizei kooperierte.

Nachdem sich eine ganze Weile nichts gerührt hatte, stieg Mike aus, zündete sich eine Zigarette an und suchte nach dem Auto des Mannes. Doch kaum war er aus der ersten Seitenstraße zurückgekehrt, begannen vereinzelte Tropfen vom Himmel zu fallen. Auch das Ziehen der Narben am Oberarm und im Gesicht zeigte an, dass ein Wetterwechsel in der Luft lag.

Mike ließ seinen Blick über die wenigen Fenster des dreistöckigen Hauses gleiten, doch noch war es zu hell, um an der Zimmerbeleuchtung erkennen zu können, wer gerade zu Hause war. Er schlenderte zu dem Hauseingang, suchte das richtige Klingelschild und drückte auf den kleinen Taster. Nichts rührte sich. Nach einigen Sekunden wiederholte er die Aktion, wieder ohne Erfolg. Für einen kurzen Augenblick überlegte er, sich bei einem Nachbarn nach dem Mann zu erkundigen. Bis ihm einfiel, dass er kein Spanisch sprach und die Leute hier höchstwahrscheinlich kein Deutsch verstanden.

Unschlüssig, was er noch tun könnte, ging er zurück zu seinem Auto und hörte eine Weile dabei zu, wie die inzwischen dicken Regentropfen auf das Dach prasselten. Schließlich zog er sein Handy aus der Jackentasche, wählte Toms Privatnummer und hoffte, dass der Regen nicht noch lauter werden würde.

»Hi Tom, hier ist Mike«, versuchte er, so normal wie möglich zu klingen.

Sein alter Freund dagegen schien noch weit entfernt von jeglicher Normalität zu sein. »Aha«, reagierte er diffus.

Mike hatte keine Ahnung, warum, aber irgendwie hatte er geglaubt, alles wäre schon wieder wie früher. Dabei hatte er sich bisher noch nicht einmal die Zeit genommen, Tom zu erklären, warum ihn alle für tot halten sollten.

Das Gespräch dauerte über eine Stunde. Danach war Tom noch nicht wirklich versöhnt, aber er respektierte Karls damalige Entscheidung. Trotz allem hätte er als Mikes bester Freund erwartet, eingeweiht zu werden.

Als zum ersten Mal Stille in der Leitung herrschte, fragte Mike vorsichtig: »Hast du etwas über unsere Probleme hier rausfinden können? Sabrina sitzt jetzt endgültig in Untersuchungshaft. Sie hat den Mann, der sie vergewaltigt hat, auf der Straße erkannt und wollte ihn stellen. Der Typ hat es irgendwie geschafft, ihr Koks zuzustecken, und die Polizei gerufen.«

Schweigen am anderen Ende der Leitung.

»Tom? Bist du noch da?«, hakte Mike nach.

Dann hörte er seinen Freund ausatmen. »Ja, bin ich.«

»Und?«

»Ja, was ›und‹?«, reagierte Tom gereizt, fügte aber gemäßigter hinzu: »In was für einen Mist ist sie da nur reingeraten? Wenn sie sich doch bloß einmal an die Regeln halten würde.«

»Was meinst du?« Mike war irritiert.

»Na, ihre große Klappe und ihren Hang, erst zu handeln und dann zu denken. So war es auch bei unserer Trennung, aber egal.« Mike hörte erneut, wie Tom einmal tief durchatmete. »Also gut, hör zu. Bezüglich der vermissten Frau mit dem Kind habe ich schlechte Nachrichten. Die Suche nach ähnlichen Fällen in der Vergangenheit brachte heraus, dass in den letzten fünf Jahren immer um diese Zeit eine Frau oder eine Frau mit Kind aus Tarragona verschwunden ist. Den damaligen Nachforschungen zufolge haben alle mitten in ihrem Urlaub aus dem Hotel ausgecheckt, ein Busticket erworben und sind seitdem verschwunden. Keine einzige dieser vermissten Personen ist je wiederaufgetaucht.«

»Und das ist niemandem aufgefallen?«, fragte Mike dazwischen.

»Es lief immer gleich ab. Unsere Behörden haben die spanischen darüber informiert. Die haben in der Folge herausgefunden, dass die Frauen und Kinder mit dem Bus abgereist sind, damit war der Fall für die Spanier erledigt. Hier in Deutschland hat man zwar noch in den Wohnorten der Frauen ermittelt, ist aber irgendwann davon ausgegangen, dass es sich um Einzelfälle handelt. Folglich glaubte man, dass sich die Frauen mit ihren Kindern abgesetzt hatten, wie es tausend andere Menschen auch tun. Da immer andere deutsche Dienststellen damit befasst waren, blieb der Zusammenhang mit Tarragona unerkannt.«

Mike dachte einen Augenblick darüber nach. »Dann heißt das im Umkehrschluss, die aktuell vermisste Mutter mit ihrer Tochter hat sich tatsächlich abgesetzt oder ist in akuter Lebensgefahr?«

»Würde ich auch so sehen«, bestätigte Tom. »Sag mal, ist dir eigentlich die Ähnlichkeit zu Sabrina aufgefallen?«

Mike nickte, ohne dass es sein Freund sehen konnte. »Ja, das ist uns sofort ins Auge gesprungen und der Grund, warum ich Sabrinas Entführer finden muss. Es geht nicht mehr nur um das, was ihr angetan wurde. Sollte der Mann auch hinter dem Verschwinden dieser Anja T. stecken, haben wir es mit einem Serientäter zu tun.«

»Anja Taubert, die Frau heißt Anja Taubert und ihre Tochter Pauline Taubert«, klärte ihn Tom auf.

»O. k.«, brummte Mike nachdenklich, bis er eine Idee hatte. »Hast du ihre Handynummer? Ihr könnt heutzutage doch bestimmt auch Geräte im Ausland orten, oder?«

»Längst geschehen. Das Gerät war das letzte Mal an dem Tag, als sie auscheckte, in ihrem Hotel aktiv. Seitdem wurde kein anderes Signal mehr empfangen.«

»Wäre auch zu einfach gewesen«, sagte Mike mehr zu sich selbst und fragte etwas lauter: »Na gut, hast du sonst noch was?«

»Nein, nicht wirklich. Aber ich versuche, morgen mehr über die Vermissten der letzten Jahre herauszufinden, vielleicht ergibt sich daraus noch eine neue Spur.«

»Alles klar«, bestätigte Mike, legte aber noch nicht auf. »Tom?«

»Ja?«

»Danke, dass du uns hilfst. Ich kann mir ungefähr vorstellen, wie sauer du sein musst. Und du hast recht, Karl und ich hätten dir sagen müssen, dass ich noch lebe.«

»Schon gut«, brummte es aus dem Handy, doch Mike wollte noch etwas loswerden, wusste aber nicht, ob er sich einmischen sollte. Erst als sein Freund »War's das jetzt?« fragte, rückte er damit heraus. »Tom, ich will mich nicht zu weit aus dem Fenster lehnen, aber ich habe ganz und gar nicht den Eindruck, dass Sabrina euch schon aufgegeben hat.« Dann schob er noch schnell hinterher: »Aber das war das Erste und Letzte, was ich dazu sage. Die Sache geht mich nichts an … Ich fände es nur schade, wenn keiner von euch den nötigen Schritt macht.«

Entgegen seiner Hoffnung blaffte Tom nur noch: »Dann halt dich auch wirklich raus, denn wie du schon sagst, es geht dich nichts an! Ich melde mich morgen wieder. Gute Nacht.«

Sein eigenes »Gute Nacht« traf lediglich auf das Freizeichen. Tom hatte bereits aufgelegt.

Ein Blick auf die Uhr zeigte kurz vor Mitternacht. Von dem Dealer war noch immer nichts zu sehen. Mike öffnete die Tür und stieg aus, um bei einer Zigarette darüber nachzudenken, wie er weiter vorgehen könnte.

– 32 –

Als das letzte, weit entfernte Gewittergrollen in den engen Gassen der Stadt widerhallte, stand Mikes Entschluss fest. Er holte die Plastikpistole aus dem Handschuhfach des Mietwagens, steckte seine Geldbörse ein und verschloss die Türen. Touristen verirrten sich kaum hierher, doch waren trotz der späten Stunde noch zahlreiche Anwohner auf den Straßen unterwegs. Mike wartete, bis ein eng umschlungenes Pärchen um die nächste Hausecke verschwunden war. Dann blickte er sich noch einmal um und überquerte die Straße. Am Hauseingang angekommen, drückte er den Klingelknopf, wie erwartet ohne Erfolg.

Ein leichtes Rütteln bewies, dass die Haustür des Mehrfamilienhauses zwar verschlossen, aber von billigster Qualität war. Mike trat dicht davor, beugte sich etwas zurück und ließ dann seine Schulter gegen das Holz krachen. Das nur eingeschnappte Schloss gab so schnell nach, dass er fast in den Hausflur gestolpert wäre. Er verharrte so, wie er war, hielt den Atem an und lauschte hinein. Nachdem sich auch nach einigen Sekunden nichts rührte, trat er ein und drückte die Tür zurück ins Schloss.

Von irgendwo aus den oberen Stockwerken drangen die Laute eines viel zu laut eingestellten Fernsehers zu ihm herab, sonst blieb alles ruhig.

Wenn er der Anordnung der Klingelknöpfe glauben durfte, musste sich die Wohnung des Dealers im ersten Stock befinden. Das Haus war in seinem Inneren noch verwahrloster, als es die Fassade erahnen ließ. Er folgte den Stufen der Treppe nach oben, vermied es jedoch, das Geländer anzufassen.

Der kurze Flur führte gerade einmal zu zwei Wohnungstüren, was die Suche einfacher machte. Sabrina hatte den Geruch von Schweiß und Knoblauch erwähnt, und genau dieser Gestank zeigte ihm nun zweifelsfrei den Weg. Einen Moment lang bekam Mike eine Vorstellung davon, wie es sein musste, wenn sich jemand, der so stank, an einem verging … Er hätte kotzen können.

Die wenigen Stufen hatten genügt, dass sein lädiertes Bein schmerzte. Er blieb kurz stehen, drängte die Übelkeit erregenden Gedanken beiseite und humpelte leise auf die beiden Türen zu. Weder von links noch von rechts drang irgendein Geräusch zu ihm, allerdings gab es an keiner der Türen ein Namensschild. Der eigenen Nase zu folgen, erschien ihm riskant, aber einen anderen Anhaltspunkt als diesen Gestank gab es nicht. Er überwand sich, roch erst links, dann rechts in den Türspalt und entschied sich für die rechte Tür. Nachdem auch auf sein leises Klopfen niemand reagiert hatte, klappte er sein Messer aus, übte etwas Druck auf die Tür aus und schob gleichzeitig die Klinge in den Spalt neben dem Schloss. Nach dem zweiten Versuch ertönte ein leises Klickgeräusch, die Tür gab nach und schwang nach innen, wo sie irgendwo anschlug. Mike zuckte zusammen, doch alles blieb ruhig. In der einen Hand das Messer, in der anderen die kleine Stabtaschenlampe, wagte er sich einen Schritt in die Wohnung und erschrak zum zweiten

Mal, als ein Wandspiegel den Lichtstrahl reflektierte. Dann lehnte er die Tür von innen an.

Die Wohnung war kleiner, als es von außen den Anschein hatte. Im Grunde handelte es sich nur um ein großes Zimmer, in dessen Ecke eine winzige Singleküche stand. Außerdem gab es einen Esstisch mit zwei Stühlen sowie ein Sofa, das offenbar auch zum Schlafen benutzt wurde, da die Rückenkissen fehlten und ein versifftes Kopfkissen darauf lag. Auf dem niedrigen Tisch davor befanden sich der für einen Junkie typische Spiegel, ein Taschenkalender und allerlei Fast-Food-Verpackungen. Alles in allem herrschte in der ganzen Wohnung ein ziemlicher Saustall, der sich auch in der Vielzahl der üblen Gerüche widerspiegelte. Einziger Kontrast dazu und irgendwie unpassend waren zwei große Wandbilder, die Sehnsucht ausstrahlten. Auf dem einen war das weite, stürmische Meer zu sehen, auf dem anderen ein mediterraner Garten, auf dessen Rasen sich eine nackte Schönheit rekelte.

Nachdem er auch das ekelhaft dreckige Badezimmer kontrolliert hatte, begann Mike, sich Stück für Stück umzusehen. Immer darauf bedacht, nichts zu berühren, leuchtete er jeden Winkel des Zimmers aus. Sabrina sagte, es wären zwei Männer an ihrer Entführung und Vergewaltigung beteiligt gewesen. Wenn dies hier die Wohnung des einen war, gab es vielleicht einen Hinweis auf dessen Komplizen.

Im Rest der Wohnung war nichts zu finden. Erst als der Strahl seiner Lampe erneut auf den Couchtisch fiel, keimte etwas Hoffnung auf. Mike zog ein Papiertaschentuch aus seiner Hosentasche, nahm damit den Kalender in die Hand und klappte ihn umständlich auf. Anschließend steckte er sich die Lampe zwischen die Lippen und blätterte darin. Während einige Einträge aus spanischen Worten bestanden, gab es auch viele, die ziemlich kryptisch wirkten. Mike brauchte nicht viel Fantasie, um zu erkennen, dass es sich bei dem Eintrag »C. J.

21 5+2« vermutlich um eine Verabredung zum Dealen handelte. C. J. war wohl der Empfänger, 21 die Uhrzeit und 5+2 die Mengenangabe der Bestellung. Wie er aus seiner Dienstzeit wusste, glaubten einige Schlauberger, dass die Polizei zu dumm dafür war, derartige Abkürzungen zu entschlüsseln.

Er blätterte weiter, bis zu dem Datum, an dem Sabrina entführt wurde, doch die Seite war leer. Der nächste Eintrag folgte erst einen Tag später und lautete »J. 16 Sofia«. »Kein Deal, aber ein Treffen«, dachte Mike laut, wobei ihm der leichte Luftzug fast entgangen wäre.

Mit angehaltenem Atem legte er den Kalender zurück auf den Tisch und knipste die Lampe aus. Einer der dünnen Vorhänge zeigte ihm, dass er sich nicht getäuscht hatte. Der Stoff flatterte eindeutig mehr als in den letzten Minuten. Entweder hatte der Wind draußen wieder zugenommen oder jemand hatte die Wohnungstür geöffnet. Die einzige Deckung in diesem Raum bestand aus einem alten Sessel, hinter den er aber nur passte, wenn er ihn ein Stück von der Wand wegrückte. Mike wagte den Schritt, schob das Möbelstück ein wenig in den Raum und ging gerade in dem Augenblick auf die Knie, als im Flur das Licht aufflammte.

Nach dem leisen Klicken des Türschlosses setzte eine fröhlich gepfiffene Melodie ein, die Mike an ein deutsches Kinderlied erinnerte. Keine fünf Sekunden später ging auch in dem Wohnraum das Licht an und jemand murmelte auf Deutsch: »Also, Mateo, wo hast du das Zeug versteckt?«

Wer auch immer sich in dem Raum befand, der spanische Dealer war es mit Sicherheit nicht. Mike hörte Geräusche – Schubladen wurden aufgezogen, Gegenstände verschoben, Türen klapperten. Das Problem an der Sache war, diese Geräusche kamen seinem Versteck immer näher. Wer auch immer hier war, er durchsuchte die Wohnung mit System und machte sich keine Mühe, das zu verbergen.

Der Klingelton setzte so unerwartet ein, dass Mike zusammenzuckte und viel zu lange nicht realisierte, dass es sein eigenes Handy war. Zu der Entscheidung, seine Deckung aufzugeben oder nach dem Gerät zu greifen, kam er nicht mehr. Nur einen Wimpernschlag nach dem ersten Klingelton kippte der schwere Sessel zur Seite und ein großer drahtiger Mann blickte auf ihn herab. Mike sah den Baseballschläger nur im Augenwinkel auf sich zukommen, schaffte es aber, sich wenigstens ein kleines Stück wegzuducken. Das glatte Hartholz streifte seinen Kopf genau an der Stelle, wo man ihm nach der Explosion eine kleine Titanplatte eingesetzt hatte. So platzte zwar die darüberliegende Kopfhaut auf, aber sonst zeigte der Schlag kaum Wirkung.

Mikes Reflexe waren etwas eingerostet, doch sein Gegner war sich seiner Macht zu sicher und der Schwung des missglückten Schlags brachte ihn für einen kurzen Moment aus dem Gleichgewicht. Mike griff nach hinten zu seinem Hosenbund, wo seine Hand auf das billige Plastik der Spielzeugpistole stieß. Er riss die Waffe aus dem Hosenbund, schwang sie nach vorn und zielte damit auf das Gesicht des anderen. Gleichzeitig brüllte er: »Gehen Sie zurück und lassen Sie den Schläger fallen … sofort!«

Die Macht seiner Stimme wirkte, der Anblick des kleinen roten Stöpsels im Lauf der Spielzeugwaffe dagegen nicht.

Nach einem kurzen Moment der Irritation zeigte sich im Gesicht des Mannes ein breites Grinsen. Mike, auf dem Boden noch immer in der deutlich schlechteren Position, suchte nach einem Ausweg. Der Vorhang! Er warf die Waffe weg, krallte sich in den Stoff und zog an. Die lange Stange löste sich von der Decke und schlug auf die Hand des Mannes.

Durch den herabfallenden Stoff wurde Mike selbst kurz zugedeckt. Er rollte sich seitlich hinter den umgefallenen Sessel, griff noch nach seinem auf dem Boden liegenden Messer und stemmte sich in den Stand. Den nächsten Angriff musste er hinnehmen, konnte den Schläger aber mit seinem Unterarm abblocken. Dann besann er sich endlich auf das, was er vor langer Zeit einmal gelernt hatte. Er umrundete den Sessel, ging in der Mitte des Raums in Position und wartete auf den nächsten Schwinger. Als dieser kam, ließ er das Holz an seinem Arm entlang unter seine Achsel gleiten, drückte den Arm nach unten und kippte gleichzeitig nach hinten. Den so fixierten Schläger konnte der Mann nicht mehr festhalten, was ihn aber nicht dazu brachte, aufzugeben.

Nach einem Schlag ins Leere bekam Mike beim nächsten Versuch die Faust des Angreifers zu fassen, drückte dessen Finger in einem ganz bestimmten Winkel nach hinten und zwang ihn somit auf die Knie. Trotz der unglaublichen Schmerzen, die sein Gegner haben musste, versuchte er immer noch, nach dem heruntergefallenen Baseballschläger zu greifen. Mike erkannte die Gefahr und stieß sein Knie nach oben. Der Schlag traf exakt die Mitte des Kinns, worauf der andere ein kurzes Röcheln ausstieß und dann in sich zusammensackte.

– 33 –

Anja erwachte mit trockenem Mund. Zunge, Gaumen und Hals fühlten sich an, als hätte sie Sand geschluckt. Um sie herum herrschte Stille und für einen Moment glaubte sie, tot zu sein. Dann nahm sie einen tiefen Atemzug, dessen Geruch sie sofort zurück in die Wirklichkeit brachte.

Sie war wieder im Keller, so viel war ihr sofort klar. Ihre letzte Erinnerung war der Becher voll heißer Schokolade, danach waren erst ihr Hirn, dann ihr Körper kollabiert. Jacob hatte eine Zeit lang neben ihr gesessen und hatte tatsächlich besorgt gewirkt. Doch jetzt lag sie im Keller, was nichts anderes bedeutete, als dass er sie in ihrem Zustand allein gelassen hatte. Andererseits, was sollte sie von einem Entführer auch erwarten – dass er sie zu einem Arzt brachte und alles erklärte?

Pauline galt ihr zweiter Gedanke, der mit Gewalt über sie hereinbrach. Die Bewegungen waren mühsam, trotzdem schaffte sie es, sich etwas aufzusetzen, um die Situation einzuschätzen.

Das schwache Notlicht über der Tür reichte kaum bis zu dem Käfig, der einige Meter neben ihr stand. Ihre Fesseln klirrten auf dem kalten Stein und einen Moment lang hatte sie Angst, ihre Kleine zu wecken. Eine Befürchtung, die sich als unnötig erwies, denn Pauline saß mit sorgenvoller Miene hinter ihren Gitterstäben und blickte zu ihr herüber.

Anja versuchte, sie mit ihrer trockenen Kehle anzusprechen.

Da deutete ihre Tochter auf eine Stelle neben ihr. »Er hat dir Wasser hingestellt. Du musst viel trinken, hat er gesagt.«

Anja sah sich um, und tatsächlich, der Pappbecher stand gerade noch im Bewegungsradius ihrer Kette. Sie machte eine abwartende Geste zu Pauline, krabbelte hin und nahm einen langen, gierigen Schluck. Danach wischte sie sich einige Tropfen vom Kinn und versuchte, erste Laute von sich zu geben. Das ekelhaft kratzige Gefühl wurde von Schluck zu Schluck besser.

Als der Becher leer war, drehte sie sich zurück. »Geht es dir gut, mein Engel?«

Pauline nickte. »Ja. Jacob war nett zu mir und hat mir sogar eine Art Matratze gegeben.«

Anja spürte, wie sich ihr Magen zusammenzog. Wenn das Phänomen in Filmen aufgegriffen wurde, wirkte es meist unglaubwürdig, doch offenbar gab es das wirklich. Trotz aller Umstände kam es ihr mehr als einmal so vor, als empfände ihre Tochter tatsächlich Sympathie für dieses Monster, das ihnen das alles antat. Doch obwohl dieser Umstand ihren eigenen Hass nur noch steigerte, fragte sie sich, wie sie darauf reagieren sollte. Für Pauline waren diese positiven Gefühle sicherlich einfacher zu ertragen, als wenn sie in diesem Jacob das sehen müsste, was er war – ein abartiger, kranker Mann, der es sichtlich genoss, so viel Macht über sie zu besitzen.

Sie verzichtete deshalb auf mahnende Worte. »Hat er dir auch etwas zu essen gegeben?«

Nun lächelte Pauline sogar und antwortete stolz: »Ja, hat er. Ich habe auch extra etwas für dich aufgehoben, weil …, du bist ja so dünn geworden.«

Für einen Moment fragte sich Anja, ob man in so kurzer Zeit wirklich sichtbar abnehmen konnte, dann rollte auch schon ein Apfel über den Boden und blieb kurz vor ihr liegen. »Aber du sollst das selbst essen, ich …« Anja stockte, da etwas in Paulines Haar glitzerte, was dort nicht hingehörte. Mit einem Fingerzeig fragte sie ein wenig panisch: »Was ist das? Was hast du da im Haar?«

Nun grinste ihre Tochter noch etwas breiter, zog das Ding heraus und hielt es gut sichtbar in die Höhe. »Eine Spange. Er hat sie mir gegeben und vor unserem Ausflug gesagt, dass er will, dass ich hübsch aussehe.«

»Was für ein Ausflug?«

Pauline zuckte mit den Schultern. »Wir haben einen Mann getroffen, aber ich durfte noch nicht einmal aus dem Auto aussteigen. Dann ist der Mann plötzlich krank geworden und Jacob hat sich um ihn gekümmert.«

»Dich hat aber niemand angefasst?« Anja konnte ihre Panik und Wut kaum noch unterdrücken.

»Nein, Mami. Warum sollte mich auch jemand anfassen?«

Anja atmete innerlich auf. Erneut fiel ihr Blick auf die kleine Spange und verlieh ihren Fluchtgedanken Nahrung. Sie murmelte etwas wie »Das ist gut«, während ihre Augen den Käfig abtasteten. An dem schweren Schloss oben auf dem Deckel war sicher nichts zu machen, doch dann fiel ihr etwas ein. »Sag mal, Jacob hat dir doch schon öfter etwas gegeben. Ist da nicht so eine kleine Klappe auf einer Seite deines Kä…, deines Zimmers?«

»Meinst du die da?« Pauline deutete nach links.

»Ja, genau. Schau dir mal bitte die Verriegelung an. Das ist doch nur ein Blechstreifen, der mit einem kleinen Stift an den dicken Stäben befestigt ist. So wie das Armband deiner Uhr, die du zum Geburtstag bekommen hast. Erinnerst du dich daran, wie wir das kürzer gemacht haben?«

Ihre Kleine krabbelte zu der besagten Seite und betrachtete den Verschluss von allen ihr möglichen Seiten. »Ja, das sieht so ähnlich aus.«

Anja schob sich eine Haarsträhne aus dem Gesicht und rutschte so weit wie möglich in Richtung Käfig, die Kette schepperte dabei laut auf dem Boden. Flüchtig blickte sie zu der Kamera und hoffte, dass er sie gerade nicht beobachtete. Sie konzentrierte sich wieder auf ihre Tochter. »Meinst du, du kannst die Spange aufbiegen und damit den Stift herausschieben?«

»Ich soll sie kaputtmachen?«

Anja wäre fast laut geworden, beherrschte sich aber und erwiderte sanft: »Ich schenke dir ein ganzes Set, doch dazu müssen wir irgendwie von hier verschwinden.« Und etwas strenger fügte sie hinzu: »Also komm, versuch es einfach.«

Nun bogen die kleinen Finger die Spange auf und Pauline stocherte an dem relativ filigranen Scharnier herum. Nach einigen Sekunden schüttelte sie den Kopf. »Geht nicht, Mami«, stellte sie ein wenig ängstlich fest. »Die Spange passt zwar rein, aber der Metallstift bewegt sich nicht.«

»Und von der anderen Seite?«

Nachdem Pauline ihre Position ein wenig verändert hatte, konnte Anja ihr Gesicht nicht mehr sehen, hörte aber das angestrengte Atmen. Ihre Hoffnung schwand von Sekunde zu Sekunde, bis ein leises Klimpern zu hören war.

Fassungslos vor Glück sah sie dabei zu, wie Pauline ein Stück nach hinten rutschte und mit stolzem Gesichtsausdruck zu ihr herüberschaute. Ihre kleine Hand fasste das Gitter, das die Klappe verschloss, und drückte es mühelos nach außen auf.

Anja unterdrückte den kleinen Freudenschrei und wartete fast darauf, dass Jacob irgendwo im Haus diesen kleinen Hebel an seinem Handgelenk umlegte und ihre Kleine wieder diese furchtbaren Schmerzen erleiden musste.

»Kommst du da durch?«

Pauline steckte erst den Kopf durch die Klappe, schob sich dann über die Kante und fiel unsanft auf den Boden. Dort blieb sie kurz sitzen und rieb sich ihren angeschlagenen Unterarm.

Anja hielt den Atem an. »Ist alles in Ordnung, mein Schatz? Hast du dir wehgetan?«

»Alles gut«, flüsterte Pauline zurück, stand auf und überwand die wenigen Schritte rennend.

Als Anja die Wärme ihrer Tochter an ihrem Körper spürte, konnte sie die Tränen nicht länger zurückhalten. Sie hielt ihre Kleine so fest, dass diese fast nicht mehr atmen konnte, und erst, als diese leise fragte: »Und was soll ich jetzt machen?«, wurde sie sich ihrer grausamen Realität wieder bewusst.

Anja gab Pauline nur zögerlich frei, hielt aber weiter ihre Hand fest. An dem Schloss, das sie mit der Wand verband, konnte sie ohne Schlüssel nichts machen. Die einzige Chance war, ihre Kleine loszuschicken, um irgendwo Hilfe zu holen. Doch trotz der nötigen Eile nahm sie das Kind noch einmal in den Arm. »Hat er dir sehr wehgetan?«

Pauline wich ein Stück zurück und legte ihre Stirn in Falten. »Wieso? Jacob hat mir nicht wehgetan!«

Anja war verwirrt. »Aber der Schrei, ich habe dich doch schreien gehört, als ich mit ihm oben war. Er sagte, er könnte dir jederzeit Schmerzen zufügen.«

Nun sah ihre Kleine sie fast schon mitleidig an, als sie sagte: »Bist du echt noch einmal darauf reingefallen? Den Schrei hat er doch nur zum Spaß mit mir geübt.«

Anja kochte innerlich, packte den dünnen Arm etwas zu grob und zog ihre Tochter ein Stück zu sich heran, bevor sie ihr gepresst erklärte: »Hör zu! Dieser Mann ist weder ein Freund noch nett. Alles, was er will, ist, uns gegeneinander auszuspielen, und was er von mir will, weiß ich noch nicht einmal.« Dann zog sie sich ein Büschel Haare vom Kopf, hielt es ihr vor die Nase und befahl: »Schau es dir an. Ich musste mir irgendein Mittel auf den Kopf schütten, von dem mir jetzt die Haare ausfallen. Macht ein Freund so etwas? Er gibt mir keinen Bissen zu essen. Macht ein Freund so etwas? Und vor ein paar Stunden hat er mir irgendein Mittel verabreicht, das mich fast umgebracht hat. Macht jemand, der nett ist, so etwas?«

Paulines Blick wechselte geschockt zwischen dem Haarbüschel und dem schmutzigen, tränenverschmierten Gesicht ihrer Mutter. Irgendwann schluckte sie und schüttelte den Kopf. »Nein.« Nach einigen Sekunden sagte sie: »Es tut mir leid, Mami.«

Für langen Trost blieb keine Zeit. Anja beruhigte ihre Tochter, so gut es ging, und schickte sie dann weg, um den Keller zu erkunden. Nachdem Pauline durch die dünne, unverschlossene Holztür verschwunden war, wagte sie kaum zu atmen. Doch nach wenigen Augenblicken kam das Mädchen wieder. »Die andere Tür ist zu, da komme ich nicht raus«, erklärte sie traurig.

Anja hatte schon vorher daran gedacht, aber gehofft, es nicht wagen zu müssen. Erneut nahm sie die kleine Hand zwischen ihre eigenen. »Da oben ist ein schmales Fenster. Wenn du den Plastiktisch, der dahinten steht, unter das Fenster ziehst, könntest du es vielleicht erreichen.« Dann ging sie noch einmal in sich. »Aber es ist völlig in Ordnung, wenn du dich das nicht traust. Du kannst auch wieder in dein Zimmer krabbeln und wir warten auf Jacob.«

Pauline schüttelte energisch den Kopf, bevor sie selbstbewusst erklärte: »Ich mache das. Den Jungs in meiner Schule klettere ich auch immer davon.«

Anja schaffte ein Lächeln. »Sehr gut, mein Engel, ich glaube auch, dass du es schaffst. Wir sind doch schließlich zwei Superfrauen, oder?« Pauline wollte sich schon abwenden, als

Anja sie noch kurz aufhielt. »Warte. Wenn du draußen bist, schaust du nicht zurück. Du läufst einfach immer in Richtung Meer, aber pass auf, dass du nicht stolperst und dich verletzt. Kurz vor dem Meer kommst du an eine Straße. Weißt du, wie ein deutsches Nummernschild aussieht?«

»Ja klar, wir haben doch immer ein Spiel daraus gemacht, das richtige Land zu erraten.«

»Richtig. Wenn du also an der Straße bist, wartest du, bis ein Auto mit so einem Nummernschild kommt. Dann erst beginnst du, wie wild zu winken. Und wenn es anhält, erklärst du dem Fahrer unsere Situation. Er oder sie soll auf jeden Fall dort bleiben und die Polizei anrufen. Und denen zeigst du dann dieses Haus.« Anja hoffte, nichts Wichtiges vergessen zu haben. »Alles verstanden?«

Paulines Flucht erwies sich als leichter als gedacht. Da der alte Terrassentisch nicht reichte, stellte sie noch eine Getränkekiste darauf und konnte sich dann fast mühelos durch das schmale Kellerfenster ins Freie schieben. Dort verschwand sie kurz, streckte aber noch einmal ihren Kopf durch das Loch und rief leise: »Ich schaff das, Mami.«

Anja wischte sich eine Träne von der Wange. »Lauf, meine Kleine, lauf. Ich liebe dich«, rief sie zurück. Dann herrschte Stille, die nur von ihrem wild pochenden Puls unterbrochen wurde.

Draußen stand Pauline auf und orientierte sich kurz. Von ihrem Ausflug mit Jacob wusste sie, dass der Garten in Richtung Meer etwas abfiel und es an seinem Ende ein, zwei Lücken in der sonst so dichten Hecke gab. Sie sah zum Haus, doch nirgends brannte Licht. Der Garten war ziemlich verwahrlost, was ihr nun zugutekam. Es gab einige Büsche und Sträucher, und da diese seit Jahren nicht geschnitten worden waren, boten sie ihr nun einen Sichtschutz.

Auch Pauline spürte ihr Herz bis zum Hals hinauf schlagen und bei den ersten Schritten lähmte sie die Angst. Erst hinter dem nächsten Busch, dessen trockene dornige Äste ihr wie Tentakel vorkamen, wurde sie etwas mutiger. Von nun an ging es besser. Am unteren Ende des Gartens angekommen, sah sie doch noch einmal zurück.

Es erschien ihr fast wie ein Wunder, doch niemand schien sie zu verfolgen und auch die Fenster waren noch immer so dunkel wie zuvor. Pauline rannte ein Stück die Hecke entlang, und als sie einmal fast über einen am Boden liegenden Ast stolperte, fielen ihr die mahnenden Worte ihrer Mutter ein. Von nun an ging sie langsamer und fand nach wenigen Metern, was sie gesucht hatte. Nach dem Ausflug mit Jacob, als sie noch ein bisschen im Garten bleiben durfte, hatte der Mond genau hinter der Lücke gestanden; jetzt sah sie sein Licht auf dem weit entfernten Meer glitzern.

Der Durchgang zwischen den beiden hohen Heckenpflanzen war nur so breit wie ihr Unterarm lang und auf dem Boden lagen die vertrockneten Blätter fast kniehoch, trotzdem war es für Pauline kein Problem, sich dazwischen durchzuquetschen. Ihre nackten Füße fanden eine Stelle, die nicht so pikte, und ihre Hand einen dickeren Ast, an dem sie sich durchziehen konnte. Die Erkenntnis, dass sich der Boden an dieser Stelle falsch anfühlte, kam einen Sekundenbruchteil zu spät. Dem leisen Klacken folgte ein Surren und dem Surren ein abartiger, noch nie erlebter Schmerz. Trotz oder gerade wegen des fahlen Mondlichts glaubte Pauline für einen Moment, ein riesiger Hai hätte sie gebissen. Dabei war das, was tief in ihrem Unterschenkel steckte, eine große Tierfalle mit rostigen Zähnen, die sich mit brachialer Gewalt in ihr Fleisch geschlagen hatten. Schock und Schmerz ließen sie erst zittern, dann zur Seite umfallen. Wahnsinnig vor Angst öffnete sie ihren kleinen Mund und schrie und schrie und schrie.

Beim ersten Schrei hoffte Anja noch, ihre Sinne hätten ihr einen Streich gespielt. Doch irgendwann gab es keinen Zweifel mehr, es war die Stimme ihrer Tochter. In den ersten Minuten noch laut und schmerzverzerrt, dann immer leiser. Als die Schreie irgendwann erstarben, riss sie derart an ihren Fesseln, dass ihre Haut bald in Fetzen hing. Dem kalten Metall war dies egal, es tat auch weiterhin, was seine Bestimmung war. Mit einem Mal war der Keller noch dunkler, die Luft noch kälter und jede Hoffnung im Keim erstickt.

– 34 –

Der Mann am Boden rührte sich nicht mehr. Auch Mike brauchte einige Sekunden, um mit seiner Atmung klarzukommen. Den Oberkörper nach vorn gebeugt, stützte er sich auf die Oberschenkel, wobei er seinen Angreifer nicht aus den Augen ließ. Im Augenblick war der Mann ungefährlich, das konnte sich jedoch schnell wieder ändern.

Stellte sich die Frage, was er nun tun sollte. Natürlich könnte er die Polizei anrufen, da er aber noch nicht einmal wusste, wer der Typ war, konnte der Schuss auch nach hinten losgehen. Selbst wenn er irgendwie bewies, dass er zuerst angegriffen worden war, war er dennoch in diese Wohnung eingebrochen. Und sollte man ihn deswegen in Gewahrsam nehmen, fehlte wichtige Zeit, um Beweise für Sabrinas Unschuld zu finden. Hinzu kamen die vermisste Frau und das Kind. Wenn die beiden tatsächlich in der Hand von Sabrinas Entführer waren, zählte jede Minute.

Leises Stöhnen riss ihn aus seinen Gedanken und erinnerte ihn an den nächsten logischen Schritt. Mike sah sich suchend um, fand, was er brauchte, und riss die Kabel aus den beiden uralten Schirmlampen, die neben dem Sofa standen. Zwei Minuten später war sein Gegner gut verschnürt, und er hatte noch etwas Zeit zum Nachdenken … allerdings nur, wenn nicht auch noch dieser Dealer auftauchte, denn dann würde die Situation um einiges schwieriger werden.

Als die Augenlider des Mannes langsam zu zucken begannen, setzte sich Mike ihm gegenüber auf den Boden.

Um eine gewisse Drohkulisse zu schaffen, legte er den Baseballschläger und das Messer vor sich hin. Er beobachtete, wie der andere langsam zu sich kam, und fragte dann sofort: »Wer sind Sie und wie heißen Sie?«

Nachdem der immer noch benommene Mann zwei, drei spanische Wörter gemurmelt hatte, legte Mike seine Hand auf den Schläger. »Verarschen Sie mich nicht«, drohte er. »Ich habe gehört, wie Sie mit sich selbst geredet haben, und das war ganz eindeutig auf Deutsch. Also, wer sind Sie und wie heißen Sie?«

»Und wer sind Sie?«, antwortete der Mann mit einer Gegenfrage. Als er mit den auf den Rücken gefesselten Händen sein malträtiertes Kinn untersuchen wollte, erkannte er seine Lage erst richtig. Zorn blitzte in seinen Augen auf, dennoch sah es so aus, als würde er nach einem Ausweg suchen. Nachdem sich seine Fesselung auch nach größerer Kraftanstrengung nicht lockerte, sagte er schließlich: »Ich bin ein Kunde von Mateo und hoffte, etwas Stoff zu finden.«

Mike kannte das Drogengeschäft, seit er Polizist war, und so viel wusste er: Kaum ein Junkie würde es wagen, einen erfolgreichen Dealer zu beklauen. Dennoch nickte er verständnisvoll. »O. k. Und woher wissen Sie, dass dieser Mateo heute nicht hier ist?«

»Er hat es erwähnt. Hat in einem Nebensatz davon gesprochen, dass er für ein paar Tage zu seiner Mutter nach Barcelona fahren würde.«

»Wann hat er Ihnen das mitgeteilt?«

»Was?«

Mike nahm den Schläger in die Hand. »Ist doch eine einfache Frage. Wann hat er Ihnen erzählt, dass er zu seiner Mutter will?«

Nun wirkte der Mann irritiert, schien aber tatsächlich darüber nachzudenken. Er zuckte mit den Schultern. »So vor einer Woche … ja genau, es war letzten Sonntag. Warum ist das so wichtig?«

Mike stand auf und suchte in der Verwüstung ihres Kampfes nach dem kleinen Kalender. Anschließend schlug er die richtige Seite auf und hielt sie dem anderen hin. »Dann können Sie mir sicher den Eintrag ›J. 16 Sofia‹ erklären.«

Der Mann zuckte erneut mit den Schultern. »Klar, dabei dürfte es sich um unser Treffen handeln. Wir haben uns um 16 Uhr bei Sofia getroffen.«

»Wer ist diese Sofia?«

»Eine fantastische Köchin. Sie hat eine kleine Bar hier ganz in der Nähe.«

Der Mann, den der Dealer mit J. in seinem Kalender bezeichnet hatte, sah Mike in die Augen. »Und wer zum Teufel sind Sie? Ich habe Sie hier noch nie gesehen. Ich könnte Sie genauso fragen, was Sie hier machen.«

Mike nickte. »Ja, das könnten Sie, aber leider habe ich die Waffen und Sie sind gefesselt.« Dann stand er auf und sah sich etwas ratlos um. Was sollte er jetzt mit dem Typen machen? Selbst wenn er etwas mit Sabrinas Entführung zu tun hatte, würde er ihm das wohl kaum erzählen. Blieben eigentlich nur zwei Optionen. Entweder er wendete Gewalt an, was ihm widerstrebte, oder er übergab ihn der Polizei und hoffte, dass die etwas herausfinden würde. Dabei bestand das Problem allerdings darin, dass er selbst hier eingebrochen war, und das würden die sicher nicht einfach so abnicken. Außerdem war dem Mann bis jetzt kaum etwas vorzuwerfen. Natürlich hatte er zuerst angegriffen, aber wie sollte Mike das beweisen?

Er beschloss, es mit Drohungen zu versuchen. Nach einem Schluck Wasser, das er direkt aus der Leitung trank, ging er zurück, hob den Baseballschläger auf und stellte sich über den Typen. Dann tat er etwas, was ihm früher als Polizist nicht erlaubt gewesen wäre. Er schwang das Stück Holz ein wenig und ließ es beinahe sanft gegen das Knie des Mannes schlagen. Dann ging er aufs Ganze. »So, mein Freund. Und jetzt sagst du mir, wo ich die vermisste Frau und ihre Tochter finde!«

Die Regung in dem Gesicht des Mannes war nicht mehr als ein winziges Zucken des Augenlids, doch Mike war darauf geschult, genau so etwas erkennen zu können.

»Wovon reden Sie? Welche Frau und welche Tochter?«

Die Überraschung, vielleicht tatsächlich auf der richtigen Spur zu sein, spornte Mike an. Der Schläger beschrieb einen Kreis in der Luft und krachte nun deutlich heftiger gegen das Knie des Mannes. Er würde ihm keinen echten Schaden zufügen, trotzdem genügte die Aktion, dass dieser vor Schreck die Augen aufriss und stammelnd erklärte: »Hören Sie, ich weiß wirklich nicht, was Sie von mir wollen. Alles, was ich hier wollte, ist, etwas Stoff zu finden.«

Mike schüttelte den Kopf. »Mateo ist nicht in Barcelona und du bist kein einfacher Junkie, der hier einfach so einbricht. Dein Blick ist klar und an deinen Armen ist nicht eine Einstichstelle zu erkennen.« Das Holz schlug erneut gegen das Knie. »Also, wer bist du? Was machst du hier und warum hast du die andere deutsche Frau entführt und misshandelt?« Mike sprang ganz bewusst zwischen den Themen hin und her. Meistens kamen die Verhörten geistig irgendwann nicht mehr mit und machten einen Fehler. Hier bewirkte die Aktion leider das Gegenteil.

Die einzige Reaktion des Mannes war der Satz: »Sie spinnen doch, ich sage jetzt kein Wort mehr.«

– 35 –

Was hätte er jetzt für eine Prise Koks getan, einfach, um seinem Hirn auf die Sprünge zu helfen. Wenn der Typ, der da mit seinem eigenen Baseballschläger über ihm stand, nur halb so fies war, wie er aussah, hatte er langfristig keine Chance, dieser Situation zu entkommen. Hinzu kam, dass er im Prinzip nur wusste, dass es sich um einen Deutschen handelte. Sonst konnte der Arsch alles sein, von der Polizei bis zur Mafia war alles möglich. Wobei, würde sich die Mafia wirklich für missbrauchte Polizistinnen und entführte Frauen interessieren? Bestenfalls, wenn es sich um eine von ihnen handelte, und das konnte er eigentlich ausschließen.

Jacob hatte keine Angst vor Schmerzen und noch weniger vor dem Tod. Alles, was er wollte, war, seinen Engel, der zu Hause auf ihn angewiesen war, auf seinem letzten Weg zu begleiten. In den vergangenen Tagen war so viel schiefgelaufen, dass er sich noch nicht einmal richtig auf sie hatte einlassen können. Wie sehr sehnte er sich nach ihrer Nähe, der Wärme ihres Körpers und dem leisen Atem. Darauf, ihren immer schwächer werdenden Körper zu pflegen und sie irgendwann zu der Pforte zu bringen, an der das Universum sie in Empfang nahm.

Ein weiterer Schlag gegen das Knie holte ihn aus seinen Erinnerungen, doch mit einem Mal wusste er, was zu tun war. Er hob den Kopf, räusperte sich und sagte mit völliger Überzeugung in der Stimme: »Sie müssen mich gehen lassen, sonst ist es bald zu spät.« Wenn dieser Mann ein Bulle oder etwas Ähnliches war, musste er sich darauf einlassen. Sollte es sich doch um die Mafia handeln, hätte er eh keine Chance, aus der Sache rauszukommen.

Der Mann mit der riesigen Narbe im Gesicht legte den Kopf schief und runzelte die Stirn. »Was ist bald zu spät?«

Jacob beschloss, hoch zu pokern. »Die vermisste Frau und ihre Tochter werden sterben, wenn Sie mich nicht bald laufen lassen.«

»Sie haben sie?«

»Ja, sie sind bei mir.« Fast hätte er »in meinem Haus« gesagt, doch wenn er eine Chance haben wollte, musste er höllisch aufpassen, nicht zu viel zu verraten.

»Wo?«

Jacob setzte ein Grinsen auf. »Das werde ich Ihnen ganz bestimmt nicht verraten.«

Nun zog der Mann sein Handy aus der Hosentasche und drohte: »Gut, dann sagen Sie es eben der Polizei. Die dürfte kein Problem damit haben, Sie zu identifizieren und Ihren Wohnort herauszufinden.«

»Sicher?« Jacob ließ sein Grinsen noch breiter werden. »Ich bin in keiner Datenbank und habe keinen Ausweis oder Ähnliches dabei. Die Polizei hat weder Fingerabdrücke noch ein Foto von mir. Und wenn ich mich weigere, meinen Namen zu nennen, wird es Stunden, wenn nicht sogar Tage dauern, bis die herausfinden, wer ich bin. Doch dann ist es leider zu spät.«

Der Mann schüttelte den Kopf. »So lange werden die Frau und das Mädchen schon durchhalten, ich habe großes Vertrauen in den Polizeiapparat.«

Jacob jubelte innerlich. Der Typ schien wirklich ein Bulle zu sein, und dann konnte er seine nächste Drohung nicht in den Wind schlagen. Er stieß ein raues Lachen aus. »Die beiden haben nur leider weder Stunden noch Tage. Wie spät ist es? Ein oder zwei Uhr morgens?«

Da der andere nicht antworten wollte, stieß Jacob nach einer kurzen Pause aus: »Egal, es wird sowieso knapp. In der Nähe der beiden befindet sich eine selbst gebaute Bombe und um drei Uhr macht es BUMM. Außer, Sie lassen mich jetzt sofort gehen und ich sorge dafür, dass es nicht so weit kommt.«

An der Körperhaltung des vermeintlichen Bullen konnte Jacob erkennen, dass ihm seine Lüge Kopfschmerzen bescherte. Der Mann blickte ihn zwar an, doch es wirkte so, als sähe er durch ihn hindurch. Außerdem hielt er den Schläger nun nicht mehr in einer drohenden Position, sondern ließ ihn schlapp nach unten hängen.

Um noch einen draufzusetzen, blaffte Jacob frech: »Also, wie sieht es aus? Was ist Ihnen mehr wert? Sie können mich jetzt bei der Polizei abliefern, die mich ohne meine Aussage nur als Einbrecher anklagen kann, oder Sie lassen mich gehen und retten damit zwei Menschenleben.«

Der Mann rang sichtlich mit sich, bevor er fragte: »Wenn Sie die beiden wirklich haben, müssten Sie auch ihre Namen kennen. Auf den Vermisstenanzeigen steht der nicht.«

Jacob lachte erneut. »Sie denken ja wirklich an alles. Klar kenne ich die Namen. Die Frau heißt Anja Taubert und ihre Tochter Pauline Taubert … noch Fragen?«

»Was für eine gottverdammte Scheiße!« Zurück auf der Küstenstraße brachen bei Jacob alle Dämme. Dieser Typ war wirklich eine harte Nuss und mehrmals kurz davor gewesen, ihn doch nicht gehen zu lassen. Erst als er ihn noch einmal eindringlich davor gewarnt hatte, dass kaum noch Zeit bliebe, um die angebliche Bombe abzuschalten, war er endlich auf seine Forderung eingegangen.

Um auch wirklich nicht verfolgt zu werden, war Jacob eine halbe Stunde lang kreuz und quer durch die nächtliche Stadt gefahren und nun auf dem Weg nach Hause.

Wehmütig dachte er an die letzten Jahre, als er den gesamten Zeitraum ausschöpfen und auch genießen konnte. Jetzt funkten ihm erst diese Polizistin, dann Mateo und nun dieser Unbekannte dazwischen. Wie zum Teufel sollten sich da diese ganz bestimmten Gefühle entwickeln? Im Grunde wollte er doch nichts weiter, als Petra jedes Jahr aufs Neue ein paar Tage Wiederauferstehung zu schenken.

Sie hatte ihr Leben geliebt und er hatte es geliebt, jede einzelne Sekunde mit ihr auszukosten. Noch am Sterbebett schwor er sich, die Erinnerung an sie am Leben zu erhalten, und auch wenn es die schwersten Tage waren, wollte er genau diese immer wieder durchleben und durchleiden.

Jahr für Jahr wurde er selbst in dieser Zeit größer als der Tod und die Gewissheit, dass der Tod seine Petra in dieser Zeit furchtbar vermissen würde, ließ ihn mehr als Genugtuung verspüren.

Gerade noch rechtzeitig schaffte er es, in die winzige Landstraße einzubiegen. Tagsüber hätte die Vollbremsung sicherlich Aufmerksamkeit erregt, doch morgens um drei war dies kein Problem.

Der schmale, von Rissen durchzogene Asphaltteppich forderte alles von seinem alten Wagen und zwang ihn zu einer deutlich reduzierteren Geschwindigkeit. Erst den wenigen Serpentinen folgend, durchquerte er bald die kleine Siedlung aus über den Hang verstreuten Fincas und bog schließlich auf den unbefestigten Weg ab, der direkt vor seinem Haus endete.

Dort stellte er den Motor ab, lehnte sich zurück und fasste einen Entschluss. Dieser Mann aus Mateos Wohnung ließ ihm keine andere Wahl, als sein Ritual um die Hälfte der Zeit zu verkürzen. Der Typ kannte nun zwar sein Gesicht, aber selbst wenn er mit der Polizei oder für sie arbeitete, würde es sicherlich Tage dauern, bis man seine Identität herausgefunden hatte. Folglich blieb ihm durchaus noch etwas Zeit, um die Sache für Petra zu einem würdigen Abschluss zu bringen.

Anschließend würde er das Haus abbrennen, sich neue Papiere besorgen und irgendwo anders auf der Welt neu anfangen. Mehr als ein paar persönliche Dinge und die kleine Urne waren dazu schließlich nicht nötig.

Mit der neu gewonnenen Zuversicht verließ er den Wagen und ging zum Haus. Dort entriegelte er das Sicherheitsschloss, trat ein und schaltete das Licht ein. Anschließend verschloss er die Tür hinter sich und kontrollierte die selbst gebaute Lichtschranke. Das Lämpchen zeigte Grün, es war also weder jemand herein- noch hinausgegangen.

Eigentlich wollte er sich gleich um seinen Engel kümmern, allerdings erschien es ihm sinnvoller, erst einige Vorbereitungen zu treffen. Falls man ihm doch schneller auf die Schliche kommen sollte, wäre es klug, fluchtbereit zu sein. Folglich ging er erst in sein Schlafzimmer, zog die einzige Reisetasche aus dem Schrank und packte einige Klamotten hinein, außerdem ein paar Unterlagen aus dem alten Safe und eine Box, in der später sein Heiligtum Platz finden würde.

Das unscheinbare Tongefäß stand auf einem kleinen Brett an der Wand. Jacob stellte sich davor, schloss die Augen, legte die Hände darum und begann, mit Petra in Verbindung zu treten. Sie brauchte nur wenige Sekunden für die Kontaktaufnahme. Die Vision begann stets mit dem Gefühl, ihre weiche Haut zu berühren, wobei alles, was er berührte, langsam sichtbar wurde. In seinen Gedanken sah es aus wie ein Bild, das viel zu schnell gemalt wurde. Seine abgöttisch geliebte Frau erschien wie aus dem Nichts, bis sie vollständig und nackt vor ihm stand und ihm mit der Hand über seine tränennasse Wange strich. Nach einigen Augenblicken öffnete sie den Mund und das Zwiegespräch konnte beginnen.

Während er stumm blieb, sagte sie ihm mit weichen, einfühlsamen Worten, was zu tun war. Und Jahr für Jahr tat er genau das, was sie sich für ihn wünschte.

In diesen wenigen kostbaren Tagen fiel ihm der Abschied nicht ganz so schwer, denn bald würde die Frau im Keller Petra ihren Körper leihen. Ein letzter Kuss, den er als sanftes Prickeln wahrnahm, dann verschwand ihr Bild vor seinen Augen und zurück blieb nur der nasse Fleck auf seiner Hose. Jacob öffnete die Augen, wartete, bis sich sein Verstand wieder in der Wirklichkeit zurechtfand, dann löste er die Hände von der Urne und seufzte leise.

Nachdem er alles fluchtbereit neben der geheimen Tür am hinteren Ende der Speisekammer abgestellt hatte, ging er zu dem Esstisch, knipste den Monitor an und stieß einen Fluch aus.

– 36 –

Wütend sah Mike vom Fenster aus, wie der Mann hinter der nächsten Häuserecke verschwand. Zunächst hatte er vorgehabt, ihm zu folgen, aber wie sollte das gehen? Mit seinem lädierten Bein war er erstens nicht schnell genug, zweitens war die Stadt um diese Uhrzeit so leer wie der Strand im Winter. Egal, ob zu Fuß oder mit dem Auto, er wäre auf keinen Fall unentdeckt geblieben, und das hätte die Vermissten nur noch mehr gefährdet. Dieser J. war mit Sicherheit psychopathisch veranlagt, und was passierte, wenn man solche Menschen in die Ecke trieb, hatte er in seiner Vergangenheit zur Genüge erleben dürfen.

Mike schnappte sich noch Mateos Taschenkalender und verließ dessen Wohnung.

Die kühle Nachtluft tat ihm bei seiner Erschöpfung gut. Er rannte, so schnell es sein Bein zuließ, zum Wagen und versuchte, sich daran zu erinnern, wie er zu der Polizeiwache kam, in der Sabrina ihre Meldung gemacht hatte.

Es dauerte geschlagene fünf Minuten, eine Straße zu finden, die aus dem eng verwinkelten Wohngebiet hinausführte. Er folgte den Schildern zum Busbahnhof und von dort aus wusste er wieder, in welche Richtung er musste.

Die diensthabenden spanischen Polizisten sahen um diese Zeit nicht anders aus als ihre deutschen Kollegen. Weiter hinten im Präsidium war nur ein Paar hochgelegte Füße zu erkennen. Der Mann vorn am Schalter blickte Mike mit müden Augen an und fragte ihn irgendetwas auf Spanisch. Mike antwortete auf Deutsch, was bei seinem Gegenüber auf Unverständnis stieß. Also versuchte er es auf Englisch, kam damit aber auch nicht weit.

Schlecht gelaunt rief der Beamte etwas in das nur spärlich beleuchtete Großraumbüro, worauf ein schlichtes »*Si*« ertönte. Danach rührte sich eine ganze Weile nichts, bis ein weiterer Polizist zum Schalter kam. Dort zog er sein knittriges Hemd glatt, rieb sich die Müdigkeit aus den Augen und fragte in gebrochenem Deutsch, was denn los sei.

Mike erklärte ihm mit wenigen Worten, worum es ging, worauf etwas mehr Leben in den Mann kam.

Ein Telefonat später deutete er auf den Wartebereich. »Bitte dort drüben sitzen. Comisionado Peña wird sein bald hier.«

Zwei Becher Automatenkaffee später öffnete sich die Eingangstür und ein mürrisch dreinblickender Kommissar betrat die Wache. Er wechselte ein paar Worte mit seinen Kollegen, drehte sich zu Mike und forderte ihn auf: »Bitte folgen Sie mir.« Nachdem er sich selbst auch einen Kaffee geholt hatte, führte er Mike in einen Besprechungsraum. Dort pustete er kurz in seinen Becher und stellte das zu heiße Getränk auf den Tisch. »Also, was ist los? Mein Kollege draußen hat nur etwas von einer angeblichen Entführung verstanden und dass die Entführten in akuter Gefahr sind.« Peña lehnte sich zurück. »Ich hoffe für Sie, es ist wichtig genug, dass man mich aus dem Bett hat klingeln lassen«, warnte er Mike.

Mike nickte. »Ist es, und es steht im Zusammenhang mit dem Fall Sabrina Faust, die Sie heute, nein, gestern in Gewahrsam genommen haben.«

Peña schlug die Hände vors Gesicht, schüttelte den Kopf und murmelte verzweifelt: »Nicht schon wieder, diese Frau Faust macht mich wirklich fertig.«

Mike ignorierte die Reaktion. »Hören Sie mir bitte einfach nur zu. Es geht tatsächlich um Leben und Tod.«

Der Kommissar nickte ohne Begeisterung, griff nach dem Becher und machte eine bittende Geste. »Also gut. Erzählen Sie.«

»Und Sie glauben diesem Mann?«, fragte Peña, nun deutlich aufmerksamer, nachdem er die ganze Geschichte gehört hatte.

Mike nickte. »Ja. Immerhin kannte er die vollständigen Namen von Mutter und Tochter. Außerdem, und das dürfen Sie mir glauben, erkenne ich einen Psychopathen, wenn er vor mir steht. Der Mann hatte keine Angst um sich, er hatte Angst um seine Mission … wie auch immer diese geartet ist.«

Der spanische Kommissar atmete hörbar aus und sah Mike lange an. »Erzählen Sie mir noch etwas von sich. Warum helfen Sie dieser Frau Faust und warum sind Sie kein Polizist mehr? Ich könnte das zwar auch auf dem Dienstweg herausfinden, aber es aus Ihrem Mund zu hören, wäre mir lieber. Denn sollte ich mich dazu entschließen, Ihren Thesen zu glauben, brauche ich Ihre Mithilfe. Sie sind der Einzige, der den mutmaßlichen Entführer schnell und sicher identifizieren kann, und ich weiß immer gern, mit wem ich zusammenarbeite.«

»Verstehe«, stimmte Mike zu und schenkte sich aus einer der kleinen Wasserflaschen ein, die in solchen Besprechungsräumen herumstanden. Nachdem er einen Schluck getrunken hatte, zog er eine Zigarette aus der Tasche. »Darf ich?«

Peña nickte zum Fenster. »Wenn Sie es öffnen und dort stehen bleiben.«

Mike nahm einen tiefen Zug und begann: »Alles, was Sie auf dem Dienstweg über mich herausfinden würden, wäre, dass ich vor circa zwei Jahren bei einer Explosion getötet wurde. Davor war ich leitender Hauptkommissar bei der Nürnberger Mordkommission. Doch tatsächlich wurde ich nicht getötet, sondern nur schwer verletzt. Das Monster, das die Explosion herbeigeführt hatte, hieß Wotan Döring – ein Psychopath, der mit dieser Aktion eine perverse Inszenierung würdig abschließen wollte. Meine damalige Lebensgefährtin war in seiner Gewalt und ich wollte Döring dazu bringen, die Zeitbombe zu deaktivieren. Doch Sabrina, also Frau Faust, sah mich in tödlicher Gefahr und erschoss Döring. Wir hatten keine Chance mehr und Jenni, meine Freundin, starb in meinen Armen. Nachdem mein damaliger Vorgesetzter noch am Tatort einen Hinweis fand, dass Döring im Falle seines Todes einen Killer auf mich angesetzt hatte, ließ er mich für tot erklären und sorgte dafür, dass ich eine neue Identität bekam.«

»Und warum sind Sie dann hier?«

Mike schnippte den Zigarettenstummel aus dem Fenster und kehrte zum Tisch zurück. »Reiner Zufall. Ich habe letzte Woche von dem einzigen Kontakt zu meinem früheren Leben erfahren, dass der Profikiller, den Döring auf mich angesetzt hatte, in Berlin erschossen wurde. Ein paar Stunden später rief Sabrina an und bat um unsere Hilfe.«

»Und da haben Sie nichts Besseres zu tun, als genau der Frau zu helfen, die Ihnen das alles eingebrockt hat?«, wunderte sich Peña.

Mike presste die Lippen zusammen und kämpfte die bitteren Erinnerungen in den dunklen Raum seiner Seele zurück. Nach einer Weile schüttelte er den Kopf, bevor er zugab: »Sie haben völlig recht mit Ihren Zweifeln. Meine erste Reaktion fiel wenig euphorisch aus, bis ich in mich ging und darüber nachdachte. Sabrina gehörte früher zu meinem Team. Vielleicht ist es bei Ihnen auch so … das eigene Team ist gleichzeitig irgendwie wie die eigene Familie.«

Peña nickte zustimmend.

»Sehen Sie. Und im Grunde hat sie damals nichts falsch gemacht. Mein Leben war auch ohne die Bombe in akuter Gefahr und sie hat gehandelt.« Mike schloss kurz die Augen und konnte die Tränen kaum unterdrücken. Mit gedämpfter Stimme sagte er: »Genau das war der Auslöser, warum ich mich entschloss, ihr doch zu helfen. Eine Familie habe ich schon verloren, meine früheren Kollegen sind die Einzigen, die mir noch geblieben sind.«

»Was ist passiert?«

Mike machte eine abwehrende Geste. »Ich möchte nicht darüber reden. Vielleicht wenn dieser Fall abgeschlossen ist und wir irgendwo ein Glas Rotwein zusammen trinken, aber nicht jetzt.«

Peña reagierte mit einem schlichten »O. k.« und Mike befand, dass der Kerl gar nicht so übel war, wie ihn Sabrina beschrieben hatte.

Nach einigen Augenblicken nachdenklicher Stille fasste der Kommissar einen Entschluss. Er bat Mike um eine Zigarette und stellte sich ebenfalls an das Fenster, hinter dem gerade die erste Morgenröte erschien. »Haben Sie eine Idee, wie wir den Entführer finden können? Hat er eine Andeutung gemacht oder Ihnen sonst einen Hinweis gegeben?«

Mike schüttelte den Kopf. »Nicht wirklich. Der Mann ist nicht dumm und war sehr darauf bedacht, nicht das Falsche zu sagen. Eine Sache kam mir allerdings dennoch seltsam vor: Er behauptete, dass dieser Dealer, dieser Mateo, gerade bei seiner Mutter in Barcelona wäre und er das für den Einbruch nutzen wollte. Irgendwie ergibt das keinen Sinn. Sabrina hat den Dealer gestern eindeutig als ihren Vergewaltiger identifiziert. Folglich würde das bedeuten, dass die beiden bei Sabrinas Entführung und anschließendem Missbrauch zusammengearbeitet haben. Warum also sollte dieser J. dem Dealer erst seine

Beute überlassen und dann bei ihm einbrechen? Irgendwie unlogisch, oder? Außerdem kam mir der Mann nicht stark abhängig vor. Dass er Drogen nimmt, kann ich nicht ausschließen, aber ich kenne Junkies auf Entzug – und so wirkte er einfach nicht. Mein Vorschlag wäre also, das Handy des Dealers orten zu lassen und damit als erste Spur anzufangen.«

»Mateo«, murmelte Peña, setzte sich zurück an den Tisch und beugte sich etwas nach vorn. »Eine Frage, Herr Köstner. Da Sie nicht mehr im Dienst sind, weiß ich nicht, wie viele Details ich Ihnen anvertrauen kann.«

»Die Entscheidung kann ich Ihnen nicht abnehmen. Ich kann Ihnen nur versprechen, alles für mich zu behalten, und Ihnen einen Handschlag anbieten.« Mike streckte seine Hand über den Tisch.

Peña erwiderte den Händedruck und damit war die Sache klar.

»Gut«, begann Peña. »Bezüglich des Dealers müssen Sie wissen, dass wir ihn als wichtigen Informanten gegen die russische Mafia gewinnen konnten. Daher konnten oder wollten wir auch Frau Fausts Aussage gegen ihn nicht ohne intensive Prüfung durchwinken. Der Mann ist wirklich enorm wichtig für uns, was ihm aber natürlich keine Immunität verleiht. Wenn er Frau Faust misshandelt hat, wird er selbstverständlich wie jeder andere vor Gericht gestellt. Das vermeintlich Gute an der Sache ist aber, dass wir sein Handy gar nicht erst aufwendig und mit Gerichtsbeschluss orten müssen. Dieser Mateo ist nicht der hellste Kopf und denkt, er bekäme das gewisse Maß an Freizügigkeit von unserer Seite nur wegen der Informationen, die er uns liefert.«

»Sie überwachen ihn?«, schlussfolgerte Mike.

»Ja. Ein kleiner GPS-Sender an seinem Auto, und schon wissen wir, wo eine Vielzahl seiner Kunden wohnt.«

Mike konnte das Grinsen nicht vermeiden, stand auf und fragte trotz der bleiernen Müdigkeit: »Worauf warten wir dann noch?«

»Einen Moment noch, nur um das klarzustellen: Für Ihre Exkollegin hat sich bis jetzt noch nichts geändert. Sie ist nach wie vor eine Touristin, die zweimal mit zu viel Drogen erwischt wurde, und solange wir keine anderen Beweise haben, wird sich daran auch nichts ändern. Ich nehme ihre Aussage zwar ernst, aber noch ist es eben nur eine Aussage.«

Mike nickte. »Alles klar.«

– 37 –

Anja hörte das inzwischen vertraute Schlagen der schweren Tür und hoffte beinahe, dass Jacob ihre Tochter bei sich hatte. Dann öffnete sich die dünne Holztür. Ein Blick in sein Gesicht genügte, um zu wissen, dass es nicht so war.

Er sah sich um, erkannte schnell, was passiert war, und baute sich vor ihr auf.

Anja wartete nicht, bis er Fragen stellte, stattdessen flehte sie: »Bitte, du musst sie finden. Irgendetwas Schreckliches ist passiert, ich habe sie draußen schreien hören.«

Seine Kieferknochen begannen zu mahlen und die Bewegung seiner Hand kam so schnell, dass sie nur noch den Aufprall spürte. Ihr Kopf wurde zur Seite geschleudert, doch das interessierte sie im Augenblick nicht. Die Angst um Pauline war viel zu stark, als dass der Schmerz in ihrem Gesicht dagegen ankommen konnte. Obwohl sie es hasste, seinen Körper zu berühren, nahm sie seine Hand in ihre und bat mit tränenerstickter Stimme: »Bitte, bitte, bitte … du musst sie suchen. Ich glaube, ihr geht es nicht gut, und du magst sie doch auch.«

Anja wünschte, er würde sie anschreien oder ihr noch eine Ohrfeige verpassen. Stattdessen stand er einfach da, blickte kalt zu ihr herunter und schwieg.

Sie flehte erneut, doch er wandte sich nur ab und ging kraftlos zurück zur Tür.

Die Zeit verstrich, die Ungewissheit trieb sie beinahe in den Wahnsinn. Vor dem schmalen Oberlicht ging die Sonne auf, schickte ihre wärmenden Strahlen für einige Minuten durch den Spalt und stieg dann so hoch, dass es ihr Licht kaum noch in den Keller schaffte. Der Becher, der nach ihrem Erwachen neben ihr gestanden hatte, war längst leer getrunken und der Apfel, den Pauline ihr gegeben hatte, aufgegessen. Bei den ersten Bissen hatte sie sich noch etwas gegen das Obst gesperrt. Entweder, weil ihr Magen schon so lange keine Nahrung mehr bekommen hatte, oder, weil dieser Apfel in einer Art Verbindung zu ihrer Tochter stand.

Nun saß sie einfach auf dem kalten Boden, starrte die Wand an und vermochte keinen klaren Gedanken zu fassen. Ab und zu hörte sie Geräusche, die sie aber nicht zuordnen konnte und die auch keinen Hinweis auf Pauline lieferten. Anja fühlte sich innerlich wie auch äußerlich schmutzig, doch ihr fehlten die Tränen, um darüber zu weinen.

Stunden später, wie viele konnte sie nicht sagen, kam er zurück, und dieses Mal war seine Mimik so verschlossen wie die schwere Stahltür, die zum Keller führte.

Anja wischte sich eine Strähne aus dem Gesicht und sah ihn fragend an.

Der Blickkontakt hielt einige Sekunden, bis er mit ausdrucksloser Stimme erklärte: »Deine Kleine hat sich bei diesem dummen und unnötigen Fluchtversuch verletzt. Ich habe ihre Wunden versorgt und sie oben im Dach ins Bett gelegt.«

»Ich will sie sehen«, forderte Anja, ohne darüber nachzudenken.

Auch die nächste Ohrfeige kam ansatzlos und traf ihr Ziel. Er beugte sich zu ihr herunter, bis nur noch wenige Zentimeter ihre Gesichter trennten. Als er sagte: »Du willst?«, spürte sie seinen Atem auf ihrer Haut. Anja wollte ein Stück zurückweichen, was der Griff seiner starken Hand in ihrem Nacken verhinderte. Sie sah, wie er schluckte, bevor er gefährlich leise zischte: »Du hast sie da rausgeschickt. Du hast mein Vertrauen missbraucht und sie in diese Gefahr gebracht. Du hast es verspielt, eine Mutter zu sein!«

»Aber …« Anja verstand nicht.

»Kein Aber, du kommst jetzt mit rauf und tust, was ich dir sage, dann denke ich vielleicht noch einmal darüber nach.«

Anjas Gedanken überschlugen sich, bis sie zu der Erkenntnis kam, dass sie sowieso keine andere Chance hatte, als diesem Monster zu gehorchen. Hier unten konnte sie nichts für ihre Tochter tun, aber vielleicht ergab sich oben eine Möglichkeit. Und so senkte sie den Blick. »Alles, was du willst.«

Mit hinter dem Rücken zusammengeketteten Händen führte er sie die schmale Treppe hinauf.

Anja hatte die Wohnräume des Hauses unmodern, aber lichtdurchflutet in Erinnerung. Jetzt war jedes einzelne der schweren Rollos geschlossen, alles wirkte düster und bedrohlich. Selbst in dem kleinen Badezimmer war die einzige Lichtquelle ein sechsarmiger Kerzenständer, dessen flackernde Flammen eine unheimliche Atmosphäre schufen.

Anja spürte, wie Jacob die Kette von ihrem rechten Armreif aus massivem Stahl löste, sie ein Stück weiter in den Raum schob und das lose Ende der Kette an einem Ring neben der Badewanne befestigte. Dann setzte er sich selbst auf einen Hocker, der bei ihrer Haarfärbeaktion noch nicht hier gestanden hatte, und fragte mit ruhiger Stimme: »Möchtest du duschen oder lieber baden, mein Schatz?«

Anja lag der Protest schon auf der Zunge, bis ihr Pauline einfiel. »Baden bitte.«

Er nickte mit einem Lächeln, das nichts von dem zeigte, was in seinem Inneren vorging. Er zeigte in Richtung der Armaturen. »Na dann, worauf wartest du? Mach es dir so warm, wie du es brauchst. Ein entspannendes Bad wird dir guttun.«

Anja verzichtete darauf, ihn anzusehen, trotzdem spürte sie seine Blicke auf jeder ihrer Bewegungen. Sie drückte den Stöpsel in den Ablauf, drehte das Wasser auf und stellte die richtige Temperatur ein. Dann setzte sie sich auf den Rand der Wanne und sah dabei zu, wie sich diese langsam füllte.

Nach einer Weile stand er auf, ging kurz hinaus und kam mit zwei Flaschen zurück, die er ihr entgegenstreckte. »Rosen- oder Orangenduft?«

Anja nahm die rote Plastikflasche. »Sehr schön. Ich liebe den Duft an dir«, stellte er freundlich fest.

Sie bereute ihre Wahl augenblicklich, konnte aber nicht mehr zurück, ohne ihn zu verärgern.

Viel von dem Zeug würde auch viel Schaum machen, und das war ihr nur recht, weshalb sie gleich ein Viertel des Inhalts hineinkippte.

Als die Wanne halb gefüllt war, fragte er mit einem süffisanten Grinsen: »Willst du da etwa angezogen reinsteigen?«

Sie drehte sich so weit, wie es die Kette zuließ, zu ihm und erwiderte vorsichtig: »Es wäre vielleicht ganz gut, wenn du einmal nach Pauline siehst. Du sagtest ja, sie ist verletzt, und möglicherweise braucht sie irgendetwas.«

Sein Grinsen erstarb. »Nein, sie braucht nichts. Ich habe ihr ein leichtes Schlafmittel gegeben, damit sie sich in Ruhe erholen kann. Und jetzt zieh dich aus.«

Als Anja ihre Hose abstreifen wollte, musste sie sich auf ein Bein stellen und spürte, wie schwach sie inzwischen war. Hinzu kamen das ekelhafte Gefühl seiner Blicke auf ihrer Haut und die Erkenntnis, dass es im Moment keinen einzigen Ausweg gab. Sie kämpfte ihre Übelkeit hinunter, setzte sich auf den Wannenrand und zog sich den Stoff über die Füße. Danach versuchte sie, das Kleid abzulegen, was an der Kette scheiterte. Sie hielt das gefesselte Handgelenk in die Höhe. »Und wie soll das jetzt gehen?«, fragte sie etwas bissig.

Er zuckte mit den Schultern. »Zerreiß das Ding, du wirst es nicht mehr brauchen.«

Anja hielt in der Bewegung inne und sah ihm in die Augen. »Hast du andere Kleidung für mich?«, wollte sie zögerlich wissen.

»Mach jetzt endlich!«, lautete seine aggressive Antwort.

Sie gehorchte, doch statt den Stoff zu zerreißen, schob sie den Ärmel ihres Kleides einfach auf die Kette und den Rest hinterher. Anschließend machte sie Anstalten, in das Wasser zu steigen.

»Stopp«, rief er. »Alles, du ziehst alles aus! Hast du dummes Ding denn noch nie gebadet?«

Den Tränen nahe öffnete sie mit der freien Hand ihren BH, drehte sich mit dem Rücken zu ihm und schob auch diesen auf die Kette. Danach zog sie ihren Slip so schnell wie möglich nach unten, erledigte den Rest mit ihren Füßen, um sich nicht bücken zu müssen, und stieg dann in die Wanne.

Das Wasser war heiß, etwas zu heiß, aber das war ihr egal. Sie war einfach nur froh, dass der Schaum ihren Körper bedeckte und ihn damit unsichtbar machte.

Doch statt darüber wütend zu sein, stieß Jacob nur ein raues Lachen aus, stand auf und setzte sich auf den Beckenrand. Dann begann er damit, immer wieder an unterschiedlichen Stellen den Schaum beiseitezuschieben. Er bemerkte ihre Scham und raunte: »Was soll denn das, mein

Engel? Ich weiß doch, wie du aussiehst, und auch, wie du dich anfühlst.«

Anja wartete darauf, dass jeden Moment seine Hand in das Wasser tauchte und sie irgendwo berührte.

Doch zu ihrer Überraschung stand er auf. »Entspann dich noch ein bisschen«, sagte er und verließ den Raum.

– 38 –

Nachdem Kommissar Peña Mike aus dem nicht öffentlichen Bereich des Präsidiums geschickt hatte, saß dieser in der Warteecke und rang mit seiner Müdigkeit. Keine fünf Minuten später, und obwohl die kräftige Morgensonne ihm genau ins Gesicht schien, kippte sein Kopf nach vorn. Es war ein leichter traumloser Schlaf, in den er sämtliche Umgebungsgeräusche integrierte. So wurden das Brummen des Kaffeeautomaten zu einer dicken Hummel, die ihm auf einer Sommerwiese ins Gesicht flog, das Ticken der großen Wanduhr zu einem Fahnenmast, dessen Leine immer wieder gegen das Metall schlug, und das leise Gemurmel der anwesenden Beamten zu einer Gartenfeier der Nachbarn.

»Herr Köstner?« Die Anrede passte nicht zu seinem Traum, denn warum sollte jemand ein Kind mit »Herr« und seinem Nachnamen anreden?

Eine Berührung an der Schulter sorgte dafür, dass er hochschreckte und sich dabei verschluckte.

Kommissar Peña wartete den Hustenanfall ab, bevor er fragte: »Noch einen Kaffee?«

Mike wischte sich über die müden Augen, schüttelte den Kopf und stand auf. »Haben Sie den Dealer orten können?«

Peña nickte. »Haben wir, ist aber ein ganzes Stück zu fahren.«

»Barcelona?«

»Nein, genau in der anderen Richtung. Irgendwo im Hinterland. Keine Ahnung, was er dort verloren hat. Laut Google gibt es nicht einmal ein Haus in der Nähe seines Standorts.«

»Dann ist es doch der ideale Ort für einen Deal«, warf Mike ein und folgte dem hochgewachsenen Spanier hinaus auf die Straße.

Der Tag würde verdammt heiß werden, dazu brauchte Mike keine Wetter-App zu öffnen. Obwohl es gerade einmal acht Uhr morgens war, brannte die Sonne schon jetzt erbarmungslos vom Himmel. Der Dienstwagen des Kommissars stand zum Glück auf einem der überdachten Parkplätze, was es der Klimaanlage leicht machte, gegen die Hitze anzukommen.

»Fährt sonst niemand mit?«, wunderte sich Mike, nachdem sie den Hinterhof verlassen hatten, doch genau in diesem Moment bog ein Streifenwagen vor ihnen auf die Straße.

Peña hängte sich hinter den Wagen und nickte nach vorn. »Die sind unsere Verstärkung. Was haben Sie erwartet, ein Sondereinsatzkommando?«

Auf den ersten Kilometern befürchtete Mike noch, wieder einzuschlafen, dann kam das Meer in Sicht. Schon das dunkle Blau wirkte erfrischend. Während Mike noch einmal die Geschehnisse in der Wohnung des Dealers schilderte, fragte Peña immer wieder nach Details zu dem fremden Angreifer. Dann schüttelte er den Kopf. »Nein, tut mir leid, aber die

Personenbeschreibung sagt mir gar nichts. Ich würde behaupten, neunzig Prozent der Junkies von Tarragona zu kennen, aber ein Deutscher, der dieser Beschreibung entspricht, ist nicht dabei.«

»Schade«, erwiderte Mike, während er die neuesten Mails auf seinem Smartphone abrief. Toms Nachricht bestand nur aus einer Aufzählung einzelner Fakten. Die Tatsache, dass nicht ein einziges persönliches Wort enthalten war, zeigte Mike erneut, wie viel er bei seinem Freund wiedergutzumachen hatte.

Als er die Mail gelesen hatte, erklärte er Peña: »Mein Exkollege in Deutschland hat noch etwas recherchiert. Keine der vermissten Frauen und keines der Kinder, die in den letzten Jahren exakt um diese Zeit verschwunden sind, tauchte je wieder auf. Aber alle Angehörigen bekamen immer wieder einmal eine Ansichtskarte und jedes Mal aus Ländern außerhalb der Europäischen Union.«

Der Kommissar dachte kurz darüber nach. »Das heißt, natürlich nur, wenn Ihre These stimmt, dass der Täter Nachforschungen vermeiden wollte. Ermittlungen außerhalb der EU sind extrem aufwendig, und wenn ein Lebenszeichen vorliegt, interessiert das eh keinen.«

»So ist es«, stimmte Mike zu. »Allerdings hat das Verschwinden seiner Frau und seiner Tochter einem der Ehemänner keine Ruhe gelassen. Er flog nach Südafrika, wo die Postkarte herkam, und recherchierte auf eigene Faust.«

»Und?«

»Er ging zu dem Postamt, in dem die Karte abgestempelt worden war, und erfuhr dort, dass es sich um einen Service für Touristen handelt. Diese können einen abfotografierten Text per Mail an ein dort ansässiges Unternehmen schicken. Die drucken das dann auf eine echte Postkarte aus der Gegend und verschicken diese.«

»Man muss also nie wirklich in Südafrika gewesen sein, um von dort eine Karte zu versenden«, schlussfolgerte Peña.

»So ist es!«

»Scheißinternet, ich sag's ja immer.«

»*Mierda!*«, fluchte Peña laut und trat gleichzeitig auf die Bremse. Die Landschaft war inzwischen derart eintönig, dass auch die Konzentration nachließ. Der vor ihnen fahrende Streifenwagen hatte ziemlich abrupt abgebremst, was der Kommissar etwas zu spät bemerkt hatte und fast aufgefahren wäre. Nun setzten seine Kollegen den Blinker und fuhren an den Rand der schmalen Landstraße, die sich durch das hügelige, karge und staubige Hinterland zog. Peña, der beim Gedanken an die draußen herrschende Hitze lieber im Wagen bleiben wollte, zog das Mikro seines Funkgeräts zu sich und fragte, was denn los sei. Von der wahnsinnig schnell gesprochenen Erklärung verstand Mike nur zwei, drei einzelne Wörter. Peña bestätigte und legte das Mikro zurück. Er deutete auf eine Hügelkette. »Meine Kollegen haben den Standort von Mateos GPS-Sender eingegrenzt. Er ist irgendwo da oben.«

Mikes Blick folgte dem ausgestreckten Zeigefinger. »O. k., und wie kommen wir dahin?«

Der Kommissar zuckte mit den Schultern. »Wir orientieren uns langsam an der Straße und hoffen, dass wir eine Möglichkeit finden. Mateos Sender ist fest an seinem Auto montiert, irgendeinen Weg muss es geben.«

Zwanzig Minuten später kamen sie mit staubigen Windschutzscheiben um die letzte Kurve. Peña stoppte den Wagen hinter dem seiner Kollegen und wartete kurz, bis sich der Staub gelegt hatte. Dann öffneten sie die Türen. Für einen Augenblick glaubte Mike, nicht mehr atmen zu können. Die

Luft auf dem Hochplateau war derart heiß und trocken, dass er sich ernsthaft fragte, wie hier Pflanzen wachsen konnten.

Während sein Begleiter einige Worte mit den Kollegen wechselte, sah sich Mike um. Der fantastische Ausblick entschädigte ihn für das durchgeschwitzte T-Shirt.

»O. k.«, begann Peña, der inzwischen neben ihn getreten war. »Google Maps sagt, dass der Sender nicht mehr weit sein kann, allerdings ist hier weit und breit kein Auto zu sehen und die Ortung ist etwas ungenau. Wir haben gerade abgesprochen, uns aufzuteilen, um ein größeres Gebiet absuchen zu können. Ich würde vorschlagen, Sie übernehmen den südlichen Rand.«

»Alles klar«, bestätigte Mike und wollte sich schon auf den Weg zu der etwa zwanzig Meter entfernten Abbruchkante machen, als der Kommissar ihn noch warnte: »Aber passen Sie auf, wo Sie hintreten. Schlangen lieben es heiß und trocken.«

Mike nahm die Warnung ernst, richtete seine Aufmerksamkeit auf den Boden und blieb überrascht stehen. Die beiden Polizeiautos parkten fast exakt hintereinander, sodass deren Reifenabdrücke auch zu einer Spur verschmolzen. Ziemlich genau in der Mitte der beiden Fahrspuren gab es aber einen weiteren Abdruck, der sich markant vom Boden abhob.

»Kommissar.«

Peña drehte sich zu ihm um.

Mike winkte ihn zu sich. »Wissen Sie, ob das Gewitter letzte Nacht nur über Tarragona hinwegzog?«

Peña wirkte irritiert, antwortete aber nach kurzer Bedenkzeit: »Nein, im Fernsehen haben sie an vielen Orten davor gewarnt. Warum fragen Sie?«

»Hier …« Mike bückte sich, zerbröselte mit der Hand ein Stück des Reifenabdrucks. »Könnte von letzter Nacht sein. Bei Trockenheit hinterlässt ein Auto kaum Spuren.«

Peña nickte anerkennend und begann schließlich, der Spur zu folgen. Während die beiden anderen Polizisten an einer ganz anderen Stelle suchten, kamen Mike und Peña bald zu einem Wäldchen aus dürren Nadelbäumen und dichtem Gestrüpp. Weiter der Fährte folgend, umrundeten sie das Dickicht, bis der Boden vor ihnen abbrach und steil nach unten abfiel.

Mike erfasste das Gesehene als Erster. »Scheiße«, fluchte er leise.

Peña brauchte einen Moment länger, rief seine Kollegen zu sich, dann begannen sie gemeinsam mit dem Abstieg.

Die vielen scharfkantigen Steine und die gnadenlos herabbrennende Sonne hatten Mateos Anblick nicht schöner gemacht. Der aufgedunsene Körper des Dealers lag zwischen zwei größeren Felsbrocken, wobei gut die Hälfte seines Gesichts nicht mehr als menschlich zu bezeichnen war. Die Reste seines Wagens befanden sich fünfzig Meter weiter unten und es grenzte an ein Wunder, dass der Sender darin noch funktionierte.

»Ein Unfall?«

Peña, der ein Stück um den Toten herumgegangen war und nun unterhalb von ihm stand, schüttelte den Kopf. »Ich glaube nicht. Da ist ein Fleck auf seinem Hemd, der nicht zu den restlichen Wunden passt.« Der Kommissar gab seinen beiden Kollegen einige Anweisungen auf Spanisch, worauf sich diese daranmachten, das Schwergewicht in eine andere Position zu drehen. Peña zog sich inzwischen dünne Latexhandschuhe über, schob das fleckige Shirt nach oben und stellte trocken fest: »Der Mann wurde mit ziemlicher Sicherheit durch einen Messerstich außer Gefecht gesetzt. Ob er bei seiner Entsorgung noch lebte, muss ein Gerichtsmediziner herausfinden.«

Mikes Mitgefühl hielt sich in Grenzen. Stattdessen überwältigte ihn die Vorstellung, wie sich dieser Typ über Sabrina hermachte und dabei seinen Trieben freien Lauf lassen konnte. Inzwischen fragte er sich, welcher der beiden Männer das schlimmere Monster war. Dieser J., der die Frauen entführt hatte, oder dieses fette Stück Fleisch, das nun keine Frau mehr anrühren konnte.

– 39 –

In den ersten Sekunden, nachdem Jacob das Badezimmer verlassen hatte, sah Anja apathisch dabei zu, wie einzelne Blasen des Schaumbads zerplatzten. Dann bewegte sie ihren Arm und das leise Klirren der Kette erinnerte sie daran, dass Pauline auf ihre Hilfe angewiesen war.

Nun, da sie allein war, konnte sie sich auch hinsetzen, ohne dass er auf ihre nackten Brüste starrte. Die Flasche mit dem Badezusatz stand noch immer auf dem Wannenrand. War dies ihre Chance? In Filmen funktionierte es, aber auch in der Realität?

Sie griff nach der Flasche, die ihr erst einmal aus den nassen Fingern glitt und lautstark ins Wasser fiel. Anja hielt den Atem an, doch drüben im Wohnbereich blieb alles ruhig. Nun öffnete sie den Verschluss, schüttete eine ordentliche Ladung über das Stahlarmband, das sie mit der Kette verband, und massierte die seifige Flüssigkeit rundherum ein. Anschließend stellte sie die Flasche zurück, griff die Handschelle mit der freien Hand und zog an.

Bis zu den ersten Gelenken war alles kein Problem, dann wurde es eng. So eng, dass sie glaubte, es ginge nicht. Mit einer letzten Kraftanstrengung schloss sie die Augen, atmete aus und spannte den ganzen Körper an. Der Schmerz war kurz und stechend, aber nichts gegen die Schmerzen bei Paulines Geburt, die sie sich zur Ablenkung vor Augen führte.

Mit rasendem Puls öffnete sie die Augen wieder und konnte es kaum glauben. Nachdem sie die Kette mit dem Stahlring langsam und so leise wie möglich abgelegt hatte, stand sie auf und sah sich um. Beim Ausziehen hatte sie ihr Kleid über die Kette schieben müssen. Diese nun wieder herunterzuziehen, erschien ihr zu laut und zu langwierig. Ihre restlichen Klamotten hatte dieser Irre mit rausgenommen. Blieb nur das Handtuch, das für sie bereitlag. Anja wickelte es um ihren Körper und steckte es fest. Dann ging sie zum Fenster und zog den schweren Vorhang beiseite. Das gleißend helle Tageslicht raubte ihr kurz die Sicht und zwang sie, ihren Augen einen Augenblick Zeit zu lassen.

Beim Öffnen der drei kleinen alten Metallhebel hatte sie das Gefühl, dass es klappen könnte, dann zog sie an dem Fensterrahmen und wurde eines Besseren belehrt.

Als sich nichts rührte, sah sie sich den Holzrahmen genauer an und fand schnell den Grund für ihren Misserfolg. Sechs dicke Schrauben sorgten dafür, dass hier niemand rein- oder rauskam. Anja spürte, wie Wut ihre Angst verdrängte. Nach Tagen der Gefangenschaft war sie zum ersten Mal nicht gefesselt und sollte jetzt an ein paar blöden Schrauben scheitern? Ihre Vorsicht war vergessen, sie drehte sich um, scherte sich nicht um die brennenden Kerzen und griff den schweren Leuchter. Dann brachte sie sich in Position, um das Ding zu werfen, holte aus und ließ ihren Arm nach vorn schnellen. Damit, dass die Kraft plötzlich in die andere Richtung wirken könnte, hatte sie nicht gerechnet. Für einen Augenblick fühlte es sich so an, als wäre in ihrem Arm etwas abgerissen. Sie kippte nach hinten und damit genau in Jacobs starke Arme. Dieser warf den Kerzenständer achtlos in die Wanne, fixierte mit der einen Hand ihre wild rudernden Arme, legte seinen anderen Arm um ihren Bauch und schleppte sie rückwärts aus dem Zimmer.

Im Schlafzimmer schleuderte er sie herum und beförderte sie so mit einer einzigen Bewegung auf das Bett. Dort kniete er sich über sie, legte seine große Hand über ihren Hals und drückte zu.

Das Ticken der Uhr wirkte erst beruhigend, erinnerte sie dann an einen tropfenden Wasserhahn und schließlich an das Bad, das sie nehmen musste. Anja musste schlucken, sie spürte einen dumpfen Schmerz, der aber erträglich war. Sie räusperte sich, was ein wenig half, und schlug die Augen auf. Der Raum war stockdunkel und es gab absolut nichts, an dem sich ihre Augen orientieren konnten. Das einzige Geräusch war ihr eigener Atem … oder? Sie hielt ihn an, doch das Geräusch setzte sich fort.

»Bist du da?« Anja hörte selbst, wie kläglich ihre Stimme klang. An dem anhaltenden Atemgeräusch änderte das nichts. Er war hier, das spürte sie.

»Wo bin ich?«, fragte sie krächzend, bekam aber keine Antwort. Sie versuchte, sich auf die Umgebung zu konzentrieren. Der Keller war es nicht, dort roch die Luft ein wenig modrig und kühler war es auch. Außerdem lag sie hier weich und ihre gefesselten Hände konnten sich in irgendeinen Stoff graben. *Das Schlafzimmer? Sein Schlafzimmer?* Wenn sie doch nur etwas sehen könnte.

Anja blinzelte einige Male, doch das fühlte sich komisch an und änderte nichts an der Dunkelheit. Wieder musste sie schmerzhaft schlucken. »Kannst du bitte das Licht anmachen, diese Dunkelheit macht mir Angst«, flehte sie.

Nun änderte sich das Atemgeräusch und er erwiderte leise: »Wovon sprichst du, mein Engel? Das Licht ist doch an.«

»Wa…?« Die Frage blieb ihr im Hals stecken. Nein, das konnte nicht sein, das durfte nicht sein! Anja war kurz davor, durchzudrehen, bis ihr Verstand einsetzte und sie begriff. *Er will mich fertigmachen, will, dass ich das glaube. Er ergötzt sich an meiner Angst, aber das werde ich nicht zulassen.*

Sie bemühte sich zu lachen, was ihr jedoch gründlich misslang. Mit kehliger Stimme sagte sie: »Such dir jemand anderen für deine Psychospiele, bei mir klappt das nämlich nicht. Und jetzt mach endlich das verdammte Licht an.«

»Das Licht ist an, warum glaubst du mir nicht?«

Sie warf den Kopf herum, aber da war nichts … nirgends. Wenige Sekunden später hörte sie, wie er sich an irgendetwas zu schaffen machte. Kurz darauf konnte sie ihre von den Fesseln nach allen Seiten fixierten Gliedmaßen wieder bewegen.

»Steh auf.«

Sie tat, was er sagte, wobei sie einen leichten Zug an den Handfesseln spürte. Als sie saß, gab er ihr einen Augenblick, zog sie schließlich in den Stand und führte sie durch den Raum. Anja spürte, wie sie schwankte, und konnte gar nicht anders, als sich von ihm stützen zu lassen. Es ging weiter über die kühlen Fliesen des Wohnzimmers, bis sie hörte, wie er eine Tür öffnete, und sehr warme Luft über ihre nackte Haut streifte.

Erst als er erklärte: »Du stehst jetzt vor der offenen Terrassentür«, verstand sie die bittere Wahrheit. Ihre Beine sackten weg, doch dieses Mal sorgte er nur dafür, dass sie nicht einfach umfiel. Kniend hockte sie in der Tür, spürte, wie die Sonne auf ihre Haut brannte, und musste irgendwie begreifen, dass es das Licht nicht durch ihre Augen schaffte.

Sekunden und Minuten vergingen, in denen sie nach einer Antwort suchte. Doch alles, woran sie sich noch erinnern konnte, war das warme Badewasser auf ihrer Haut. Schließlich riss sie den Kopf in die Richtung, in der sie Jacob vermutete. »Was hast du mir angetan?«, schrie sie. Anja hob ihre Hände zu den Augen, konnte aber keinerlei Wunden ertasten. In Tränen aufgelöst, fragte sie leise und mit Verzweiflung in der Stimme: »Das kann doch alles nicht sein, warum sehe ich nichts mehr?«

»Das wird schon wieder. Deinen Augen fehlte nur etwas Sauerstoff«, antwortete er emotionslos. Da zählte sie eins und eins zusammen: die Schmerzen beim Schlucken, das Koma, in dem sie offensichtlich gelegen hatte, und die starken Nackenschmerzen.

Jacob gab ihr keine Zeit, wütend zu werden. »Komm, steh auf, Petra wartet schon auf dich«, bat er mit weicher Stimme.

»Petra?« Hoffnung keimte auf. Eine andere Frau würde Mitleid haben, würde ihr sicher helfen. Anja ließ sich ohne Gegenwehr hochziehen und zurückführen.

»Setz dich, das Bett ist direkt hinter dir.« Sie spürte die Matratze in ihren Kniekehlen und tat, was er ihr sagte.

»Möchtest du vielleicht einen Schluck Wasser?« Anja nickte und nahm das Glas, das er ihr in die Hand drückte. Sie führte es zum Mund und nahm einen langen wohltuenden Schluck. Sein »Sehr schön« hörte sie nur noch als Hall, dann ließ ihre Körperspannung nach. Sie spürte, wie er ihren Körper über das Bett zog, sie mit dem Rücken an die Rückenlehne setzte und mit einigen Kissen abstützte.

Für eine Weile blieben nur Dunkelheit und Stille, bis er zurückkehrte und ihr über den Kopf strich. »Eine kleine Korrektur müssen wir noch machen, aber die Tropfen in deinem Wasser werden dafür sorgen, dass ich dich nicht verletze.«

Anja wollte schreien und sich widersetzen, aber nichts funktionierte. Sie konnte fühlen, konnte atmen und hören, alle anderen Körperfunktionen schienen wie abgeschaltet. Sie nahm ein schmatzendes Geräusch wahr und auf ihrem Kopf wurde es kalt. Danach fühlte es sich an, als würde irgendetwas über ihre Kopfhaut schaben, und als erste Strähnen über ihr Gesicht fielen, wusste sie, was er gerade tat.

– 40 –

Mike warf einen letzten Blick auf die Leiche des Dealers, deren süßlicher Geruch bereits Insekten anzog. Das Wissen, den Hügel wieder hinaufklettern zu müssen, genügte, um ihm weitere Schweißperlen auf die Stirn zu treiben, und sein schmerzendes Bein machte die Situation nicht besser.

Kommissar Peña, der gerade die Taschen des Toten durchsuchte, sah, wie Mike sich über die Felsbrocken mühte. Er gab einem seiner Kollegen eine kurze Anweisung, der daraufhin Mike entgegenstieg und ihm eine helfende Hand reichte.

Eine Viertelstunde später kletterte auch Peña wieder über die Kante des Hochplateaus, ging zu seinem Auto und öffnete den Kofferraum.

Mike nahm die angebotene Wasserflasche dankbar entgegen und trank sie zur Hälfte aus. »Haben Sie irgendetwas Hilfreiches gefunden?«

Peña schüttelte den Kopf. »Nichts, was uns im Moment weiterhilft, und bis die Spurensicherung und unser Gerichtsmediziner hier sind, wird es dauern.«

Mike setzte sich auf die Kofferraumkante, um sein Bein etwas zu entlasten, und ließ den Blick über das weite Land schweifen. »Und jetzt? Wir haben keinen einzigen Anhaltspunkt, wer oder wo dieser J. ist. Alles, was wir wissen, ist jetzt, dass er auch vor einem Mord an seinem Partner nicht zurückschreckt.«

»Ich glaube nicht, dass Mateo sein Partner im eigentlichen Sinne war«, widersprach der Kommissar. »Ich kenne den Dealer schon eine ganze Weile. Er ist weder der Typ für Entführungen noch jemand, der mit einem Partner krumme Dinger abzieht.«

»Sondern?«

Peña dachte kurz nach. »Ich würde ihn eher als wankelmütig und ohne jedes Selbstbewusstsein charakterisieren. Es saß schon öfter in unserem Verhörzimmer und war jedes Mal ein anderer Mensch. Manchmal wirkte er klein und hilflos, dann wieder völlig euphorisch, geradezu überheblich. Mit so jemandem würde ich keine Entführungen planen und durchführen, dazu war er viel zu flatterhaft und illoyal.«

»Sie glauben also, zwischen diesem J. und dem Dealer bestand eher ein Geschäftsverhältnis, nennen wir es so«, schlussfolgerte Mike.

»Ja, könnte ich mir vorstellen.« Peña warf seine leere Wasserflasche zurück in den Kofferraum und überlegte weiter. »Die beiden trafen sich hier, es kam zu einem Streit und unser Unbekannter hat ihn aus dem Weg geräumt. Vielleicht hat Mateo ja damit gedroht, ihn auffliegen zu lassen.«

»Kann ich mir nicht vorstellen«, erwiderte Mike. »Immerhin war er durch die Vergewaltigung Mittäter, und da ihn Sabrina kurz vorher auf der Straße angegriffen hatte, musste er damit rechnen, selbst angeklagt zu werden.«

»Auch wieder wahr!« Peña sah auf seine Uhr und beschloss: »Vielleicht sollten wir uns noch ein wenig umsehen, bis meine Kollegen da sind. Möglicherweise finden wir einen Hinweis darauf, was hier passiert sein könnte. Sonst fehlen mir im Moment, ehrlich gesagt, ein wenig die Ideen.«

Mike war todmüde. Außer dem kurzen Nickerchen im Präsidium hatte er seit mehr als dreißig Stunden keinen Schlaf mehr bekommen, was sich nun langsam bemerkbar machte.

Peña schien seinen starren Blick bemerkt zu haben. »Ist alles in Ordnung?«

Mike deutete ein Nicken an. »Alles gut, nur ein bisschen müde.«

»Comisionado, Comisionado!« Der aufgeregt mit seinem Handy winkende Beamte holte die beiden aus ihrer Unterhaltung. Beide erwarteten ein Telefongespräch, doch stattdessen zeigte der Mann seinem Vorgesetzten nur etwas auf dem Display des Geräts und erklärte dabei irgendetwas auf Spanisch, von dem Mike nur das Wort »WLAN« zu verstehen glaubte. Dann holte auch Peña sein Smartphone aus der Tasche, wischte einige Male über das Display und rief, jetzt auf Deutsch: »Das gibt's doch gar nicht.«

Mike, nun wieder hellwach, rutschte von der Kofferraumkante, blickte ebenfalls auf den kleinen Monitor, der anstatt der erwarteten Nachricht nur die Standardsymbole anzeigte. »Was ist los? Warum die Aufregung?«, erkundigte er sich verwundert.

»Na, hier …« Peña deutete auf ein winziges Symbol am oberen Displayrand.

»WLAN, hier?«, fragte Mike.

Der Kommissar nickte. »Genau, das kann eigentlich nicht sein.« Er zeigte in Richtung der Baumgruppe. »Und mein Kollege sagt, da drüben ist das Signal noch viel stärker.«

Mike tat es den Polizisten nach. Auch auf seinem Gerät zeigte das Symbol zwei von vier Balken. Das kaputte Knie machte es schwierig, mit den Beamten Schritt zu halten. Unter den dürren Bäumen angekommen, suchte er Schutz vor der stechenden Sonne und kontrollierte die Anzeige erneut. Tatsächlich fehlte nun nur noch ein Balken für vollen Empfang. Er öffnete die WLAN-Einstellungen und las »FRITZ!BOX 7490«. Ein kleines Schloss zeigte an, dass es sich um eine verschlüsselte Verbindung handelte. Er tippte darauf und augenblicklich kam die Aufforderung, eine Schlüsselnummer einzugeben.

Peña und seinen Kollegen war es genauso ergangen, weshalb diese jetzt die nähere Umgebung absuchten.

Nun verharrte der Kommissar länger vor einer Stelle am Boden.

»Haben Sie etwas?«, fragte Mike und trat zu ihm.

Peña deutete in Richtung der einzigen Zufahrt des Hochplateaus. »Seltsam. Bei den Reifenspuren, die Sie gefunden haben, hat sich niemand bemüht, sie zu verwischen, bei diesen hier wurde das ziemlich eindeutig gemacht.«

Mike folgte dem Fingerzeig. Tatsächlich wirkte der Boden hier nicht natürlich strukturiert, eher als hätte jemand mit einem Tannenzweig oder etwas Ähnlichem herumgewischt. Mikes Blick glitt weiter über die Kante des Gipfels. Das karge Land fiel erst steil ab und zog sich dann etwas flacher bis zum Meer, wo sich viele kleine weiße Punkte am Himmel bewegten.

»Kommissar?«

Peña war inzwischen einige Schritte weitergegangen, um ein nahes Gestrüpp zu untersuchen. »Ja?«

»Sie sind doch hier aufgewachsen, oder?«

»Ja«, antwortete dieser stirnrunzelnd.

»Wissen Sie, wie weit die Möwen ins Land kommen?«

»Hm«, brummte Peña nachdenklich, bis er Mike ansah. »Ich hatte mal einen Fall, da haben die Viecher an einer Leiche herumgepickt. Das war ziemlich weit im Landesinneren.«

»Glauben Sie, die kommen bis hier rauf?«

Peña wiegte den Kopf etwas hin und her. »Jetzt in der Hitze des Tages wohl kaum. Aber nachts oder am frühen Morgen … ja, gut möglich.«

Mike nickte wissend. »Sie sollten alles hier raufschaffen, was Sie haben. Ich bin mir ziemlich sicher, dass dies der Platz ist, an dem meine Koll…, an dem Sabrina Faust misshandelt wurde. Und der Täter kann nicht weit sein.«

Das Gesicht des Kommissars zeigte unmissverständlich, was er davon hielt, von einem Zivilisten Anweisungen zu bekommen. »So, so. Sie haben einen Geistesblitz und ich soll meine Leute durch das halbe Land schicken«, antwortete er ablehnend.

Mike ließ sich nicht unterkriegen. »Haben Sie Sabrina zugehört? Ich meine, richtig zugehört?«, fragte er provokant.

Peña ging kurz in sich und öffnete die Arme. »O. k. Sorry, aber diese Hitze macht ein wenig gereizt. Was denken Sie?«

»Sabrina hat mir alle Details ihrer Entführung geschildert. Als sie in diesem Auto gefesselt war, hing über ihr eine kleine Kamera. Außerdem erzählte sie mir, dass kurz nach dem Erwachen Seemöwen auf dem Dach herumgelaufen sind. Die haben sie erst furchtbar erschreckt und dann war sie traurig, als sie weggeflogen sind. Verstehen Sie?«

Peña deutete seine Zustimmung an. »Ja. Sie meinen also, die Kamera war mit diesem WLAN-Netz verbunden und dieser J. hat Frau Faust darüber beobachtet. Stellt sich nur die Frage, wo diese Verbindung herkommt, hier ist weit und breit keine Finca in der Nähe.«

Mike hatte in den letzten zwei Jahren genügend Zeit zum Lesen gehabt und zahlreiche Onlinezeitschriften studiert. »Genau das ist das Problem. Man kann heutzutage auch mobiles Internet in einen WLAN-Router einspeisen und darüber dann weiterverbreiten. Ein Festnetzanschluss ist dafür nicht mehr nötig.«

Peña hob die Hand, schüttelte den Kopf und fluchte leise. Dann sah er Mike in die Augen und widersprach: »Wir machen einen typischen Denkfehler.«

»Was meinen Sie?«

»WLAN hat nicht zwingend etwas mit dem Internet zu tun. Man kann es auch einfach als drahtlose Verbindung zwischen zwei Geräten nutzen. Als ich meinem Sohn einmal die Internetnutzung abgeklemmt habe, hat dieser per WLAN eine Verbindung zu dem Computer seines Freundes, der in der Nähe wohnt, aufgebaut, und so konnten sie weiterhin gegeneinander zocken.«

Mike spann den Gedanken weiter. »Das würde bedeuten, dass sich der Täter nur irgendwo in der Nähe platzieren musste, vielleicht mit einem Wohnmobil. Wenn er Strom hatte, und das ist heutzutage ja kein Problem mehr, musste er nur noch einen Router anschließen und schon konnte er die Verbindung mit der Kamera herstellen.«

»So weit, so gut. Bleibt noch die letzte, alles entscheidende Frage: Warum ist das Netz dann noch aktiv?« Peña wartete keine Antwort ab, rief seine Kollegen zu sich und befahl ihnen, die Gegend mit dem Auto abzusuchen.

Mike begriff, was sich abspielte. »Haben Ihre Kollegen einen Laptop dabei? Die haben uns doch damit hergelotst, oder?«

»Ja, warum?«

»Vielleicht kommen wir damit in das WLAN-Netz. Allerdings bräuchten wir dazu einen IT-Experten, der sich in die Verbindung einhacken kann. Haben Sie so jemanden in Tarragona?«

»Im Prinzip ja, aber die beiden Kollegen sind gerade in den USA bei einem Kongress über IT-Sicherheit.«

»O. k., dann muss Tom herhalten«, murmelte Mike und wählte dessen Nummer.

– 41 –

Mike erreichte Tom glücklicherweise in seinem Büro. Er schilderte die Situation und Tom erklärte sich bereit, es zu versuchen. Da der Laptop über eine eigene Internetverbindung verfügte, konnte Tom Mike durch einige Windows-Einstellungen lotsen, ohne das Telefonat ständig unterbrechen zu müssen. Zehn Minuten später verkündete Tom fast euphorisch: »Es lebe die Technik, der Remotezugang steht. Ich habe nun vollen Zugriff auf das Gerät.«

In den nächsten Minuten sahen Mike und Peña fasziniert dabei zu, wie sich der Mauszeiger wie von Geisterhand über den Monitor bewegte, verschiedene Symbole anklickte und unverständliche Zeichenfolgen eingegeben wurden.

»Ich hoffe, Ihr Freund weiß, was er da tut«, murmelte Peña im Bewusstsein, dass der Laptop Eigentum der spanischen Polizeibehörde war.

Bevor Mike antworten konnte, erklärte Tom über das Handy: »Kleinen Augenblick, ich glaube, ich hab es gleich.«

Ein paar Sekunden später öffnete sich ein schwarzes Fenster, dann erschienen ein sich drehendes Symbol und schließlich ein schlecht zu erkennendes Bild. Mike stellte die Helligkeit höher und drehte den Laptop so aus dem Licht, dass der Monitor besser zu erkennen war. Die beiden brauchten einen Augenblick, um das Gesehene zu verstehen, und stießen dann fast gleichzeitig ein »Ach, du Scheiße« aus.

»Das sieht nicht gut aus«, bestätigte Tom, der die Übertragung in Nürnberg mitverfolgen konnte. Zunächst glaubten sie, ein Standbild zu sehen, erst das sich verändernde Sonnenlicht machte das Ganze zu einem Film. Der dunkle Keller wurde von einem einzelnen Sonnenstrahl zerschnitten, in dessen Licht man einiges erkennen konnte. Im rechten Bildabschnitt stand etwas, das wie ein übergroßer Nagerkäfig aussah, in dessen Inneren man eine rote Decke sowie eine Isomatte erahnen konnte. Links davon zeigte die Kamera eine nackte Steinwand, in die eine große Metallöse eingemauert war. Von der Öse hing eine Kette herunter, an deren Enden sich eine Art Verschluss befand.

Nach einigen Augenblicken fragte Tom: »Habt ihr alles erkennen können?«

Mike schluckte. »Ja, warum? Musst du die Verbindung unterbrechen?«

Es herrschte ein Moment der Stille, bevor Tom mit betroffener Stimme erwiderte: »Nein, es kommt noch schlimmer.«

»Was …« Weiter kam Mike nicht, dann wechselte das Bild erst in ein Badezimmer, in dessen Mitte ein umgeworfener Stuhl lag und eine weitere Kette in die volle Badewanne hing. Fünf Sekunden später wechselte das Bild erneut und der Anblick ließ ihnen das Blut in den Adern gefrieren.

Mike erinnerte sich an die Frau von dem Bild auf der Vermisstenanzeige, auch wenn jetzt kaum noch Ähnlichkeit bestand. Und auch den Mann erkannte er sofort wieder. An Peña gewandt raunte er: »Das ist er! Das ist dieser J., den ich in der Wohnung des Dealers überwältigt habe.«

Doch der Kommissar konnte den Blick nicht von dem Monitor lösen, es war die Faszination des Bösen, die ihn dort hielt.

Auch Mike blickte wie gebannt auf die Szene, in der Opfer und Täter sich unangenehm nahe waren. Während die Frau am oberen Ende des Betts saß und sich offensichtlich nicht bewegen konnte, fuhr ihr der Mann immer wieder mit einem Rasiermesser über den bereits zur Hälfte kahl rasierten Kopf. Jeder, der die Situation beobachtete, hätte erwartet, dass sie schreien oder um sich schlagen würde, doch die Frau tat einfach nichts. Selbst als eine Haarsträhne herabfiel und dabei über ihr Gesicht streifte, zeigte sie nicht die kleinste Regung.

Tom löste sich als Erster aus der Schockstarre. »Ich tippe auf K.-o.-Tropfen. Sie spürt alles, kann aber nicht reagieren«, stellte er über das Handy fest.

Peña atmete die angehaltene Luft aus und strich sich durch sein verschwitztes Haar. »Können Sie das orten? Können wir irgendwie feststellen, wo das Signal herkommt?«

»Tom? Tom, hast du die Frage gehört?«, fragte Mike nach einigen Sekunden Stille nach.

»Ja, einen Moment! Direkt orten können wir es zwar nicht, aber ich kann euch eine Software auf dem Laptop installieren, welche die Empfangsstärke des WLAN-Signals viel genauer anzeigt. Lauft damit ein wenig herum und schaut, wo es stärker wird, dann habt ihr wenigstens die Richtung, aus der es kommt.«

»Wie weit reicht so ein Signal eigentlich?«

»Fünfzig bis hundert Meter, draußen ohne Mauern würde ich rund achtzig Meter schätzen.«

Peña schüttelte den Kopf. »Das kann nicht sein, hier ist weit und breit nichts, wo man so ein Gerät betreiben könnte.«

Tom kannte den Kommissar zwar nicht, sprach aber trotzdem im Befehlston weiter: »Wie auch immer, macht es so, wie ich es gesagt habe. Die Software ist installiert, ihr könnt jetzt zwischen dem Kamerabild und dem Programm hin- und herschalten.« Einen Augenblick später verschwand das Wiedergabeprogramm und der Monitor zeigte eine Art Kompass, dessen Farbverlauf sich immer wieder leicht veränderte. Mike nahm den Laptop und drehte sich damit einmal im Kreis. Als der Kompass sich ein wenig grüner färbte, lief er los. Sie traten aus dem Wäldchen, gingen an Peñas Wagen vorbei und kamen schließlich an den Abhang, wo die Software 85 Prozent Empfangsstärke anzeigte. Mike und der Kommissar blickten ein wenig irritiert nach unten, konnten aber nichts Auffälliges erkennen.

Schließlich seufzte Mike: »Hilft ja nichts«, setzte sich auf die Felskante und rutschte langsam hinunter.

Da er mit der einen Hand den Laptop balancieren musste, konnte er nur die Linke zum Steuern benutzen. Der Aufprall auf den Felsblock, der fünf Meter tiefer herausragte, brachte ihn ziemlich ins Straucheln. Den Schmerz in seinem Bein ignorierend, galt seine ganze Sorge dem Gerät, das er nur unter Zuhilfenahme der anderen Hand vor dem Absturz retten konnte.

Bei dem Kommissar sah der Abstieg deutlich eleganter aus. Er suchte sich einen freien Platz neben Mike. »Und, wie sieht es aus?«

»Achtundneunzig Prozent Sendeleistung, wir müssten jetzt eigentlich fast auf dem Sender sitzen.«

Peña kletterte sportlich um den Fels herum, bückte sich und schwenkte kurz darauf einen großen Akkupack und ein rotes Kästchen. Zurück bei Mike hielt er ihren Fund vor die Laptopkamera.

Tom schrieb über das Chatprogramm: »Hab ich mir gedacht, das ist ein sogenannter Repeater. Das Ding verstärkt die Signale. Macht weiter, ihr seid auf dem richtigen Weg.«

Mike hielt den Laptop wieder in die Höhe, da der Repeater aber weiterhin aktiv war, zeigte das Programm einfach nur 99 Prozent Empfang. Also stellte er den Laptop auf den Felsen und tippte in das Chatprogramm: »Können wir das gefundene Ding abschalten, ohne dass er etwas merkt?«

Die Antwort ließ etwas auf sich warten, dann erschienen die Worte: »Dürfte kein Problem sein.«

Peña zog den Stecker aus dem Akkupack und die Anzeige fiel auf 9 Prozent zurück.

Mike nahm den Laptop und erhielt den besten Empfang, wenn er ihn gerade den Berg hinunter hielt.

Auf den ersten zweihundert Metern fiel der Hang so steil ab, dass sie zweimal kurz davor waren aufzugeben. An einigen Stellen musste der Kommissar vorausgehen, den Laptop abstellen und anschließend Mike helfen. Erst nachdem sie auch den zweiten Verstärker gefunden hatten, der sich dieses Mal gut versteckt in einem kleinen trockenen Dornenbusch befand, wurde das Gelände etwas flacher und sie kamen schneller voran.

An dem dritten Repeater bat Mike um eine kurze Pause. Allein die am Leib klebende Kleidung war schon unangenehm genug, doch der Staub und zahlreiche Insekten machten die ganze Aktion fast unerträglich.

Der Kommissar stimmte der Unterbrechung zu, setzte sich auf einen Felsbrocken und nahm den Laptop auf seine Knie. Dann wechselte er zu dem Medienprogramm, das noch immer die Bilder aus dem Schlafzimmer des Täters zeigte. »Oh Gott, das gibt es doch gar nicht«, stöhnte er.

– 42 –

Anja spürte, wie die Droge, die er ihr mit dem Wasser verabreicht hatte, langsam nachließ. Sie musste sich nicht auf ihren Kopf fassen, um zu wissen, was er ihr angetan hatte. Doch die Haare waren ihr scheißegal, viel schlimmer war die nach wie vor anhaltende Blindheit und die Ungewissheit, wie es ihrer Kleinen ging. Sie wollte weiterhin daran glauben, dass alles wieder in Ordnung kommen würde, doch konnte ihr Hirn keine positiven Gedanken mehr zulassen.

Ihr ganzer Körper fühlte sich taub und irgendwie so an, als würde er nicht zu ihr gehören. Alles, was sie spürte, war, dass sie vollkommen nackt war.

Nach der Kopfrasur hatte Jacob sie wieder in eine liegende Position gebracht. Seine Atemgeräusche ließen erahnen, wie sehr sie ihn erregte. Noch schien er sie nicht zu berühren, aber sie hatte kaum Hoffnung, dass dies lange so bleiben würde. Er war nah, sehr nah, so viel wusste sie. Die Matratze wurde rechts neben ihr eingedrückt und sorgte dafür, dass sie leicht zu dieser Seite kippte. Außerdem glaubte sie, die Wärme seines Körpers zu spüren, doch sie war sich nicht ganz sicher.

Einige lange Minuten passierte nichts, dann bemerkte sie eine Veränderung neben sich und hörte ihn sagen: »Wie schön du bist, mein Engel. So wunderschön.«

Auf die erste Berührung war sie nicht gefasst und zuckte zusammen. Als seine Hand sanft über ihre Brüste strich und langsam weiter nach unten glitt, wünschte sie sich fast die Wirkung der Droge zurück, aber den Gefallen würde er ihr sicher nicht tun.

»So schön«, wiederholte er leise, bevor er einfühlsam fragte: »Bist du bereit für das letzte Mal?«

»Ich … nein … was?«, mehr brachte Anja nicht heraus.

Seine Hand wechselte auf ihre Wange, die er kaum merklich streichelte. »Es wird schön, weißt du es denn nicht mehr?«, flüsterte er. »Ich habe dich erlöst, und während du gegangen bist, haben wir uns ein letztes Mal vereinigt. So und nur so konnte ein Teil von mir mit dir gehen.«

Anja spürte, wie sich ihr Atem beschleunigte. Nicht, dass es noch einen Beweis für seinen Wahnsinn gebraucht hätte, aber der Typ war offenbar völlig geistesgestört.

Zu ihrer Überraschung entfernte er sich nun kurz. Dann war etwas zu hören, was wie das Öffnen einer Keramikschüssel klang. Einen Augenblick später spürte sie, wie sich die Matratze links und rechts neben ihr eindellte. Seine Stimme schien jetzt direkt über ihr zu sein, als er mit feierlicher Tonlage erklärte: »Durch ihren Staub wirst du sie erwecken, durch ihren Staub wirst du ihr das Leben schenken und durch deinen Staub wird sie die Ewigkeit erleben.«

Anja fühlte ein leichtes Kitzeln, doch brauchte sie eine ganze Weile, ehe sie begriff, dass er etwas über ihr verstreute. *Staub, Ewigkeit, Leben und Tod … Nein, das kann nicht wahr sein, das darf nicht wahr sein. Das ist nicht wirklich die Asche eines toten Menschen, die da gerade auf meine nackte Haut fällt.*

Anja sammelte all ihre verbliebenen Kräfte, pumpte mit den Muskeln Blut in ihre Adern und schaffte es tatsächlich, den Körper durchzubiegen. Es war eine schnelle Bewegung und er hatte nicht damit gerechnet. Sie vernahm erst ein helles klirrendes Geräusch, dann ein dumpferes, begleitet von seinem Stöhnen. Dieses Mal hatte er einen Fehler gemacht, den sie selbst erst jetzt realisierte. Ihre Hände waren gefesselt, die Füße dagegen nicht.

»Du verdammte …« Sein Fluch wurde im Keim erstickt, als sein Computer im Nebenraum aggressiv zu pfeifen begann. Er stieß einen weiteren Fluch aus, bevor sich seine Schritte entfernten. Drei Sekunden später hörte sie ihn brüllen: »Was zum Teufel ist das für eine gottverdammte Scheiße?« Dabei schlug er laut auf den Tisch.

Nach einigen Augenblicken der Ruhe kam Jacob zurück.

Anja erwartete ein weiteres Martyrium. Sie machte sich bereit, ihn mit den Füßen abzuwehren, hielt aber noch still.

Zu ihrer Überraschung schien er sie jedoch zu ignorieren. »Petra, meine arme Petra«, stammelte er unentwegt anstatt weiterer Berührungen. Sein Gerede wurde immer wieder von einem Schaben unterbrochen.

Irgendwann erstarben beide Geräusche, kurz danach spürte Anja seine erneute Anwesenheit.

»Halt still, du hast sie nicht verdient«, sagte er nach einigen Augenblicken. Dann begann er, auch auf ihrer Haut herumzukratzen, und ihr wurde bewusst, was er da gerade einsammelte.

* * *

In Jacobs Geist tobte ein Sturm. Alles, aber auch alles war in diesem Jahr falsch gelaufen. Nach ihrer Aktion, sich gegen die Vereinigung mit seiner Petra zu wehren, konnte er diese Frau nicht mehr als das sehen, was sie sein sollte. Nun war sie nur noch ein Körper, ein lebendes Stück Fleisch, mit dem er nichts mehr anfangen konnte.

Alles, was ihm von seiner geliebten Petra geblieben war, der Träger ihrer Seele, lag zwischen den Scherben auf dem Boden. Fassungslos wechselten seine Emotionen zwischen wahnsinniger Wut und der Sorge, nicht mehr genug von ihr einsammeln zu können.

Wenigstens tat ihm diese blinde Schlampe den Gefallen, still zu sein. So konnte er seine Gedanken ordnen und kam zu dem Entschluss, dass er sich erst um Petra kümmern musste. Ein kleiner Windstoß würde genügen, um sie noch weiter zu verstreuen, und das konnte er nicht riskieren. Während sein blockiertes Hirn nach einer Möglichkeit suchte, um sie wieder einzusammeln, begann auch noch der Computer im Nebenraum zu spinnen. Die schnell aufeinanderfolgenden Pfeiftöne ließen ihm keine Wahl, er musste nachsehen.

Jacob rappelte sich auf und lief hinüber. Wenige Mausklicks später begriff er erst seinen Fehler, dann das, was vor seinen Augen gerade geschah. Er hatte die verdammte WLAN-Kette, die er hinauf zum Berg gelegt hatte, vergessen. Eigentlich hätte er die Geräte nach dem Entsorgen der Polizistin wieder einsammeln müssen. Doch bei dem ganzen Durcheinander hatte er daran schlicht nicht mehr gedacht. Irgendwer musste darauf gestoßen sein und hatte nun damit begonnen, die Festplatte seines Computers zu kopieren. Ohne dem Geschehen länger zu folgen, riss er den Stecker aus dem Gerät, holte sich eine Schale und ein breites Messer aus der Küche und rannte zurück ins Schlafzimmer.

Nachdem er vom Boden gerettet hatte, was zu retten war, fiel sein Blick auf das nutzlose Stück Fleisch. Er setzte sich neben sie und schabte die zuvor verstreute Asche von ihrer

Haut. An manchen Stellen übte er zu viel Druck aus und die Klinge schnitt in ihre Haut, was zu einer grauen Pampe aus Asche und Blut führte, mit der er nichts anfangen konnte. Das Schreien der Frau unter ihm interessierte ihn nicht mehr, doch er widerstand dem Drang, einfach zuzustechen. Schließlich war er kein Mörder, sondern ein Seelenwandler.

– 43 –

Eine gefühlte Ewigkeit waren sie kreuz und quer durch die trockene, heiße Landschaft Kataloniens gelaufen. Mike glaubte fast nicht mehr daran, dass sie je die Quelle dieses WLAN-Netzes finden würden. Acht dieser Verstärker hatten sie bis jetzt eingesammelt und standen schon wieder vor einem der vielen Hügel. Während er seinem Bein zum wiederholten Mal eine kurze Pause gönnen musste, war Peña ein Stück weitergelaufen. Mike sah ihm eine Weile hinterher, ehe sich sein Handy mit dem nostalgischen Klingelton bemerkbar machte. Er hatte das Gerät noch nicht richtig am Ohr, da hörte er Tom schon reden, nein, brüllen: »Ich habe ihn verloren. Mike, hörst du mich? Ich habe ihn verloren.«

»Langsam, was ist passiert?«, versuchte dieser, seinen Exkollegen zu beschwichtigen.

Tom schilderte Mike, was die Kamera im Haus des Täters als Letztes gezeigt hatte, bevor die Verbindung unterbrochen wurde, und fügte eindringlich hinzu: »Wenn du mich fragst, hat die Frau nicht mehr viel Zeit. Ich konnte zwar nicht hören, was gesprochen wurde, aber für mich sah es so aus, als würde dieser Irre langsam zu seinem Finale kommen.«

»Und wie sollen wir ihn jetzt ohne Ortung finden?«

Tom hatte sich inzwischen etwas beruhigt und wurde nun wieder sachlich. »Ich habe mir die Gegend bei Google Maps angesehen. Ihr lauft genau in Richtung einer Art Siedlung. Eigentlich müsstet ihr die Häuser bereits sehen können. Es handelt sich um etwa acht auf einem Hang verstreute Fincas, in einer von denen müssten sie sein.«

»O. k., warte mal«, bat Mike und rief den Hügel hinauf: »Kommissar? Kommissar Peña?«

Der Mann drehte sich um und machte eine fragende Geste.

»Sehen Sie etwas? Sehen Sie Häuser?«, rief ihm Mike zu.

Peña ließ den Blick in die Ferne schweifen und brüllte schließlich zurück: »Ja, ich sehe drei Dächer.«

Mike hielt den ausgestreckten Daumen in die Luft und beendete das Gespräch mit Tom. Dann klappte er den unnütz gewordenen Laptop zu und kletterte dem Kommissar hinterher. Nachdem er ihm die Lage geschildert hatte, fragte er: »Was machen Ihre Leute? Die Verstärkung müsste doch langsam hier sein.«

Peña nickte. »Ich habe gerade eine Nachricht bekommen. Auf der Küstenstraße gab es einen Unfall, aber sie müssten in zehn Minuten da sein.«

Mike dachte kurz nach. »O. k., aber die sollen nicht auf den Berg, sondern dort rüber zu den Häusern kommen. Mein Kollege … Exkollege … in Deutschland ist ziemlich sicher, dass sich das Drama dort drüben abspielt.« Nun deutete er in Richtung der Dächer und Gärten, die sich wie weit verteilte Oasen von dieser trostlosen Landschaft abhoben. »Wir sollten uns beeilen.«

»Und wie sollen wir das richtige Haus finden?«

Mike zuckte mit den Schultern. »Keine Ahnung.«

Das letzte Stück bis zu dem flach ansteigenden Hang, auf dem die Fincas standen, konnten sie dank eines Trampelpfads schnell überwinden. Aus der Nähe betrachtet, ergab sich allerdings ein neues Problem. Die Bebauung erwies sich als sehr viel weitläufiger, als es zunächst ausgesehen hatte.

Ohne einen Blick auf die grandiose Aussicht auf das etwa zwei Kilometer entfernte Meer zu werfen, kamen sie zu dem ersten Grundstück. Eingegrenzt von hohen, gepflegten Hecken war die einzige Zufahrt durch ein drei Meter hohes Schiebetor verschlossen. Mike schüttelte den Kopf. »Das entspricht ihm nicht, wir suchen etwas Einfacheres.«

Peña erklomm eine mannshohe Böschung, um sich besser umsehen zu können, verschränkte resigniert die Arme vor dem Bauch, während er zu Mike hinunterrief: »Das ist aussichtslos. Wir suchen die, wie ihr Deutschen sagt, Nadel im Heuhaufen.«

»Scheiße!«, fluchte Mike leise, doch Peña ließ sich nicht entmutigen, zog sein Handy heraus und gab irgendetwas auf Spanisch durch.

Keine zwei Minuten später bog ein unscheinbarer schwarzer BMW in die Zufahrt ein und bremste erst kurz vor ihnen.

Der Kommissar winkte Mike, einzusteigen, begrüßte seine Kollegen und gab ihnen dann die Anweisung, die Gegend langsam und systematisch abzufahren.

Während sie Haus für Haus kontrollierten, dachte Mike noch einmal über seine Begegnung mit dem Täter nach. Doch auch wenn er im Geiste Wort für Wort des Mannes wiederholte, fand er keinen einzigen Hinweis darauf, wo oder wie dieser wohnen könnte. Allerdings hatte er einen Aspekt völlig außer Acht gelassen. Er löste den Blick von den spielenden Kindern im Vorgarten eines Grundstücks und fragte den Kommissar: »Wie viele Leute haben Sie hier?«

»Sechs in drei Autos, dieses hier mitgerechnet.«

Mike deutete ein Nicken an. »O. k. Sagen Sie Ihren Leuten, dass sie keinesfalls in ein Haus gehen sollen. Auch dann nicht, wenn es ihnen verdächtig vorkommt.«

Peña runzelte die Stirn, worauf Mike ihm erklärte: »Ich habe es Ihnen schon erzählt, allerdings heute Morgen um vier. Sie fragten mich, warum ich diesen Typen abhauen ließ.«

»Verflucht …«, erinnerte sich der Kommissar, »… er meinte, in dem Haus sei eine Bombe. Und wenn er die nicht regelmäßig deaktiviert, geht sie hoch.«

Nachdem sie alle acht Häuser von außen kontrolliert hatten und keines davon den Anschein machte, als würde es zu dem Gesuchten passen, ließ Peña den Wagen anhalten. »Und jetzt?«

Mike wischte sich einige Schweißtropfen von der Stirn, wobei der Staub dunkle Streifen bildete. »Lassen Sie uns runter zu der Straße fahren, die hierherführt. Vielleicht sieht man von dort noch etwas, was wir von hier oben übersehen haben«, schlug er vor.

Der Kommissar nickte wenig enthusiastisch und gab die entsprechende Anweisung an den Fahrer weiter.

Der schmale Asphaltstreifen, von dem aus unbefestigte Wege zu den einzelnen Fincas abzweigten, zog sich in leichten Serpentinen bis hinunter zu der Küstenstraße. Mike versuchte, sich für einen Moment zu entspannen, und ließ seinen Blick über die Schönheit dieser Gegend schweifen. Im Landesinneren war es einfach nur eine öde Wüste aus Geröll mit trockenen Pflanzen und Staub. Hier stand die Landschaft in herbem Kontrast zu dem tiefblau funkelnden Meer, was ihr etwas Magisches verlieh.

Während der Fahrer der schmalen Straße folgte, kamen auch immer wieder Abschnitte der noch vor ihnen liegenden Kurven in das Blickfeld. Beim ersten Mal sah Mike die Reflexion, dachte sich aber nichts dabei. Nun fiel sein Blick auf eine enge Kehre und wieder spiegelte sich das Sonnenlicht in einer der Scheiben des Kleintransporters, der vor ihnen fuhr.

»Ist das eines von Ihren Fahrzeugen?«, fragte er Peña und deutete über ihn hinweg.

Der Kommissar sah gerade noch rechtzeitig in die angegebene Richtung. »Nein, sicher nicht. Unsere sind alle schwarz, vermutlich hat es die in dieser Farbe billiger gegeben. Ob wir darin wegbraten, ist der Verwaltung egal.« Dann begriff er, brüllte etwas auf Spanisch nach vorn und der Fahrer trat aufs Gaspedal.

Kurz vor dem Erreichen der viel befahrenen Küstenstraße gab der Polizist noch einmal alles, was seine Passagiere dazu brachte, sich noch fester an die Griffe über den Fenstern zu krallen. Auf dem letzten Stück, das fast gerade verlief, beschleunigte auch der Transporter, doch der BMW hatte eindeutig mehr PS.

Als sie nur noch zwei Meter Abstand zu dem Wagen hatten, schaltete der Beamte das Martinshorn ein. Daraufhin lenkte der Fahrer des Transporters genau in die Mitte der Straße. Hier zu überholen, wäre schon unter normalen Bedingungen schwierig gewesen, jetzt grenzte es an Selbstmord.

Das Ende der Zufahrtsstraße machte eine Entscheidung nötig. Der Fahrer des Polizeiwagens entschied sich dazu, wieder mehr Abstand zu halten, der des Transporters zu einer waghalsigen Aktion. Der Abstand zwischen den beiden auf der Küstenstraße fahrenden Lkws hätte gereicht, doch das alte Fahrwerk des Fluchtwagens war der zu hohen Geschwindigkeit nicht gewachsen. Der Transporter beschrieb einen Bogen, stellte sich auf, kippte zur Seite und rutschte durch die Lücke zwischen den Lkws hindurch.

Der Fahrer des deutschen Wohnmobils aus der Gegenrichtung hatte das Unglück offenbar kommen sehen und rechtzeitig gebremst. So schlitterte der Transporter einmal quer über die Fahrbahn und verschwand dann in der Böschung auf der anderen Straßenseite, wo er eine Menge Staub aufwirbelte.

Nachdem der Verkehr in beide Richtungen zum Erliegen gekommen war, überquerten Mike, der Kommissar und ein Polizist die Straße. Nach einigen Sekunden hatte sich der Staub so weit gelegt, dass sie gerade noch rechtzeitig erkennen konnten, wie ein Mann aus dem Wrack kletterte.

Peña und sein Kollege zogen die Waffen, die der Flüchtige zunächst ignorierte. Erst als der Kommissar einen Warnschuss in die Luft abfeuerte, blieb er stehen und drehte sich langsam um.

Peña blickte kurz zurück zu Mike, und als dieser nickte, wusste er, dass sie den Richtigen hatten.

Der Mann gab sich genauso arrogant und unzugänglich wie beim ersten Aufeinandertreffen mit Mike. Doch durch seine Ausweispapiere erfuhren sie wenigstens, dass er Deutscher war und Jacob Habig hieß.

»Wo sind die Frau und ihre Tochter?«, fragte Peña nun bereits zum wiederholten Mal.

Mike sah ihm an, dass er kurz davor war zuzuschlagen.

Jacob Habig saß dagegen völlig unbeeindruckt da und hielt seine linke Hand auf eine Platzwunde am Kopf gedrückt. »Ich brauche einen Arzt. Es ist mein gutes Recht, einem Arzt vorgestellt zu werden.«

»Ich frage Sie jetzt zum letzten Mal. Wo haben Sie die beiden Entführten versteckt? Wo finden wir das Haus?«

Jacob Habigs Grinsen dauerte genau so lange, bis der Fahrer des Polizeiwagens angerannt kam und seinem Vorgesetzten erklärte, dass sie oben am Berg eine Rauchsäule entdeckt hätten. Peña rief einige Befehle und drehte sich zu Mike, der wie immer nichts verstanden hatte. »Kommen Sie, wir haben das Haus gefunden.«

– 44 –

Sie wollte stillhalten, ihn nicht noch mehr reizen. Aber sie lag nackt und blind vor einem Irren, der vermutlich mit einem Messer auf ihr herumschabte. An manchen Stellen endete dieses Schaben mit einem schmerzhaft brennenden Gefühl. Schließlich konnte Anja nicht mehr anders, als ihre Angst hinauszuschreien.

Erstaunlicherweise schien ihn das aber nicht weiter zu stören. Nach jedem Schnitt in ihre Haut setzte er einfach nur ab und machte an einer anderen Stelle weiter. Dass sie noch immer keine Fußfesseln trug, sondern lediglich mit den Händen an das Kopfende des Betts gefesselt war, schien er nach wie vor nicht bemerkt zu haben oder es war ihm schlicht egal. Am liebsten hätte sie ihn getreten, doch was dann? Im Gegensatz zu ihr konnte er sehen, und es wäre für ihn ein Leichtes, sie wieder unter Kontrolle zu bringen.

Der Gedanke an Pauline half Anja, jetzt keinen Fehler zu machen.

Nach endlosen Minuten ließ er tatsächlich von ihr ab. Sie spürte, wie sich die eingedrückte Matratze links und rechts neben ihr veränderte. Dann schien er neben ihr zu stehen und nachzudenken, sein viel zu schneller Atem machte ihr erneut Angst. Wenn er sich jetzt dazu entschloss, sie für ihre Gegenwehr und das Zerschellen des Keramikgefäßes zu bestrafen, waren dies ihre letzten Sekunden.

Diese Phase dauerte lange, unendlich lange, bis sie ein gedehntes Atemgeräusch hörte, das damit endete, dass etwas Schweres auf den Boden fiel.

In den folgenden Minuten hörte sie ihn hektisch hin- und herlaufen. Ihr Körper brannte an vielen Stellen, was zwar erträglich war, aber sie auch am Denken hinderte. Was hatte er vor? Was war passiert, als sein Computer pfiff und er drüben im Wohnbereich einen Wutanfall bekam? Anja konnte sich keinen Reim darauf machen.

Irgendwann hörte sie die schwere Kellertür schlagen und kurz darauf das leise Plätschern einer Flüssigkeit. Eine weitere Tür fiel ins Schloss, danach herrschte Stille.

Anja nahm ihren ganzen Mut zusammen und rief erst leise, dann immer lauter nach ihm. Keine Antwort, nur dieses seltsame Knistern.

»Pauline?«, versuchte sie es mit dem Namen ihrer Tochter, aber auch diese Rufe blieben ohne Erwiderung.

Einige Sekunden später erreichte sie ein Geruch, der sie schlagartig in Panik versetzte. *Er ist weg und das Haus brennt*, war ihr erster und letzter rationaler Gedanke. Mithilfe ihrer Füße schob sie sich ans obere Ende des Betts, drehte sich auf den Bauch, zog und zerrte an dem Lederriemen, der sie mit dem Bettgestell verband. Ihr einziger Erfolg war, dass alles wackelte, doch weder die Fessel noch das Möbelstück machten Anstalten nachzugeben.

Inzwischen schien der Rauch langsam bis zu ihr vorzudringen und mahnte sie zur Eile. Schließlich war es das Brennen ihrer vielen kleinen Hautwunden, das ihr eine Möglichkeit vor Augen führte. Sie setzte sich, so gut es ging, auf die Bettkante und begann, den Boden mit ihren Füßen abzusuchen. Sekunden später hatte sie jede erreichbare Stelle abgetastet und wollte schon aufgeben, als ihre Fußsohle gegen etwas Kaltes stieß. *Er hat es tatsächlich fallen lassen,* jubelte sie innerlich. Der kurze Triumph gab ihr die Kraft, trotz ihrer vom Rauch brennenden Lunge weiterzumachen.

Anja zwang sich zur Konzentration, bugsierte die Klinge zwischen ihre beiden Füße und hob sie vorsichtig an. Das schwere Messer fiel einmal zurück auf den Boden, aber wenigstens in eine bessere Position. Kurz darauf hatte sie es geschafft. Als sie es über dem Bett wusste, hob sie die Füße über ihren Kopf und ließ es fallen.

Bevor sie danach griff, tastete sie nach dem Lederriemen, dessen Stärke und Struktur ihre Euphorie wieder etwas dämpfte.

Inzwischen brannte der Rauch sogar in ihren nutzlos gewordenen Augen. Sie hatte keine Zeit zu verlieren. Ihre Hände suchten und fanden das Messer. Dann drehte sie es in die richtige Position und begann zu schneiden.

Obwohl die Klinge alles andere als stumpf war, dauerte es lange, viel zu lange, bis sie das letzte verbliebene Stück Leder abreißen konnte.

Ob die Hitze von der Anstrengung kam oder das Feuer bereits so nahe war, vermochte sie nicht zu sagen. Sie stand auf, streckte die noch immer durch die Handschellen zusammengebundenen Hände nach vorn und begann, sich an der Wand entlangzutasten. Nahe der Schlafzimmertür wurde das Knistern und Rauschen des Feuers deutlich lauter und die Luft war kaum noch zu atmen.

Sie musste zu Pauline, aber wie? Hinzu kam, dass sie, selbst wenn sie es aus dem Schlafzimmer schaffte, keine Ahnung hatte, wo sie suchen sollte. Jacob sagte, ihre Tochter sei oben, aber wo war »oben«? Als sie noch sehen konnte, hatte er sie einige Male durch das Haus geführt, doch an eine andere Treppe als die in den Keller hinunter konnte sie sich nicht erinnern.

Ein Stück weiter fiel irgendetwas laut krachend zu Boden. Sie spürte eine leichte Druckwelle aus heißer Luft. Die Erkenntnis traf sie wie ein Schock, trotzdem musste sie einsehen, dass es kein Entrinnen gab. Alles, was sie jetzt noch tun konnte, war, die Tür zu schließen, um den Rauch draußen zu halten, und dann nach einem Fenster zu suchen.

Nach einigem Tasten fand sie die Tür, drückte diese zu und drehte sich um. Sie folgte der Wand zurück zum Bett, wobei sie zweimal in eine Scherbe trat und laut aufschrie. Drüben im Wohnzimmer steigerten sich die Geräusche des Feuers zu einem wahren Inferno, das sie antrieb.

Anja fand das Fenster, öffnete es, doch nur um an den schweren Fensterläden aus Holz zu scheitern. Ihre Finger suchten gerade nach den Verschlüssen, als es einen lauten Knall gab und ein Sturm aus Rauch und Funken über sie hinwegfegte.

Zwei Atemzüge später legte sich Dunkelheit über ihren Geist, ihre Lunge verkrampfte sich und ihr wurde klar, dass sie und ihre Tochter hier verbrennen würden.

– 45 –

Peña ließ den Wagen schon losrollen, als Mike noch gar nicht richtig eingestiegen war. Bis dieser zum Gurt greifen konnte, hatten sie das gerade Stück bereits hinter sich gelassen und der Kommissar steuerte mit quietschenden Reifen durch die erste Kurve. Eine Kehre kam nach der anderen, damit wechselte auch das Spiel zwischen Vollgas und Bremsmanövern. Mike war dankbar dafür, nichts im Magen zu haben, denn es wäre sicher nicht dringeblieben.

Kurz vor der letzten engen Kurve tauchte auch noch der Kleintransporter eines Lieferdienstes auf, was Peña zu einem waghalsigen Manöver zwang. Mit den beiden rechten Reifen bereits auf dem unbefestigten Straßenrand, verhinderten nur die Assistenzsysteme des BMW, dass das Fahrzeug außer Kontrolle geriet.

Nachdem sie die Zufahrt zu der ersten Finca passiert hatten, drosselte der Kommissar das Tempo ein wenig und musste einmal sogar stehen bleiben, da ein Anwohner mit seinem Hund seelenruhig mitten auf der Straße ging. Wild schimpfend drückte Peña mehrmals auf die Hupe, dann ging es rasant weiter. Die Rauchsäule auf der rechten Seite kam immer näher, aber noch immer war kein Haus zu sehen. Offenbar stand die

Finca weiter von der Hauptzufahrtsstraße entfernt als die neueren Anwesen.

Nachdem sie an einer weiteren Zufahrt vorbei waren, folgten weitere Serpentinen. Die beiden glaubten schon, die Einfahrt verpasst zu haben. Dann wurde der asphaltierte Straßenbelag noch schlechter.

Peña war derart auf die vielen Schlaglöcher konzentriert, dass ihn erst Mikes »Hier!« den Abzweig erkennen ließ. Er legte eine Vollbremsung hin, stieß einige Meter zurück und steuerte den Wagen in den unbefestigten Weg. Man musste kein Feuerwehrmann sein, um zu erkennen, dass die Finca nicht mehr zu retten war.

Noch brannte es nicht komplett, doch auf der linken Seite schien das Haus die dicken schwarzen Rauchwolken regelrecht auszuatmen. Wie es im Inneren aussah, konnte man nur erahnen, da sämtliche Fensterläden verschlossen waren. Mike löste seinen Blick von diesem Chaos und sah über den Hang zur Küstenstraße hinunter, wo sich weit entfernt gerade die ersten Blaulichter näherten. Viel zu weit weg, um hier noch etwas retten zu können.

Etwa dreißig Meter vor ihrem Ziel legte Peña eine weitere Vollbremsung hin und sprang aus dem Wagen. Hilflos stand er da, bis er Mike rufen hörte: »Das Schlafzimmer, sie war zuletzt im Schlafzimmer!«

Der Kommissar lief erst ein paar Meter nach links, dann nach rechts, bevor er sich zu ihm umdrehte. »Und wo ist dieses verdammte Schlafzimmer? Die Fensterläden sind alle zu.«

Mike hatte inzwischen sein Handy herausgezogen und hoffte inständig, dass es hier ein Netz gab. Als das Freizeichen aufhörte, unterbrach er Tom sofort mit der Frage: »Du hast doch die Kameraaufnahmen gesehen, kannst du abschätzen, wo sich das Schlafzimmer dieses Irren befindet? Die ganze Hütte steht in Flammen und wir müssen auf der richtigen Seite suchen.«

Tom atmete hörbar aus, schien ein paar Tasten zu drücken und antwortete schließlich mit unsicherer Stimme: »Mit neunzigprozentiger Sicherheit irgendwo auf der linken Seite, also wenn man von außen darauf blickt, rechts. Es hat ein großes Doppelfenster, hinter dem man in alten Filmaufnahmen einen Berg sieht.«

»Es gibt alte Filmaufnahmen?«, fragte Mike, bis er sich auf das Wesentliche besann. »Und wo ist die Tochter, hast du die Tochter gesehen?«

»Nicht auf aktuellen Bildern. Zuvor war sie in dem Käfig, den die Kamera im Keller gezeigt hat. Aber nur auf älteren Aufnahmen.«

Peña hatte mitgehört und ahnte, was Mike vorhatte. Daher war er inzwischen zum Wagen gelaufen und hatte die zerlegbare Abschleppstange geholt. Als er zurückkehrte, drückte er ihm eines der stabilen Metallrohre in die Hand. »Welches Fenster?«

Mike setzte sich ebenfalls in Bewegung und blickte hinter sich, wo der Felshang steil anstieg. »Dort drüben, das müsste es sein.«

Die Fensterläden waren aus massivem Echtholz gefertigt. Nachdem sie einige Male ziemlich sinnlos darauf eingeschlagen hatten, schüttelte der Kommissar den Kopf und wischte sich den Schweiß von der Stirn. Hinzu kam, dass immer wieder dunkler Rauch von der anderen Hausseite herübergeweht wurde, was das Atmen deutlich erschwerte.

Mike trat einen Schritt zurück, da entdeckte er einen Spalt. »Können Sie das Holz an dieser Stelle ein Stück nach außen ziehen?«, fragte er den Kommissar.

Peña krallte seine Finger in den Spalt und zog, während Mike sein Stahlrohr in die Lücke schob und es als Hebel benutzte. Dann splitterte das Holz, einige Metallhaken brachen und der Fensterladen schwang nach außen auf. Durch den plötzlich fehlenden Widerstand taumelte Mike drei Schritte zurück und landete schließlich im Dreck.

Peña ignorierte dies, hob seine eigene Stange auf und schlug das Fenster kurzerhand ein.

Die Sogwirkung des Feuers im Inneren des Hauses setzte sofort ein, wobei die Luft an den Kanten der zerbrochenen Scheibe ein lang gezogenes, gruselig klingendes Pfeifgeräusch verursachte. Der Kommissar schlug die letzten Scherben aus dem Rahmen, hielt die Luft an und steckte den Kopf durch die Öffnung. Als er ihn zurückzog, liefen ihm Tränen aus den Augen und er keuchte: »Sie liegt direkt unter dem Fenster auf dem Bett, aber da drinnen kann man nicht mehr atmen.«

Mike wollte sich nicht mit der Vorstellung abfinden, die Frau verbrennen zu lassen. Er schob Peña zur Seite, stemmte sich auf den Fensterrahmen, hielt die Luft an und ließ sich vornüberkippen. Die Hitze im Inneren war fast unerträglich.

Aus dem Augenwinkel sah er, dass der große Schrank neben der Schlafzimmertür bereits in Flammen stand, kümmerte sich aber nicht darum. Stattdessen drehte er die leblose Frau auf den Rücken, griff unter ihre Achseln und zog sie zum Fenster. Die Anstrengung trieb ihm die Luft aus den Lungen, dann sah er Peñas Hände und überwand die letzten Zentimeter.

Der Kommissar war nicht zimperlich, das Leben der Frau war wichtiger als einige kleinere Verletzungen. Also zog er sie fast schon brachial über den Fensterrahmen, bis auch ihre Beine aus Mikes Blickfeld verschwunden waren. Jetzt hielt Mike es nicht mehr aus und gab dem Drang zu atmen nach. Die rauchdurchsetzte Luft brannte schmerzhaft in seiner Brust und im selben Moment erkannte er seinen Fehler. Während die Sinne schwanden, verschwamm die Außenwelt vor seinen Augen und sämtliche Körperspannung brach zusammen.

Das Geräusch der Beatmungsmaschine ließ ihn von Darth Vader aus den Star-Wars-Filmen träumen. Doch immer, wenn das Gerät kurz still war, glaubte er, ersticken zu müssen.

Mike erwachte, nahm einen tiefen Atemzug und erkannte dabei, dass seine Lunge auch ohne Hilfe funktionierte. Dann öffnete er blinzelnd die Augen. Die Decke über ihm war weiß mit eingelassenen Lichtern, der Raum sehr eng. Kraftlos fiel sein Kopf zur Seite und er sah, dass noch jemand neben ihm lag.

Lange transparente Schläuche führten zu Anja Tauberts Gesicht, das fast komplett hinter einer Maske verborgen war. Und auch er selbst hatte irgendetwas über der Nase, was ihn aber nicht aktiv zu beatmen schien. Nachdem er sich den weichen Kunststoff vom Gesicht gezogen hatte, schmeckte die Luft wieder, wie sie sollte. Sie war warm, staubig und enthielt noch immer diesen Brandgeruch. Frau Taubert hatte es offenbar sehr viel schlimmer erwischt, denn ihr Brustkorb hob und senkte sich im Takt der Maschine.

Mike nahm sich einige Sekunden Zeit, setzte sich auf und sah gerade noch, wie ein Sanitäter die beiden Türen am Heck des Krankenwagens schließen wollte. Nachdem er seinen Hals frei geräuspert hatte, bat er leise: »Halt, warten Sie noch. Ich fahre nicht mit.«

Der Mann verstand offenbar kein Wort, machte nur eine beruhigende Geste, dann zog er die Türen ins Schloss.

Erst als Mike die Bitte auf Englisch wiederholte, half ihm der Sanitäter aufzustehen und ließ ihn unter Protest aussteigen.

»Ausgeschlafen?«, fragte Peña ohne jeden Humor in der Stimme.

»Hätten schon noch ein paar Stunden sein dürfen«, erwiderte Mike trotzdem. Er nickte zu dem Haus, bei dem der Brand inzwischen gelöscht war. »Wie sieht es aus? Haben Sie das Mädchen gefunden?«

Der Kommissar verfolgte einen Augenblick lang, wie zwei Feuerwehrmänner mit schwerem Atemgerät aus der Ruine kamen und drehte sich zu ihm. »Ja, leider«, antwortete er matt.

»Da drin?«

»Nein, hinten im Garten. Meine Kollegen haben eine frisch umgegrabene Stelle gefunden. Die Tote muss noch eindeutig identifiziert werden, aber wir gehen davon aus, dass es Pauline Taubert ist.«

»Scheiße!«, stieß Mike begleitet von einem Hustenanfall aus. »Wissen Sie schon, wie sie ums Leben gekommen ist?«

Peña fuhr sich durch seinen Dreitagebart und nickte. »Sie hat eine tiefe Wunde am Bein und ist vermutlich verblutet. Dieses Arschloch hat in seiner Hecke einige Tierfallen aufgestellt. Einer meiner Kollegen wäre selbst fast hineingetreten. Wir vermuten, dass die Kleine flüchten konnte und dann von so einer Falle gestoppt wurde. Ein Mann kann so ein Ding vielleicht öffnen, ein Kind hat keine Chance.«

– 46 –

Mike stoppte den Wagen ein ganzes Stück vor dem alten Bauernhaus. Das Gefühl, auf ein Gefängnis zu blicken, war noch nicht weg, und doch war es jetzt viel leichter. Zum ersten Mal, seit er vor gut zwei Jahren hierhergekommen war, hatte er wieder einen Blick für die Schönheit dieser Landschaft. Hinter dem Haus begannen die typischen Nadelwälder der Fränkischen Schweiz, davor breiteten sich weitläufige Felder aus, auf denen der Mais schon kniehoch stand. So manch einer hätte einiges darum gegeben, in dieser Idylle wohnen zu dürfen, doch sein Entschluss stand fest, denn Nürnberg zog ihn an wie ein Magnet.

Nachdem er das Haus betreten hatte, öffnete er sämtliche Fensterläden, was ihn schmerzlich an die Erlebnisse in Spanien erinnerte. Trotzdem tat es gut, das Licht und die warme Luft des Sommers willkommen zu heißen.

Zwei Tage später verließ ihn Lilli ein vorerst letztes Mal. Mike hatte sich Verständnis erhofft und Wut bekommen. Nachdem er ihr eröffnet hatte, dass sie nun ohne seine regelmäßigen Zahlungen auskommen musste, schwand die Harmonie, und die Frau zeigte Zähne. Was schade war, denn obwohl Lilli ihre

Dienste für Geld anbot, war sie so etwas wie eine Freundin geworden, und Mike hatte wirklich erwartet, dass dies auch so bleiben könnte. Nun blickte er ihr hinterher, wie sie ihren Sportwagen viel zu schnell über den löchrigen Feldweg prügelte, und beschloss, ein, zwei Tage zu warten. Dann würde er sie wieder anrufen und versuchen, ihre Beziehung auf eine andere Ebene zu führen.

Die Zigarette auf der Bank unter der großen Tanne schmeckte herrlich, doch für eine zweite blieb leider keine Zeit. Karl, Sabrina und Tom würden um 18 Uhr hier sein, bis dahin sollte wenigstens die Kohle glühen.

Mike drückte die Kippe in dem neuen Aschenbecher aus, den er auf einem spanischen Markt entdeckt hatte, und ging hinein. Eine halbe Stunde später stand er zufrieden in der Küche. Das Grillfleisch und etwas Gemüse für Sabrina waren eingelegt. Geschirr und eine Schale mit Kartoffelsalat standen bereit und der Kühlschrank war ausreichend mit Getränken bestückt.

Drüben auf dem alten Esstisch gab sein nagelneuer Laptop einen kurzen Ton von sich, den er aber ignorierte. Endlich Internet zu haben war toll, trotzdem hatte er beschlossen, sich der Dauerverfügbarkeit, wie sie heute üblich war, auch weiterhin zu entziehen.

Kurz nach dem nächsten Hinweiston begann nun auch sein Handy zu vibrieren und das konnte er nicht so einfach außer Acht lassen. Vielleicht verspäteten sich seine Gäste oder Tom war ein Einsatz dazwischengekommen, was er von früher nur allzu gut kannte. Er öffnete die Nachricht und las:

> Hallo, Mike Köstner, haben Sie ein paar Minuten für einen Videochat? Würde mich freuen. Gruß. Kommissar Peña.

Mike warf einen Blick auf die Uhr, tippte eine kurze Antwort und klappte den Monitor des Laptops nach oben. Nach dem Starten des Programms dauerte es einige Sekunden, dann erschien Peñas Gesicht, erst verschwommen, bald aber gestochen scharf. Mike konnte nicht hören, was sein spanischer Kollege sagte, bis er merkte, dass er die Lautstärke wegen der ständigen Werbefilme im Internet leise gestellt hatte.

»Jetzt müssen Sie nur noch die Kamera einschalten, sonst ist es kein Videochat«, frotzelte Peña, und endlich fand Mike auch diese Einstellung.

Bei Mikes Anblick zuckte Peña etwas zusammen. »Haben Sie eigentlich vor, diese Narbe operieren zu lassen?«

»Nicht, wenn Sie weiterhin so reagieren«, erwiderte Mike mit einem Schmunzeln und ohne jeden Zorn. »Was gibt es? Wollten Sie nur mein hübsches Gesicht sehen oder haben Sie neue Erkenntnisse über diesen Jacob Habig?«

»Störe ich?«

»Jein. In einer halben Stunde kommen Sabrina und zwei alte Freunde zum Grillen, ein paar Minuten habe ich also noch.«

Mike sah, wie sich Peña entspannt zurücklehnte, die Kamera neu justierte und zustimmend nickte. »Das sollte genügen.« Nun hielt er kurz ein amtlich aussehendes Dokument vor die Linse. »Ich wollte nicht, dass Sie die Vorladung einfach so erhalten. Sie müssten in circa zwei Wochen noch einmal herkommen und eine umfangreichere Zeugenaussage machen. Ist das ein Problem?«

Mike schüttelte den Kopf. »Wenn Spanien die Reise bezahlt, komme ich gern.«

»Die Kostenübernahme ist in solchen Fällen selbstverständlich. Vielleicht kann ich sogar noch ein Abendessen herausholen, wir haben eine Kasse für solche Dinge … Sie verstehen.«

»Südländer«, brummte Mike grinsend, wurde aber gleich wieder ernster. »Und wie sieht es bei unserem Fall aus? Irgendetwas Neues?«

»Bei meinem Fall«, war es dieses Mal Peña, der brummte und etwas mehr Spannung in seinen Körper brachte. »Ja, da hat sich einiges getan. Anja Taubert konnte gestern mit einer ADAC-Maschine zurück nach Deutschland geflogen werden. Ihr Zustand ist nicht gut, aber stabil, allerdings wird sie wohl für immer blind bleiben, von den seelischen Wunden ganz abgesehen.«

»Warum ist sie eigentlich erblindet? Kam das durch den Sauerstoffmangel des Feuers?«, fragte Mike dazwischen.

Peña schüttelte den Kopf. »Das wollte ich Ihnen gerade erzählen. Die Psychologin, die uns die deutschen Behörden geschickt haben, macht einen wirklich guten Job und konnte diesen kranken Geist inzwischen etwas aufbrechen. Ich habe ja schon so einige Gestörte erlebt, aber Jacob Habig erreicht auf meiner Skala von eins bis zehn ganz klar die Stufe zehn. Zunächst zu Ihrer Frage: Die Frau erblindete tatsächlich wegen Sauerstoffmangels, allerdings infolge von Gewalteinwirkung auf ihren Hals.«

»Er hat sie gewürgt?«

»Ja, genau. Seiner Aussage nach hat sie ihn gereizt und er musste sie bestrafen.«

»Er hat ausgesagt?«, wunderte sich Mike laut, sah, wie Peña kurz die Lippen zusammenpresste und sich nach vorn zum Monitor beugte. »Oh ja, das hat er. Und fast scheint es, als wäre er inzwischen froh, dass wir ihn aus seinem alten Leben herausgeholt haben. In seinem Garten haben wir weitere fünf Frauenleichen und drei tote Kinder gefunden. Ihre Sabrina Faust war auf der richtigen Spur. Er hat seine Opfer jedes Jahr zur gleichen Zeit ausgesucht, sein mehrtägiges Ritual mit ihnen durchgezogen und sie anschließend im Garten verscharrt. Ihr Freund, dieser Tom Jänke, konnte einen Großteil der Filmaufnahmen von Habigs Computer kopieren, bevor dieser ihn ausgeschaltet hat. Jeder Horrorfilm ist, salopp gesagt, Kinderkacke gegen das, was er in diesem Haus getrieben hat.«

Nach einigen Augenblicken fragte Mike in die nun herrschende Stille hinein: »Warum? Was war sein Antrieb?«

»Jacob Habigs verstorbene Frau. Nach allem, was wir bisher wissen, starb sie an einem Hirntumor. In den letzten Tagen ihres Lebens holte er sie aus dem Krankenhaus, um sie auf dem Weg in den Tod zu begleiten. Außerdem war sie schwanger. Er hatte bis zuletzt gehofft, dass ihre Kraft wenigstens bis zur Geburt ihres gemeinsamen Kindes reichen würde, aber sie starb bereits im vierten Monat. Die Psychologin geht davon aus, dass ihn das den Verstand gekostet hat. Er sah seinen einzigen Trost darin, diese letzten Tage immer und immer wieder nachzuspielen. In seiner Vorstellung übertrug er die Seele seiner Frau durch ihre Asche auf seine Opfer. Und die schickte er dann langsam in den Tod, um alles noch einmal durchleben zu können. Bei den Kindern verhielt es sich etwas anders. Er suchte auch nicht zwingend nach einer Mutter mit Kind, aber wenn eines dabei war, kam ihm das entgegen. Erstens war es immer ein perfektes Druckmittel, um die Frauen gefügig zu machen. Außerdem nutzte er die Kinder für eine weitere Realität, die nur in seinem Kopf stattfand. Er konstruierte daraus die Vorstellung einer heilen Familie. Er der Vater, das Opfer seine verstorbene Frau und das gemeinsame Kind.«

»Wie krank!«, warf Mike ein.

»Ja«, bestätigte Peña. »Und doch irgendwie nachvollziehbar.« Dann fügte er fast entschuldigend hinzu: »Er tat den Kindern auch nie Gewalt an. Ganz im Gegenteil, einige der Filmaufnahmen zeigen, wie er mit ihnen spielt und sie Spaß zusammen haben.«

»Getötet zu werden ist aber wohl kaum als Spaß zu bezeichnen.« Mike hatte alle Mühe, seine alten Erinnerungen und Peñas saloppe Erklärung miteinander zu vereinbaren.

Der Kommissar schien Mikes Gefühlslage nicht mitbekommen zu haben, als er trocken erwiderte: »Nein, das ist es nicht. Aber wenigstens hat er sie so getötet, dass sie keine Angst haben mussten. Der Gerichtsmediziner hat bei allen Kindern eine hohe Konzentration eines starken Beruhigungsmittels gefunden. Das anschließende Ersticken hat keines von ihnen mitbekommen.«

»Sehr tröstlich«, raunte Mike, der genug gehört hatte.

Als er den Videochat beendet hatte, saß er eine ganze Weile einfach nur da und starrte den dunklen Bildschirm an.

Was ihn so runterzog, war noch nicht einmal Peñas abgeklärt gefühlloses Verhalten. Vielmehr war es die Erkenntnis, dass er während seines aktiven Dienstes selbst so reagiert hätte. Man stumpfte ab und das Schlimme daran war, dass man es selbst noch nicht einmal mitbekam.

– 47 –

Mike war nervös, entsetzlich nervös. Er beobachtete, wie die beiden Autos unten von der Landstraße abbogen und nun langsam den Feldweg heraufkamen. Dann verschwanden sie kurz in dem kleinen Wäldchen unterhalb des Bauernhauses und hielten wenig später neben seinem Opel.

Dass Karl seine Frau mitgebracht hatte, freute Mike sehr, und während er die beiden begrüßte, sah er nur aus dem Augenwinkel, wie Tom und Sabrina ausstiegen.

Natürlich wussten auch die beiden Alten, welche Spannung gerade in der Luft lag, und traten ein Stück zur Seite.

Nachdem Sabrina Mike mit einer herzlichen Umarmung bedacht hatte, ging Tom auf den Boden blickend auf seinen alten Freund zu.

»Tom, ich …«, begann Mike.

Tom hob den Blick, sah ihm lange in die Augen und machte schließlich eine schnelle Bewegung. Die Ohrfeige war mehr Erniedrigung als Schmerz, doch Mike verstand die Hintergründe nur allzu gut. Noch bevor er etwas sagen oder anderweitig reagieren konnte, hatte Tom ihn am Shirt gepackt. Dann zog er ihn zu sich und schlang seine Arme um ihn. Beide brauchten einige Sekunden, bevor sie sich entspannen konnten.

Es waren nur wenige Tränen, diese waren dafür umso ehrlicher. Irgendwann raunte Tom: »Danke, dass du Sabrina geholfen hast«, und damit war auch alles andere vergessen.

Als sich die Sonne hinter die hohen Baumwipfel schob, trugen sie gemeinsam das Geschirr und die Essensreste ins Haus. Kurz darauf kam Mike mit einer Flasche Obstler und ein paar kleinen Gläsern zurück an den Tisch. Nach der ersten Runde folgte eine zweite, mit der sie zum gemütlichen Teil des Abends übergingen. Die Geschehnisse in Spanien wurden mit keiner Silbe erwähnt.

Erst als Mike Sabrina fragte, wie es bei ihr nun weiterginge, wurde deren Gesichtsausdruck härter. »Beruflich weiß ich es noch nicht, aber Tom und ich haben uns ausgesprochen. Außerdem habe ich vorhin mit der Mutter von Anja Taubert geredet. Frau Taubert ist gestern nach Deutschland geflogen worden, liegt aber noch im Krankenhaus.«

»Und?« Mike verstand nicht gleich.

»Ich werde sie besuchen.« Sabrinas Wange glänzte von der einen Träne. »Wir haben beide Schreckliches erlebt, aber ich weiß jetzt, dass Totschweigen nichts bringt.«

Karl, der inzwischen eine weitere Runde eingeschenkt hatte, räusperte sich und hob sein Glas an. »Schön, euch alle wieder an einem Tisch zu haben«, versuchte er, die Situation aufzulockern.

Sabrina lächelte ihn dankbar an, stieß ein lautes »Prost« aus und leerte das Schnapsglas in einem Zug.

Nach einer zwanglosen Unterhaltung war es schließlich Tom, der Mike genau das fragte, was er sich selbst nicht beantworten konnte.

»Was ich jetzt mit meiner neu gewonnenen Freiheit tue?«, wiederholte Mike die Frage seines Freundes, lehnte sich zurück und machte eine ausschweifende Geste. Dann schüttelte er den vom Alkohol benommenen Kopf. »Keine Ahnung, ich habe wirklich keine Ahnung. Als Erstes muss ich noch einmal nach Spanien, um eine Aussage zu machen, aber was danach kommt, weiß ich nicht.« Und mit einem kurzen Seitenblick zu Karl stellte er fest: »Polizeidienst kann ich mit dem Bein vermutlich vergessen, auch wenn meine hübsche Narbe im Gesicht sicherlich jeden Verbrecher beeindrucken würde.«

Nachdem sich das Gelächter gelegt hatte, beugte sich sein früherer Vorgesetzter nach vorn. Er wartete, bis alle Blicke auf ihn gerichtet waren, und sagte dann verschwörerisch: »Gute Berater werden immer gesucht. Ich habe auch schon ein paar Telefonate geführt.«

ENDE

Druck:
CPI Druckdienstleistungen GmbH
im Auftrag der
Zeitfracht GmbH
Ein Unternehmen der Zeitfracht - Gruppe
Ferdinand-Jühlke-Str. 7
99095 Erfurt